兩晉演義

從司馬開基至終遭鴆毒

國必自伐，然後人伐，歷朝外患，往往從內亂引入

不信晉朝開國日，已聞叛賊樹西方
危廈何堪一木支，材庸器小更難持
知過非難，改過才難

目錄

第一回　祀南郊司馬開基　立東宮庸雛伏禍　　005

第二回　墮詭計儲君納婦　慰痴情少女偷香　　015

第三回　楊皇后枕膝留言　左貴嬪攄才上頌　　025

第四回　圖東吳羊祜定謀　討西虜馬隆奏捷　　035

第五回　搗金陵數路並舉　俘孫皓二將爭功　　045

第六回　納群娃羊車恣幸　繼外孫螟子亂宗　　055

第七回　指御座諷諫無功　侍帝榻權豪擅政　　063

第八回　怙勢招殃楊氏赤族　逞凶滅紀賈后廢姑　　073

第九回　遭反噬楚王受戮　失後援周處捐軀　　083

第十回　諷大廷徙戎著論　誘小吏侍宴肆淫　　093

第十一回　草逆書醉酒逼儲君　傳偽敕稱兵廢悍后　　101

第十二回　墜名樓名姝殉難　奪御璽御駕被遷　　111

第十三回　迎惠帝反正除奸　殺王豹擅權拒諫　　121

第十四回　操同室戈齊王畢命　中詐降計李特敗亡　　131

第十五回　討逆蠻力平荊土　拒君命冤殺陸機　　139

第十六回	劉刺史抗忠盡節	皇太弟挾駕還都	149
第十七回	劉淵擁眾稱漢王	張方恃強劫惠帝	159
第十八回	作盟主東海起兵	誅惡賊河間失勢	167
第十九回	偽都督敗回江左	呆皇帝暴斃宮中	177
第二十回	戰陽平苟晞破賊壘	佐琅琊王導集名流	187
第二十一回	北宮純力破群盜	太傅越擅殺諸臣	195
第二十二回	乘內亂劉聰據國	借外援猗盧受封	205
第二十三回	傾國出師權相畢命	覆巢同盡太尉知非	215
第二十四回	執天子洛中遭巨劫	起義旅關右迓親王	223
第二十五回	貽書歸母難化狼心	行酒為奴終遭鴆毒	233

第一回
祀南郊司馬開基　立東宮庸雛伏禍

　　華夷混雜，宇宙腥羶，這是中國歷史上，向稱為可悲可痛的亂事。其實華人非特別名貴，夷人非特別鄙賤，如果元首清明，統御有方，再經文武將相，及州郡牧守，個個是賢能廉察，稱職無慚，就是把世界萬國聯合攏來，湊成一個空前絕後的大邦，也不是一定難事，且好變做一大同盛治了。眼高於頂，筆大如椽。無如中國人一般心理，只守定上古九州的範圍，不許外人闌入，又因聖帝明王，寥寥無幾，護國乏良將相，殖民乏賢牧守，僅僅局守本部，還是治多亂少；所以舊儒學說，主張小康，專把華夷大防，牢記心中，一些兒不肯通融，好似此界一潰，中國是有亂無治，從此沒有乾淨土了。看官！試搜覽古史，何朝不注重邊防，何代能盡除外患？日日攘外夷，那外夷反得步進步，鬧得七亂八糟，不可收拾。究竟是備禦不周呢？還是別有他故呢？古人說得好：「人必自侮，然後人侮；家必自毀，然後人毀；國必自伐，然後人伐。」又云：「木朽蟲生，牆罅蟻入。」這卻是千古不易的名言。歷朝外患，往往從內亂引入，內亂越多，外患亦趨深。照此看來，明明是咎由自取，應了前人的遺誡，怎得專咎外夷與防邊未善呢？別具隻眼。

　　小子嘗欲將這種臆見，抒展出來，好待看官公決是非，但又慮事無左證，徒把五千年來的故事，籠籠侗侗的說了一番，看官或且誚我為空談，甚至以漢奸相待，這豈不是多言招尤麼？近日筆墨少閒，聊尋證據，可

巧案左有一部《晉書》，乃是唐太宗彙集詞臣，撰錄成書，共得一百三十卷，當下順手一翻，看了一篇《序言》，是總說五胡十六國的禍亂，因猛然觸起心緒，想到外禍最烈，無過晉朝，晉自武帝奄有中原，僅閱一傳，便已外患迭起，當時大臣防變未然，或說是罷兵為害，山濤。或說是徙戎宜早，郭欽江統。言諄諄，聽藐藐，遂致後來外禍無窮，由後思前，無人不為嘆惜。那知牝雞不鳴，群雄自息；八王不亂，五胡何來？並且貂蟬滿座，塵尾揮塵，大都齷齷齪齪，庸庸碌碌，沒一個文經武緯，沒一個坐言起行。看官試想！這種敗常亂俗的時局，難道尚能支持過去麼？假使兵不罷，戎早徙，亦豈果能慎守邊疆，嚴杜狡寇麼？到了神州陸沉，銅駝荊棘，兩主被虜，行酒狄庭，無非是內政不綱，所以致此。既而牛傳馬後，血統變遷，陽仍舊名，陰實易姓，王馬共天下，依然是亂臣賊子，內訌不休，一波未平，一波又起，單剩得江表六州，揚荊江湘交廣。尚且朝不保暮，還有什麼餘力，要想規復中原呢？幸虧有幾個智士謀臣，力持危局，淝水一役，大破苻秦，半壁江山，僥倖保全；那大河南北，長江上游，仍被雜胡占據，雖是倏起倏衰，終屬楚失楚得，就中非無一二華族，奪得片土，與夷人爭衡西北，張實據涼州，李暠據酒泉，馮跋據中山。究竟勢力甚微，無關大局；且仇視晉室，仍似敵國一般。東晉君臣，稍勝即驕，由驕生情，毫無起色，於是篡奪相尋，禍亂踵起，不能安內，怎能對外？大好中原，反被拓跋氏逐漸併吞，成一強國，結果是梟雄柄政，窺竊神器，把東晉所有的區宇，也不費一兵，占奪了去。咳！東西兩晉，看似與外患相終始，究竟自成鷸蚌，才有漁翁。西晉尚且如此，東晉更不必說了。有人謂司馬篡魏，故後嗣亦為劉裕所篡，這是從因果上著想，應有此說；但添此一番議論，更見得晉室覆亡，並非全是外患所致。倫常乖舛，骨肉尋仇，是為亡國第一的禍胎；信義淪亡，豪權互閱，是為亡國的第二禍胎。

外人不過乘間抵隙，可進則進，既見我中國危亂相尋，樂得趁此下手，分嘗一臠，華民雖眾，無拳無勇，怎能攔得住胡馬，殺得過番兵。眼見得男為人奴，女為人妾，同做那夷虜的僕隸了。傷心人別有懷抱。自古到今，大抵皆然，不但兩晉時代，遭此變亂，只是內外交迫，兩晉也達到極點。為懲前毖後起見，正好將兩晉史事，作為榜樣，奈何後人不察，還要爭權奪利，擾擾不休，恐怕四面列強，同時入室，比那五胡十六國，更鬧得一塌糊塗，那時國也亡，家也亡，無論豪族平民，統去做外人的砧上魚，刀上肉，無從倖免，乃徒怨及外人利害，試問外人肯受此惡名嗎？論過去兼及未來，真是眼光四射。

　　話休敘煩，且把那兩晉興亡，逐節演述，作為未來的殷鑑。看官少安毋躁！待小子援筆寫來：晉自司馬懿起家河內，曾在漢丞相曹操麾下，充當掾吏，及曹丕篡漢，出握兵權，與吳蜀相持有年，迭著戰績。懿死後，長子師嗣，後任大將軍錄尚書事，都督中外各軍，廢魏主曹芳及芳后張氏，權焰逼人。未幾師復病死，弟昭得承兄職，比乃兄還要跋扈，居然服袞冕，著赤舄。魏主曹髦，忍耐不住，嘗謂司馬昭之心，路人皆知。因即號召殿中宿衛及蒼頭官僮等，作為前驅，自己亦拔劍升輦，在後督領，親往討昭，才行至南闕下，正撞著一個中護軍，面目獰獰，鬚眉似戟，手下有二三百人，竟來擋住乘輿。這人為誰，就是平陽人賈充。特別提出，不肯放過賊臣，且為該女亂晉張本。魏主髦喝令退去，充非但不從，反與衛士交鋒起來，約莫有一兩個時辰。充寡不敵眾，將要敗卻，適太子舍人成濟，也帶兵趨入，問為何事相爭？充厲聲道：「司馬公豢養汝等，正為今日，何必多問！」成濟乃抽戈直前，突犯車駕。魏主髦猝不及防，竟被他手起戈落，刺斃車中。兄廢主，弟弒主，一個凶過一個。餘眾當然逃散。

　　司馬昭聞變入殿，召群臣會議後事。尚書僕射陳泰，流涕語昭道：

「現在唯亟誅賈充，尚可少謝天下。」看官！你想賈充是司馬氏功狗，怎肯加誅？當下想就了張冠李戴的狡計，嫁禍成濟，把他推出斬首，還要夷他三族。助力者其視諸！一面令長子中撫軍炎，迎入常道鄉公曹璜，繼承魏祚。璜改名為奐，年僅十五，一切國政，統歸司馬昭辦理。昭復部署兵馬，遣擊蜀漢，驍將鄧艾鍾會，兩路分進，蜀將望風潰敗，好容易攻入成都，收降蜀漢主劉禪。昭引為己功，進位相國，加封晉公，受九錫殊禮。俄而進爵為王，又俄而授炎為副相國，立為晉世子。正擬安排篡魏，偏偏二豎為災，纏繞昭身，不到數日，病入膏肓，一命嗚呼。世子炎得襲父爵，才過兩月，即由司馬家臣，奉書勸進，脅魏受禪。魏主奐早若贅疣，至此只好推位讓國，生死唯命。司馬炎定期即位，設壇南郊。時已冬暮，雨雪盈塗，炎卻遵吉稱尊，服袞冕，備鹵簿，安安穩穩的坐了法駕，由文武百官擁至郊外，燔柴告天。炎下車行禮，叩拜穹蒼，當令讀祝官朗聲宣誦道：

皇帝臣司馬炎，敢用玄牡，明告於皇皇后帝。魏帝稽協皇運，紹天明命以命炎。昔者唐堯熙隆大道，禪位虞舜，舜又禪禹。邁德垂訓，多歷年載。暨漢德既衰，太祖武皇帝，指曹操。撥亂濟時，輔翼劉氏，又用受命於漢。粵在魏室，仍世多故，幾於顛墜，實賴有晉匡拯之德，用獲保厥肆祀，弘濟於艱難，此則晉之有大造於魏也。誕唯四方，罔不祗順。廓清梁岷，包懷揚越，八紘同軌，祥瑞屢臻，天人協應，無思不服。肆予憲章三後，用集大命於茲。炎維德不嗣，辭不獲命，於是群公卿士，百闢庶僚，黎獻陪隸，暨於百蠻君長，僉曰：「皇天鑑下，求民之瘼，既有成命，固非克讓所得距違。天序不可以無統，人神不可以曠主。」炎虔奉皇運，寅畏天威，敬簡元辰，升壇受禪，告類上帝，永答眾望。

祝文讀畢，祭禮告終。司馬炎還就洛陽宮，御太極前殿，受王公大臣

謁賀。這班王公大臣，無非是曹魏勳舊，昨日臣魏，今日臣晉，一些兒不以為怪，反且欣然舞蹈，曲媚新朝。攀龍附鳳，何代不然？隨即頒發詔旨，大赦天下，國號晉，改元泰始。封魏主奐為陳留王，食邑萬戶，徙居鄴宮。奐不敢逗留，沒奈何上殿辭行，含淚而去。朝中也無人餞送，只太傅司馬孚，拜別故主，唏噓流涕道：「臣已年老，不能有為，但他日身死，尚好算做大魏純臣哩。」看官道孚為何人？乃是司馬懿次弟，即新主司馬炎的叔祖父，官至太傅，生平嘗潔身遠害，不預朝政，所以司馬受禪，獨孚未曾贊成。但年已八十有餘，筋力就衰，不能自振，只好自盡臣禮，表明心跡，這也不愧為庸中佼佼了。

　　過了一日，詔遣太僕劉原往告太廟，追尊皇祖懿為宣皇帝，皇伯考師為景皇帝，皇考昭為文皇帝，祖母張氏為宣穆皇后，母王氏為皇太后。相傳王太后幼即敏慧，過目成誦，及長，能孝事父母，深得親心。既適司馬氏，相夫有道，料事屢中。後來生了五子，長即司馬炎，次名攸，又次名兆，又次名定國廣德。兆與定國廣德三人，均皆早夭，唯炎攸尚存。炎字安世，姿表過人，髮長委地，手垂過膝，時人已知非常相。攸字大猷，早歲岐嶷，成童後飽閱經籍，雅善屬文，才名籍籍，出乃兄右，司馬昭格外鍾愛。因兄師無後，令攸過繼，且嘗嘆息道：「天下是我兄的天下，我不過因兄成事，百年以後，應歸我兄繼子，我心方安。」及議立世子，竟遂屬攸，左長史山濤勸阻道：「廢長立少，違禮不祥。」賈充已進爵列侯，亦勸昭不宜違禮。還有司徒何曾，尚書令裴秀，又同聲附和，請立嫡長，因此炎得為世子。炎篡位時，正值壯年，春秋鼎盛，大有可為，初政卻是清明，率下以儉，馭眾以寬。有司奏稱御牛絲靭，已致朽敝，不堪再用，有詔令用麻代絲。高陽人許允，為司馬昭所殺，允子奇頗有材思，仍詔為太常丞，尋且擢為祠部郎。海內蒼生，謳歌盛德，哪一個不望昇平？但天

第一回　祀南郊司馬開基　立東宮庸雛伏禍

下事靡不有初，鮮克有終，晉主炎正坐此弊，所以典午家風，午肖馬，典者司也，故舊稱司馬為典午。不久即墜呢。這事備詳後文，看官順次細閱，自見分曉。唯晉主炎的廟號，叫做武帝，小子沿著史例，便稱他為晉武帝。

且說晉武帝已經篡魏，復力懲魏弊，一意更新。他想魏氏摧殘骨肉，因致孤立，到了禪位時候，竟無人出來抗衡，平白地讓給江山，自己雖僥倖得國，若使子子孫孫，也像曹魏時孤立無援，豈不要仍循覆轍麼？於是思患預防，大封宗室，授皇叔祖父孚為安平王，皇叔父幹，司馬懿第三子。為平原王，亮懿第四子。為扶風王，伷懿第五子。為東莞王，駿為汝陰王，懿第六子京早卒。駿為第七子。肜懿第八子。為梁王，倫懿第九子。為琅琊王，皇弟攸為齊王，鑑為樂安王，機為燕王。鑑與機為晉武異母弟。還有從伯叔父，及從父兄弟，亦俱封王爵，列作屏藩。名稱不詳，因無關後來治亂，所以從略。上文如亮如倫，為八王之二，故例須並舉。進驃騎將軍石苞為大司馬，封樂陵公，車騎將軍陳騫為高平公，衛將軍賈充為魯公，尚書令裴秀為鉅鹿公，侍中荀勖為濟北公，太保鄭沖為太傅，兼壽光公，太尉王祥為太保，兼睢陵公，丞相何曾為太尉，兼朗陵公，御史大夫王沈為驃騎將軍，兼博陵公，司空荀顗為臨淮公，鎮北大將軍衛瓘為菑陽公。此外文武百僚，各加官進爵有差。

轉瞬間已過殘臘，便是泰始二年，元旦受朝，不消細說。有司請建立七廟，武帝恐勞民傷財，不忍徭役，但將魏廟神主，徙置別室，即就魏廟作為太廟，所有魏氏諸王，皆降封為侯。旋冊立王妃楊氏為皇后，楊氏為弘農郡人，名豔，字瓊芝，父名文宗，曾仕魏為通事郎，母趙氏產女身亡，女寄乳舅家，賴舅母撫育成人，生得姿容美麗，秀外慧中，相士嘗說她後當大貴，司馬昭乃納為子婦，伉儷甚諧。昭納楊女為媳，明明是有心

篡國。及得立為後，追懷舅氏舊恩，請敕封舅氏趙俊夫婦，武帝自然依議。俊兄趙虞，也得授官。虞有一女，芳名是一粲字，頗有三分姿色，楊后召她入宮，鎮日裡留住左右，就是武帝退朝，與後敘談，粲亦未嘗迴避，有時卻與武帝調情，楊后玉成人美，遂勸武帝納作嬪嬙，賜號夫人。武帝還道楊后大度，毫不妒忌，哪知楊后正要這中表姊妹，來做幫手，一切布置，彷彿與美人計相似，武帝為色所迷，怎能窺破楊后的私衷呢？這也是楊后特別作用，與普通婦人不同。楊后初生一男，取名為軌，二歲即殤，嗣復生了二子，長名衷，次名柬，衷頑鈍如豕，年至七八歲，尚不能識之無，雖經師傅再三教導，也是旋記旋忘。武帝嘗謂此兒不肖，未堪承嗣，偏楊后鍾愛頑兒，屢把立嫡以長的古訓，面語武帝，惹得武帝滿腹狐疑，勉強延宕了一年。衷已年至九歲了，楊后常欲立衷為太子，隨時絮聒，又經趙夫人從旁幫忙，只說：「衷年尚幼衝，怪不得他童心未化，將來大器晚成，何至不能承統。今主上即位二年，尚未立儲，似與國本關係，未免欠缺，應速立衷為嗣」云云。從來婦人私語，最易動聽，況經一妻一妾，此倡彼和，就使鐵石心腸，也被銷熔。況晉武帝牽情帷簀，無從擺脫，怎能不為它所誤，變易成心？泰始三年正月，竟立衷為皇太子。禍本成了。內外官僚，那個來管司馬家事？且衷為嫡長，名義甚正，更令人無從置喙，大眾不過依例稱賀，樂得做個好好先生，靜觀成敗罷了。

是年特下徵書，起蜀漢郎官李密為太子洗馬，密父虔早歿，母何氏改醮，單靠祖母劉氏撫養，因得長成。是時劉氏年近百歲，起居服食，統由密一人侍奉。密乃上表陳情，願乞終養。表文說得非常懇切，一經呈入，連武帝也為動情，且閱且嘆道：「孝行如是，畢竟名不虛傳呢。」《陳情表》傳誦古今，不待錄入，唯事可風世，因特筆表明。待至劉終服闋，仍復徵為洗馬，不久即出為守令，免官歸田，考終原籍。隨手了結，免致閱者

疑問。

　　泰始四年，皇太后王氏崩，武帝居喪，一遵古禮，迨喪葬既畢，還是縗絰臨朝。先是武帝遭父喪時，援照魏制，三日除服，但尚素冠蔬食，終守三年。至是改魏為晉，法由己出，因欲仿行古制，持三年服，偏百官固請釋縗，乃姑允通融，朝服從吉，常服從凶，直到三年以後，才一律改除。不沒晉武孝思，唯不能力持古禮，尚留遺憾。事有湊巧，晉室方遭大喪，那孝子王祥，亦老病告終。祥係琅琊人氏，早年失恃，繼母朱氏，待祥頗虐，臥冰求鯉的故典，便是王祥一生的盛名。後仕魏至太尉，封睢陵侯，武帝即位，遷官太保，進爵為公。見上文。祥以年老乞休，一再不已，乃聽以睢陵公就第，祿賜如前。已而病歿，賻贈甚優，予諡曰元。祥弟名覽，為朱氏所出，屢次諫母護兄，孝友恭恪，與祥齊名，後來亦官至光祿大夫。門施五馬，代毓名賢，這豈不是善有善報麼？敘祥及覽，連類並書。

　　且說晉武帝新遭母喪，無心外事，但將內政稍稍整頓，已是兆國樂業，四境蒙庥。過了年餘，方欲東向圖吳，特任中軍將軍羊祜為尚書左僕射，出督荊州軍事。祜坐鎮襄陽，日務屯墾，繕備軍實，意者待時而動，不願與吳急切啟釁，故在軍中常輕裘緩帶，有儒雅風。武帝亦特加寵信，聽他所為。不意雍涼交界，忽出了一個外寇，叫做禿髮樹機能，這樹機能系出鮮卑，為秦漢時東胡遺裔，散居塞北鮮卑山，因即沿稱為鮮卑種。鮮卑酋匹孤，集得部眾千人，從塞北入居河西。妻相掖氏方孕，延至足月，陡欲分娩，不及起床坐蓐，竟在被中產出一兒，鮮卑人呼被為禿髮，乃以禿髮兩字，為嬰兒姓氏，取名壽闐。壽闐年長，嗣父遺業，卻也沒甚奇異，不過部眾日繁，約得數千人。壽闐子就是樹機能，驍果多謀，集眾數萬，出沒雍涼，當鄧艾破蜀時，上表乞降，遂任他居住。偏偏養癰貽患，

到了泰始六年，居然造起反來，是為胡人蠢動的第一聲。提要鉤元。小子有詩嘆道：

豺狼生性本猖狂，聚眾咆哮敢肆殃。
不信晉朝開國日，已聞叛賊樹西方。

欲知樹機能造反後事，容待下回敘明。

本回開宗明義，揭出西晉外患，由內亂而起，確是探原之論，並足援古證今，為未來之龜鑑。可見作者別具苦心，特借史事以諷世，冀免淪胥之苦，非好為是浪費筆墨也。魏蜀之亡，應詳見《後漢演義》中，故從簡略，獨提出賈充之助逆，作一伏案，蓋佐晉開國者賈氏，誤晉亂國者亦賈氏，所關甚大，不容忽視。及晉主炎篡位以後，封宗室，立楊后，俱屬振領提綱之筆，至冊皇子衷為太子，事出晉主之誤信婦人，帷箙之言，十有九敗，何辨之不早辨也？至若晉武之終喪，及李密王祥之盡孝，均隨事敘入，懲惡而勸善，其猶有良史之遺風歟。

第一回　祀南郊司馬開基　立東宮庸雛伏禍

第二回
墮詭計儲君納婦　慰痴情少女偷香

　　卻說樹機能擁眾造反，氣焰甚盛，雍涼邊境，多被劫掠，十室九空。晉武帝本恐雜胡作亂，嘗從雍涼二州故土，析置秦州，並遣胡烈為秦州刺史，令他屯兵鎮守，嚴防胡人。胡烈蒞任，甫及一年，樹機能便即蠢動。烈當然督兵往討，與樹機能對壘爭鋒。樹機能確是乖巧，先用老弱殘眾，出來誘敵，略經交戰，馬上遁去。烈三戰三勝，便藐視樹機能。樹機能乃自來挑戰，待烈出營，即麾眾倒退，烈追趕一程，樹機能退走一程，至烈欲收軍回來，他又撥轉馬頭，作進逼狀。好幾次相持不捨，激得胡烈性起，向前直追，約行數十里，見前面都是亂山深箐，險惡得很，樹機能部下，統向山谷中跑入，杳無人影。烈未免惶惑，且未知此處地名，只好勒兵不進，誰知山岡上一聲胡哨，竟張起一面叛旗，旗下立著一個番酋，戟手南指，口中呶呶不休，大約是辱罵晉軍。無非誘敵。烈又忍耐不住，策馬當先，馳入山中。霎時間叛胡四起，把晉軍截作數段，烈衝突不出，身受數創，創重身亡，部下軍士，大半陷沒，逃歸的不過數人。看官聽著！這地方叫做萬斛堆，山上立著的番酋，就是禿髮樹機能。樹機能既誘殺胡烈，勢益猖獗，西陲大震。

　　扶風王司馬亮，方都督雍涼軍事，急遣將軍劉旗往援。旗聞胡烈敗沒，不敢進擊，但在中道逗留。那寇警日甚一日，連洛都中亦屢有急報，上下震驚。武帝乃傳詔責亮，貶亮為車騎將軍，並飭亮執送劉旗，處以死

第二回　墮詭計儲君納婦　慰癡情少女偷香

刑。亮複稱節度無方，咎在臣亮，乞免劉旗死罪。武帝更下詔道：「若罪不在旗，當有他屬。」因將亮免官召歸，另簡尚書石鑑為安西將軍，都督秦州軍事，出討樹機能。更命前河南尹杜預為秦州刺史，兼輕車將軍。預與鑑素有宿嫌，鑑欲藉此陷預，遂令預孤軍出戰，不得延期。預知鑑有意為難，覆書辯駁，大致說是「胡馬方肥，勢又甚盛，不可輕敵。且官軍遠行乏糧，更難久持，宜併力運足芻米，待至來春大進，方可平虜」等語。鑑得書大怒，即劾預張皇寇勢，撓阻士心。有詔遣御史至秦州，囚預入都，械付廷尉。虧得預為皇室懿親，曾尚帝姑高陸公主，內線一通，便有人出來解免，想總不外楊后等人。援照議親減罪故例，準他圖功自贖。預才得出獄，還歸私宅。那石鑑一再發兵，統被樹機能擊退，日久無功。忮忌如是，怎能有成？到了泰始七年，樹機能且與北地叛胡，互相連結，進圍金城。涼州刺史牽弘，復為所殺。從前高平公陳騫，嘗言：「胡烈牽弘，有勇無謀，不堪重任。」武帝以為諱言，及二將先後陣亡，方悔不用騫議，但已是無及了。

　　於是趁著秋獮時候，再簡將帥，特任魯公兼車騎將軍賈充，都督秦涼二州軍事。這詔一下，累得賈充日夕徬徨，不知所措。他本來沒甚韜略，徒靠著諂媚逢迎伎倆，得列元勳，看官閱過上文，應知他有兩大功勞，第一著是弒魏主，第二著是勸立塚子。嗣是邀殊寵，位上公，蟠踞朝堂，黨同伐異。太尉臨淮公荀勖，侍中荀勖，越騎校尉馮紞，皆與充友善，朋比為奸，獨侍中任愷，中書令庾純，剛直守正，不肯附充。充長女荃又為齊王攸妃，愷等恐他威焰日加，必為後患，可巧武帝擇將西征，遂入內密陳，請命充都督秦涼。武帝竟允所請，驟然頒下詔書，迅雷不及掩耳，幾令充莫名其妙。及仔細探聽，方知由任愷等所薦舉。外示推崇，實是排斥，不由的懊恨異常，但又無法推辭，只好託詞募兵，遷延數月；到了寒

信迭催，不便再挨，只好硬著頭皮，上朝辭行。百僚往餞夕陽亭，盛筵相待，酒至半酣，充離座更衣，荀勗亦起身隨入，兩人得一處密談。充皺眉道：「我實不願有此行，公可為我設策否？」勗答道：「公為朝廷宰輔，乃受制一夫，煞是可恨。勗為公籌畫已久，苦無良策，近得宮中消息，卻有一隙可乘，若得成事，公自得免遠行了。」充問有何事？勗又道：「聞主上為太子議婚，公尚有二女待字，何不乘此營謀，倘蒙俞允，是遣嫁在邇，主上亦不使公行了。」充獰笑道：「恐無此福。」勗湊機道：「事在人為。」說至此，又與充附耳數語。充喜出望外，向勗再拜，恨不得跪下磕頭。極力形容。勗慌忙答禮，握手並出，還座暢飲。待至日暮興闌，彼此方才告別。充徐徐就道，每日不過行了數里，老天有意做人美，竟連宵降雪，變成一個粉妝玉琢的世界，千山皆白，飛鳥不通，何況這遠行軍士呢？充即遣使飛奏，說是雨雪載塗，難以行道，唯有待晴再往一法。果然皇恩浩蕩，曲體軍心，便令充折回都門，緩日起程。充喜如所期，匆匆還都。時來福湊，皇太子結婚問題，竟被充運動到手，得將三女許字青宮，這正是一大喜事，差不多似錦上添花。

原來太子衷年已十二，武帝欲為他擇配，擬納衛瓘女為太子妃。充妻郭槐，早思將己女許配太子，暗地里納賂宮人，託她們向楊后處說合。婦人家耳朵最軟，屢經左右提及賈女，說她如何有德，如何有才，不由的艷羨起來，便乘武帝入宮時，勸納賈女為塚婦。武帝搖首道：「不可，不可。」楊后驚問何因？武帝道：「我意願聘衛女，不願聘賈女。衛氏種賢，並且多子，女貌秀美，身長面白，賈氏種妒，子息不蕃，女貌醜劣，身短面黑，兩家相較，優劣不同，難道舍長取短麼？」初意原是不差。楊后道：「聞賈女頗有才德，陛下不應固執成見，坐失佳婦。」武帝仍然不答。楊后又固請武帝訪問群臣，證明可否。武帝方略略點首。越宿召群臣

第二回　墮詭計儲君納婦　慰癡情少女偷香

入宴，與論太子婚事，荀勖正得列座，力言賈女賢淑，宜配儲君。再加荀璀馮紞，亦極口稱讚賈女，說得天花亂墜，娓娓動聽。武帝不覺移情，便問：「賈充共有幾女？」荀勖答道：「充前妻生二女，已經出嫁，後妻生二女，尚未字人。」武帝又問：「未字二女，年齡幾何？」勖又答道：「臣聞他季女最美，年方十一，正好入配青宮。」武帝道：「十一歲未免太幼。」璀即接口道：「還是賈氏三女，已十有四齡，貌雖未及幼女，才德比幼女為優，女子尚德不尚色，還請聖裁！」好一個有德女子，請看將來。武帝道：「既如此說，不如叫賈氏三女，入配吾兒。」勖等聞言，便離席拜賀。媒人做成了，我且當為媒人賀喜。武帝也有喜色，再令勖等入席，續飲數巡，方撤席而散。是日充正還都，荀勖等一出殿門，便歡天喜地，跑往賈府稱賀去了。

　　小子走筆至此，更不得不將賈充二妻，詳敘一番。充本娶魏中書令李豐女為婦，頗有才行，生下二女，長名荃，便是齊王攸妃，次名浚，亦得適名門。李豐前為司馬師所殺，充妻李氏，亦坐父罪被戍，與充訣別，自往戍所。充不耐鰥居，更娶城陽太守郭配女，叫做郭槐。槐性妒悍，為充所憚，晉武踐阼，頒詔大赦，李氏蒙恩釋歸，留居母家。武帝方感賈充舊惠，即對司馬昭固請立長之功。特別隆寵，命得置左右夫人。充母柳氏，亦囑充迎還故婦，郭槐攘袂忿爭道：「佐命榮封，唯我得受，李氏乃一罪奴，怎得與我並等？」充素畏閫威，未便逆命，只好委曲答詔，託言臣無大功，不敢當兩夫人盛禮。武帝還道他謙卑自牧。哪知是河東獅吼，從中作梗哩。俗稱懼內多富，充之富貴，想即出此。已而長女荃得為齊王攸妃，復欲替母設法，令得迎還。充終畏郭槐，但築室居李，未嘗往來。荃至充前，籲請一往，充仍不許。及充奉命西行，荃復與妹浚同往勸充，求充會母，甚至叩頭流血，尚不見允。郭槐卻妒上加妒，定欲將己女入配東

宮，與荃比勢。她有二女，長名南風，幼名午，南風矮胖不文，午雖短小，尚有姣容。此次與太子為配，正是矮而且胖的賈南風。賈充聞武帝俯允婚事，自然笑逐顏開，對著荀勗等人，稱謝不置。還有屏後探信的郭槐，得著這個好消息，真個是喜從天降，愉快莫名。自是備辦奩具，無日不忙。充亦幾無暇晷，把西征事擱在腦後，就是武帝也並不問及。至年暮下詔，仍令充復居原職，兩老二小，團圞過年，快意更可知了。

泰始八年二月，為太子衷納妃佳期。坤宅是相府豪門，紛華靡麗，不消細說，只忙煞了一班官僚，既要兩邊賀喜，又要雙方襄禮，結果是蠢兒醜女，聯合成雙，也好算是無獨有偶，天賜良緣了。調侃得妙。武帝見新婦面目，果如所料，心中不免懊悔，好在兩口兒很是親熱，並無忤言，也樂得假痴假聾，隨他過去罷了。唯郭槐因女入東宮，非常貴顯，因欲往省李氏，自逞威風。充從旁勸阻道：「夫人何必自苦，彼有才氣，足敵夫人，不如勿往。」郭槐不信，令左右備了全副儀仗，自坐鳳輿，呼擁而去。行至李氏新室，李氏不慌不忙，便服出迎。槐見她舉止端詳，容儀秀雅，不由的竦然起敬，竟至屈膝下拜。李氏亦從容答禮，引入正廳，談吐間不亢不卑，轉令郭槐自慚形穢，局促不堪。多去獻醜。勉強坐了片刻，便即告辭。李氏亦不願挽留，由她自歸。她默思李氏多才，果如充言，倘充或一往，必被李氏羈住，因此防閑益密，每遇充出，必使親人隨著，隱為監督。傍晚必迫充使歸，充無不如命，比王言還要敬奉，堂堂宰相，受制一婦，乃真是可愧可恨哩。回應荀勗語，悚人心骨。充母柳氏，素尚節義，前聞成濟弒主，尚未知充為主使，因屢罵成濟不忠，家人俱為竊笑。充益諱莫如深，不敢使母聞知。會柳母老病不起，臨危時由充入問：「有無遺囑？」柳母長嘆道：「我教汝迎李新婦，汝尚未肯聽，還要問什麼後事哩？」遂瞑目長逝。充料理母喪，仍不許李氏送葬，且終身不復

第二回　墮詭計儲君納婦　慰癡情少女偷香

見李氏。長女荃憂鬱成瘵，也即病終。不忠不孝不義不慈，充兼而有之。還有一件賈府的醜史，小子也連類敘下，免得斷斷續續，迷眩人目。自賈女得為太子妃，充位兼勳戚，復進官司空尚書令，領兵如故。當時有一南陽人韓壽，為魏司徒韓暨曾孫，系出華冑，年少風流，才如曹子建，貌似鄭子都，乘時干進，投謁相門。賈充召令入見，果然是翩翩公子，豐采過人，及考察才學，更覺得應對如流，言皆稱意。充大加嘆賞，便令他為司空掾，所有相府文牘，多出壽手，果然文成倚馬，技擅雕龍。相國重才，格外信任，每宴賓僚，必令壽與席，充作招待員。壽初入幕，尚有三分拘束，後來已得主歡，逐漸放膽，往往借酒鳴才，高談雄辯，座中佳客，無不傾情。好容易物換星移，大小宴不下數十次，為了他議論風生，遂引出一位繡閣嬌娃，前來竊聽。一日賓朋滿座，壽仍列席，酒酣興至，又把這飽學少年，傾吐了許多積悃，偏那屏後的錦帷，無風屢動，隱約逗露嬌容，好似芍藥籠煙，半明半滅。韓壽目光如炬，也覺帷中有人偷視，大約總是相府婢妾，不屑留神。誰知求鳳無意，引鳳有心，帷間的嬌女兒，看這韓壽豐采麗都，幾把那一片芳魂，被他勾攝了去。等到酒闌席散，尚是呆呆的站著一旁，經侍婢呼令入室，方才怏怏退回。既入房中，暗想世上有這般美男子，正是目未曾睹，若得與他結為鴛侶，庶不至辜負一生。當下問及侍婢，謂席間少年，姓甚名誰？侍婢答稱韓壽姓名，並說是府中掾吏。那嬌女兒既是一喜，又是一憂，喜的是蕭郎未遠，相見非難，憂的是繡閨重扃，欲飛無翼。再加那脈脈春情，不堪外吐，就使高堂寵愛，究竟未便告達，因此長吁短嘆，憂鬱無聊，鎮日裡偃息在床，不思飲食，竟害成一種單思病了。倒還是個嬌羞女子。

　　看官道此女為誰？就是上文說過的少女賈午。午自胞姊出嫁，閨中少了一個伴侶，已覺得無限寂寥，蹉跎蹉跎，過了一兩年，已符乃姊出閣年

齡，都下的公子王孫，哪個不來求婚，怎奈賈充不察，偏以為只此嬌兒，須要多留幾年，靠她娛老。俗語說得好：「女大不中留。」賈午年雖尚稚，情竇已開，聽得老父拒婚，已有一半兒不肯贊成，此次復睢見韓壽，不由的惹動情魔，懨懨成病。賈充夫婦，怎能知曉？總道她感冒風寒，日日延醫調治，醫官幾番診視，未始不察出病根，但又不便在賈充面前，唐突出言，只好模模糊糊的擬下藥方，使她煎飲。接連飲了數十劑，毫不見效，反覺得嬌軀越怯，症候越深。治相思無藥餌。充當然憂急，郭槐更焦灼萬分，往往遷怒婢女，責她們服侍不周，致成此疾。其實婢女等多已窺透賈午病源，不過似啞子吃黃連，無從訴苦，就中有個侍婢，為賈午心腹，便是前日與午問答、代為報名的女奴。她見午為此生病，早想替午設法，好做一個撮合山，但一恐賈午膽怯，未敢遽從，二恐賈充得聞，必加嚴譴，所以逐日延挨，竟逾旬月。及見午病勢日增，精神亦愈覺恍惚，甚至夢中囈語，常喚韓郎，心病必須心藥治，不得已冒險一行，潛至幕府中往見韓壽。壽生性聰明，驚聞有內婢求見，已料她來意蹊蹺，當下引入密室，探問情由。來婢即據實相告，壽尚未有室，至此也驚喜交併，忽轉念道：「此事如何使得？」便向來婢答覆，表明愛莫能助的意思。來婢愀然道：「君如不肯往就，恐要害死我嬌姝了。」壽又覺心動，更問及賈女容色，來婢舌上生蓮，說得人間無二，世上少雙，壽正當好色，怎能再顧利害，便囑來婢返報，曲通殷勤。婢當即回語賈午，午也與韓壽情意相同，驚喜參半。婢更為午設謀，想出往來門徑，令得兩下私會。午為情所迷，一一依議，乃囑婢暗通音好，厚相贈結，即以是夜為約會佳期。彼此已經訂定，午始起床晚妝，勻粉臉，刷黛眉，打扮得齊齊整整，靜候韓郎。該婢且整理衾禂，薰香添枕，待至安排妥當，已是更鼓相催，便悄悄的踅至後垣，屏息待著。到了柝聲二下，尚無足音，禁不住心焦意亂，只眼巴巴的

望著牆上，忽聽得一聲異響，即有一條黑影，自牆而下，仔細一瞧，不是別物，正是日間相約的韓幕賓。婢轉憂為喜。私問他如何進來？韓壽低語道：「這般短牆，一躍可入，我若無此伎倆，也不敢前來赴約了。」畢竟男兒好手。婢即與握手引入，曲折至賈午房中。午正望眼將穿，隱幾欲寐，待至繡戶半開，昂頭外望，先入的是知心慧婢，後入的便是可意郎君，此時身不由主，幾不知如何對付，才覺相宜。至韓壽已趨近面前，方慢慢的立起身來，與他施禮。斂衽甫畢，四目相窺，統是情投意合，那婢女已出戶自去，單剩得男女二人，你推我挽，併入歡幃。這一宵的恩愛纏綿，描摹不盡。最奇怪的是被底幽香，非蘭非麝，另有一種沁人雅味。壽問明賈午，方知是由西域進貢的奇香，由武帝特賜賈充，午從乃父處乞來，藏至是夕，才取出試用。壽大為稱賞，賈午道：「這也不難，君若明夕早來，我當贈君若干。」壽即應諾，待曉乃去。俟至黃昏，又從原路入室，再續鸞交。賈午果不食言，已向乃父處竊得奇香，作為贈品。這一段便是賈女偷香的故事，小子有詩詠道：

逾牆鑽穴太風流，處子貪歡甘被摟。
莫道偷香原韻事，須知淫賤總包羞。

究竟兩人歡會情狀，後來被人知曉否，容至下回續詳。

閱坊間舊小說，言情者不可勝計，多半是說豪府佳人，傾情才子，即如前清時代之袁簡齋，亦有「美人畢竟大家多」之句，是皆懸空揣擬，不足取信。試觀賈充二女，即可略見一斑，充固權相也，二女為相府嬌娃，應該饒有美色，乃南風短而黑，午雖較乃姊為優，史冊中究未嘗稱美，度亦不過一尋常女子耳。所可信者權奸之門，往往無佳子女，如南風之配儲君，而其後淫亂不道，卒以亂國，如午之私諧韓壽，而其後嗣子不良，亦

致赤族。女子之足以禍人，固不必其盡為尤物也。本回專敘賈充二女，實為後文亡國敗家之伏筆，且舉其奸醜情狀，首先揭出，俾閱者知始謀不正，後患無窮，騙婚不足取，偷香亦豈可效尤乎？

第二回　墮詭計儲君納婦　慰癡情少女偷香

第三回
楊皇后枕膝留言　左貴嬪攄才上頌

　　卻說韓壽得了奇香，懷藏回寓，當然不使人知，暗地收貯。偏此香一著人身，經月不散。壽在相府當差，免不得與人晉接，大眾與壽相遇，各覺得異香撲鼻，詫為奇事。當下從旁盤詰，壽滿口抵賴，嗣經同僚留心偵察，亦未見有什麼香囊，懸掛身上，於是彼此動疑，有幾個多嘴多舌的人，互相議論，竟致傳入賈充耳中。充私下忖度，莫非就是西域奇香，但此香除六宮外，唯自己得邀寵賚，略略分給妻女，視若奇珍，為什麼得入壽手？且近日少女疾病，忽然痊癒，面目上饒有春色，比從前無病時候，且不相同，難道女兒竟生斗膽，與壽私通，所以把奇香相贈麼？唯門闈森嚴，女兒又未嘗出外，如何得與壽往來？左思右想，疑竇百出，遂就夜半時候，詐言有盜入室，傳集家僮，四處搜查，僮僕等執燭四覓，並無盜蹤，只東北牆上，留有足跡，彷彿狐狸行處，因即報達賈充。充愈覺動疑，只外面不便張皇，仍令僮役返寢，自己想了半夜，這東北牆正與內室相近，好通女兒臥房，想韓壽色膽如天，定必從此入彀。是夕未知韓壽曾否續歡，若溜入女寢，想亦一夜不得安眠。俄而晨雞報曉，天色漸明，充即披衣出室，宣召女兒侍婢，祕密查問，一嚇二騙，果得實供，慌忙與郭槐商議。槐似信非信，復去探問己女，午知無可諱，和盤說出，且言除壽以外，寧死不嫁。槐視女如掌中珠，不忍加責，且勸充將錯便錯，索性把女兒嫁與韓壽，身名還得兩全。充亦覺此外無法，不如依了妻言，當下約

束婢女，不準將醜事外傳，一面使門下食客，出來作伐，造化了這個韓幕賓，乘龍相府，一番露水姻緣，變做長久夫妻，諏吉入贅，正式行禮，洞房花燭，喜氣融融，從此花好月圓，免得夜來明去，尤妙在翁婿情深，竟蒙充特上薦牘，授官散騎常侍，妻榮夫貴，豈不是曠古奇逢嗎？若使斷章取義，真是天大幸事。話分兩頭。

且說安平王司馬孚，位尊望重，進拜太宰，武帝又格外寵遇，不以臣禮相待，每當元日會朝，令孚得乘車上殿；由武帝迎入阼階，賜他旁坐。待朝會既畢，復邀孚入內殿，行家人禮。武帝親捧觴上壽，拜手致敬。孚下跪答拜，各盡義文。武帝又特給雲母輦，青蓋車，但孚卻自安淡泊，不以為榮；平居反常有憂色，至九十三歲，疾終私第，遺命諸子道：「有魏貞士河內司馬孚，字叔達，不伊不周，不夷不惠，立身行道，終始若一，當衣以時服，殮用素棺。」諸子頗依孚遺囑，不敢從奢。凡武帝所給厚賻，概置不用。武帝一再臨喪，弔奠盡哀，予諡曰獻，配饗太廟。孚雖未嘗忘魏，然不能遠引，仍在朝柄政，自稱有魏貞士，毋乃不倫。孚長子邕襲爵為王，餘子亦授官有差，外如博陵公王沈，鉅鹿公裴秀，樂陵公石苞，壽光公鄭衝，臨淮公荀顗等，俱相次告終。又有武帝庶子城陽王憲，東海王祗，亦皆夭逝。武帝屢次哀悼，常有戚容，不意福無雙至，禍不單行，那楊皇后做了八九年的國母，已享盡人間富貴，竟致一病不起，也要歸天。後與武帝情好甚篤，六宮政令，委後獨裁，武帝從未過問。就是後庭妾御，為數無多，也往往敝服損容，不敢當夕。自從武帝即位，至泰始八年，除舊有宮妾外，只選了一個左家女，拜為修儀。左女名芬，乃是祕書郎左思女弟。左思字太沖，臨淄人氏，家世儒學，夙擅文名，嘗作《齊都賦》，一年乃成，妃白儷黃，備極工妙。嗣又續撰《三都賦》，魏吳蜀三都。構思窮年，自苦所見未博，因移家京師，搜採各書，朝夕瀏覽，每

得一句，即便錄出，留作詞料。菑陽公衛顗及著作郎張載，中書郎劉逵等，聞思好學能文，皆引與交遊，且薦為祕書郎。思得了此官，所有天府藏書，任他取閱，左宜右有，始得將《三都賦》製成。屈指年華，正滿十稔，後人稱他為煉都十年。三賦脫稿，都下爭抄，洛陽為之紙貴，就是左太沖三字的價值，也冠絕一時。隨筆帶入左思煉都，意在重才。左芬得兄教授，刻意講求，仗著她慧質靈心，形諸歌詠，居然能下筆千言，作一個掃眉才子。武帝慕才下聘，左思只好應命，遣芬入宮，更衣承寵，特沐隆恩。可惜她姿貌平常，容不稱才，武帝雖然召幸，終嫌未足，因此得隴望蜀，復欲廣選絕色女子，充入後庭。

　　會海內久安，四方無事，遂詔選名門淑質，使公卿以下子女，一律應選，如有隱匿不報，以不敬論。那時豪門貴族，不敢違慢，只好將親生女兒，盛飾豔妝，送將進去。武帝挈了楊后，臨軒親選，但見得粉白黛綠，齊集殿門，楊后陰懷妒忌，表面上雖無慍色，心計中早已安排，待各選女應名趨入，遇有豔麗奪目，即斥為妖冶不經，未堪中選，唯身材長大，面貌潔白，饒有端莊氣象，才稱合格。娶媳時何不操定此見？武帝也無可奈何，只好由她揀擇。俄有一卞家女冉冉進來，生得一貌如花，格外嬌豔，武帝格外神移，掩扇語後道：「此女大佳。」後應聲道：「卞氏為魏室姻親，三世後族，今若選得此女，怎得屈以卑位？不如割愛為是。」好辯才。武帝窺透後意，只好捨去。卞女退出，復來了一個胡女，卻也豔麗過人，唯乃父奮為鎮軍大將軍，女秉有遺傳性質，婀娜中有剛直氣，後乃不復多說，便許武帝選定。當時中選女子，概用絳紗繫臂，胡女籠紗下殿，自思不得還見父母，未免含哀，甚至號泣有聲。左右忙搖手示禁道：「休哭！休哭！恐被陛下聞知。」胡女反朗聲道：「死且不怕，怕什麼陛下？」倒是一個英雌。武帝頗有所聞，暗暗稱奇。嗣複選得司徒李胤女，廷尉諸葛衝

女,太僕臧權女,侍中馮蓀女等,共數十人,乃退入後宮,是夕不傳別人,獨宣入胡家女郎,問她閨名,係一芳字。當下叫她侍寢,胡女到了此時,也只好唯命是從。一夜春風,恩週四體,翌晨即有旨傳出,著洛陽令司馬肇奉冊入宮,拜胡芳為貴嬪。復因左芬先入,恐她抱怨,也把貴嬪綠秩,賞給了她。後來復召幸諸女,只有諸葛女最愜心懷,小名叫一婉字,頗足相副,因亦封為夫人,但尚未及胡貴嬪的寵遇,一切服飾,僅亞楊后一等,後宮莫敢與爭。獨後由妒生悔,由悔生愁,竟致染成一病,要與世長辭了。插入此段,包含無數筆墨。

　　武帝每日入視,且迭徵名醫診治,始終無效,反逐漸加添起來。時已為泰始十年初秋,涼風一霎,吹入中宮,楊后病勢加劇,已是臨危,武帝親至榻前,垂涕慰問,后勉強抬頭,請武帝坐在榻上,乃垂頭枕膝道:「妾侍奉無狀,死不足悲,但有一語欲達聖聰,陛下如不忘妾,請俯允妾言!」武帝含淚道:「卿且說來,朕無不依從。」楊后道:「叔父駿有一女,小字男胤,德容兼備,願陛下選入六宮,補妾遺恨,妾死亦瞑目了。」言訖,嗚咽不止。武帝也忍不住淚,揮灑了好幾行,並與后握手為誓,決不負約。楊后見武帝已允,才安然閉目。竟在武帝膝上,奄然長逝,享年三十七歲。看官!你道楊后何故有此遺言?她恐胡貴嬪入繼后位,太子必不得安,所以欲令從妹為繼,既好壓制胡氏,復得保全儲君,這也是一舉兩得的良策。誰知後來反害死叔父,害死從妹。武帝也瞧破隱情,但因多年伉儷,不忍相違,所以與后為誓,勉從所請。當下舉哀發喪,務從隆備,且令有司卜吉安葬,待至窀穸有期,又命史臣代作哀策,敘述悲懷,隨即予諡曰元,奉葬峻陽陵。左貴嬪芬,獨獻上一篇長誄,追溯后德,誄文不下數千言,由小子節錄如下。何必多出風頭,難道想做繼后不成?

　　維泰始十年,秋,七月,丙寅,晉元皇后楊氏崩。嗚呼哀哉!昔有莘

適殷，姜姒歸周，宜德中闈，徽音永流。樊衛二姬，匡齊翼楚，馬鄧兩妃，亦毗漢主。元后光嬪晉宇，伉儷聖皇，比蹤往古。遭命不永，背陽即陰，六宮號咷，四海慟心。嗟予鄙妾，銜恩特深。這是乏色的好處。追慕三良，甘心自沉。何用存思？不忘德音。何用紀述？託詞翰林。乃作誄曰：赫赫元后，出自有楊，奕世朱輪，耀彼華陽。維嶽降神，顯茲禎祥。篤生英媛，休有烈光。含靈握文，異於庶姜。率由四教，匪怠匪荒。行週六親，徽音顯揚。顯揚伊何？京室是臧。乃娉乃納，聿嬪聖皇。正位閨閫，維德是將。鳴珮有節，發言有章。思媚皇姑，虔恭朝夕。允釐中饋，執事有恪。於禮斯勞，於敬斯勤。雖曰齊聖，邁德日新。亦既青陽，鳴鳩告時。躬執桑曲，率導媵姬。修成蠶簇，分繭理絲。女工是察，祭服是治。祗奉宗廟，永言孝思。於彼六行，靡不蹈之。皇英佐舜，塗山翼禹，唯衛唯樊，二霸是輔。明明我後，異世同軌，內敷陰教，外毗陽化。綢繆庶正，密勿夙夜。恩從風翔，澤隨雨播，遐邇詠歌，中外禔福。天祚貞吉，克昌克繁，則百斯慶，育聖育賢。教逾妊姒，訓邁姜嫄，堂堂太子，唯國之元。濟濟南陽，後子東封南陽王。為屏為藩。本支菴藹，四海蔭焉。積善之堂，五福所並，宜享高年，匪隕匪傾。如彭之齒，如聃之齡，雲胡不造？於茲禍殃。寢疾彌留，寤寐不康，巫咸騁術，扁鵲奏方。祈禱無應，嘗藥無良。形神既離，載昏載荒。奄忽崩殂，湮精滅光。哀哀太子，南陽繁昌。攀援不寐，擗踴摧傷。嗚呼哀哉！閟宮號咷，宇內震驚。奔者填衢，赴者塞庭。哀慟雷駭，流涕雨零，唏噓不已，若喪所生。唯帝與後，契闊在昔。比翼白屋，雙飛紫閣。悼後傷後，早即窀穸。言斯既及，涕泗隕落。追維我後，實聰實哲。通於性命，達於儉節。送終之禮，比素上世。襚無珍寶，唅無明月。恐怕未必。潛輝梓宮，永背昭晰。臣妾哀號，同此斷絕。庭宇邈密，幽室增陰。空設帷帳，虛置衣衾。人亦有

言，神道難尋。悠悠精爽，豈浮豈沉？豐奠日陳，冀魂之臨。孰云元後，不聞其音。乃議景行，景行已溢。乃考龜筮，龜筮襲吉。爰定宅兆，克成玄室。魂之往兮，於以今日。仲秋之晨，啟明始出。星陳夙駕，靈輿結駟。其輿伊何？金根玉箱。其駟伊何？二駱雙黃。習習容車，朱服丹章。隱隱轔軒，弁絰緦裳。華轂躪野，素蓋被原。方相仡仡，旌旗翻翻，挽童引歌，白驥鳴轅。觀者夾塗，士女涕漣。千乘萬騎，迄彼峻山。峻山峨峨，層阜重阿。弘高顯敞，據洛背河。左瞻皇姑，右睇帝家，唯存揆亡，明神所嘉。諸姑姊妹，娣姒媵御，追送塵軌，號咷衢路。王侯卿士，雲會星布。群官庶僚，縞蓋無數。中外俱臨，同哀並慕。有始有終，天地之經。自非三光，誰能不零？存播令德，沒圖丹青。先哲之志，以此為榮。溫溫元后，實宜慈焉。撫育群生，恩惠滋焉。遺愛不已，永見思焉。懸名日月，垂萬春焉。嗚呼庶妾，感四時焉。言思言慕，涕漣洏焉。

　　這篇誄文，經武帝覽著，看她說得悲切，也出了許多眼淚，並重芬詞藻，屢加恩賜。但芬體素弱，多愁多病，終不能特別邀寵，鎮日裡悶坐深宮，除筆墨消遣外，毫無樂趣。從來造物忌才，左家女有才無色，也是天意特留缺陷，使她無從得志哩。幸虧有此，才得令終。

　　越年正月朔日，頒詔大赦，改元咸寧，追尊宣帝為高祖，景帝為世宗，文帝為太祖，並錄敘開國功臣，已死得配享廟食，未死得銘功天府。帝德如春，盈庭稱頌。武帝自楊后殁後，雖然不免悲感，但也有一樁好處，妃嬪媵嬙，儘可隨意召幸，不生他慮。無如人主好色，往往喜新厭故，宮中雖有數百個嬌娥，幾次入御，便覺味同嚼蠟，因此復下詔採選，暫禁天下嫁娶，令中官分馳州郡，專覓嬌娃。可憐良家女子，一經中官合意，無論如何勢力，不能乞免，只好拜別爹娘，哭哭啼啼，隨著中使，趨入宮中，統共計算，差不多有五千人。武帝朝朝挹豔，夜夜採芳，把全副

龍馬精神，都向虛牝中擲去，究竟娥眉伐性，力不勝欲，徒落得形容憔悴，筋骨衰頹。咸寧二年元日，竟不能視朝，託詞疾疫，病倒龍床，接連有數日未起。朝野洶洶，俱言主上不諱，太子不堪嗣立，不如擁戴皇弟齊王攸，河南尹夏侯和，且私語賈充道：「公二婿親疏相等，充長女適齊王，次女適太子，均見前回。立人當立德，不可誤機。」和豈不知充有悍婦嗎？充默然不答。既而武帝得了良醫，病幸漸瘳，仍復出理朝政。荀勗馮紞，阿諛取容，素為齊王攸所嫉，積不相容。勗乃乘間行讒，使紞進說武帝道：「陛下洪福如天，病得痊癒。今日為陛下賀，他日尚為陛下憂。」武帝道：「何事可憂？」紞囁嚅道：「陛下前立太子，無非為傳統起見，但恐將來或有他變，所以可憂。」武帝復問為何因？紞又道：「前日陛下不豫，百僚內外，統已歸心齊王，陛下試想萬歲千秋後，太子尚能嗣立麼？」是謂膚受之愬。武帝不覺沉吟。紞見武帝心動，更獻計道：「臣為陛下畫策，莫若使齊王歸藩，免滋後慮。」武帝也不多言，唯點首至再。及紞既趨出，復遣左右隨處探訪，得知夏侯和前日所言，仍徙和為光祿勳，並遷賈充為太尉，罷免兵權。唯見攸守禮如恆，無瑕可指，因暫令任職司空，再作計較。外如何曾得進位太傅，陳騫得遷官大司馬，不過挨次升位，並沒有什麼關係。獨汝陰王駿，受職徵西大將軍，都督雍涼等州軍事，專討樹機能，都督荊州軍事羊祜，加官征南大將軍，專御孫吳。

　　轉瞬間為楊后二週年，遣官往祭峻陽陵，並憶及楊后遺言，擬冊楊駿女為繼后，先令內使往驗女容，果然修短得中，纖穠合度，乃援照古制，具行六禮，擇吉初冬，續行冊后典儀。屆期這一日，龍章麗採，鳳輦承恩，當然有一番熱鬧。禮成以後，下詔大赦，頒賜王公以下及鰥夫寡婦有差。新皇后入宮正位，妃嬪等無不趨賀。左貴嬪也即與列，當由武帝特旨賜宴，並命左貴嬪作頌。左貴嬪略略構思，便令侍女取過紙筆，信手疾

第三回　楊皇后枕膝留言　左貴嬪攄才上頌

書，但見紙上寫著：

峨峨華嶽，峻極泰清。巨靈導流，河瀆是經。唯瀆之神，唯瀆之靈，鍾於楊族，載育盛明。穆穆我後，應期挺生。含聰履哲，岐嶷凤成。如蘭之茂，如玉之瑩。越在幼衝，休有令名。飛聲八極，翕習紫庭。超任邈姒，比德皇英。京室是嘉，備禮致聘，令月吉辰，百僚奉迎。周生歸韓，詩人是詠。我後戾止，車服輝映，登位太微，明德日盛。群黎欣戴，函夏同慶。翼翼聖皇，睿哲孔純。愍茲狂戾，闡惠播仁。蠲纍滌穢，與時唯新。沛然洪赦，恩詔遐震。後之踐祚，囹圄虛陳。萬國齊歡，六合約欣。坤神抃舞，天人載悅，興順降祥，表精日月。和氣氤氳，三光朗烈。既獲嘉時，尋播甘雪。玄雲晻藹，靈液霏霏。既儲既積，待晹而晞。瞻睍沾濡，柔潤中畿。長享豐年，福祿永綏。

屬稿既成，另用彩紙謄真，約有一二個時辰，已將頌詞繕就，妃嬪等同聲讚美，推為雋才。可巧武帝在外庭畢宴，慢慢的踱入中宮，新皇后以下，一律迎駕。左貴嬪即將頌詞呈上，由武帝覽閱一週，便稱賞道：「寫作俱佳，足為中宮生色了。」說著，親舉玉卮，賜飲三觴。左貴嬪受飲拜謝，時已昏黃，便各謝宴散去。小子有詩讚左貴嬪道：

曹氏大家常續史，左家小妹復能文。
從知大造無偏毓，巾幗多才也軼群。

宮中已經散席，帝后兩人共入龍床，同去做高唐好夢了。欲知後事，請看下回。

禍晉者賈氏，而成賈氏之禍者，實唯楊皇后。立蠢兒為太子，一誤也；納悍女為子婦，二誤也；至臨危枕膝，尚以從妹入繼為請，死且徇私，可嘆可恨。蓋婦人心性，往往只知有己，不知有家，家且不知，國乎

何有？晉武為開國主，何其沾沾私愛，甘心鑄錯？甚至誤信佞臣，疑忌介弟，試思有子如衷，有媳如南風，尚堪付畀大業乎？左貴嬪一誄一頌，類多粉飾之詞，不足取信，但以一巾幗婦人，多才若此，足令鬚眉汗下。本回兩錄原文，為女界貢一詞采，非漫譽兩楊后也。

第三回　楊皇后枕膝留言　左貴嬪攄才上頌

第四回
圖東吳羊祜定謀　討西虜馬隆奏捷

　　卻說武帝繼后楊氏，名芷，字李蘭，小名叫做男胤，年方二九，饒有姿容，並且德性婉順，能盡婦道。詳敘后德，影射下文賈后之悍。自從入繼中宮，與武帝情好甚歡，大略與前后相似。后父駿曾為鎮軍將軍，至是進任車騎將軍，封臨晉侯。駿有弟珧，任職衛將軍，獨上表陳情道：「從古以來，一門二后，每不能保全宗族，況臣家功微德薄，怎堪受此隆恩？乞將臣表留藏宗廟，庶幾後日相證，尚可曲邀天赦，免罹禍殃。」似有先見，然看到後文，實是要挾語。武帝準如所請，乃將珧表留藏。唯駿自恃國戚，怙寵生驕，尚書郭奕等，表稱駿器量狹小，不宜重任，武帝為後推愛，竟不少省。又是一誤。鎮軍將軍胡奮，見駿驕侈，竟直言相規道：「公靠著貴女，乃更增豪侈麼？歷觀前朝豪族，與天家結婚，輒至滅門，不過略分遲早呢。」駿瞿然道：「君女亦納入天家，何必責我？」見前回。奮微笑道：「我女雖然入宮，只配與公女作婢，怎得相比？我家卻無關損益，不如公門顯赫，令人側目，此後還請公三思！」可謂諍友。駿終不以為意，且還疑奮有妒意，怏怏別去。既而衛將軍楊珧等，上言「古時封建諸侯，實為屏藩王室起見，今諸王公皆在京師，實與古意未合，應一律遣使出鎮，俾就外藩。且異姓諸將，散屯邊疆，非皆可恃，亦宜參用親戚，隱為監制」云云。武帝乃核定國制，就戶邑多少為差，分為三等。大國置三軍，共五千人，次國二軍，共三千人，小國一軍，共一千五百人。凡諸

第四回　圖東吳羊祜定謀　討西虜馬隆奏捷

王兼督軍事，各令出鎮，於是徙扶風王亮為汝南王，出為鎮南大將軍，都督豫州諸軍事。琅琊王倫為趙王，兼領鄴城守事。渤海王輔司馬孚三子。為太原王，監并州諸軍事。東莞王伷已蒞徐州，徙封琅琊王。汝陰王駿已赴關中，徙封扶風王。又徙太原王顒司馬孚孫，為後來八王之一。為河間王，河間王威為章武王。威亦孚孫。尚有疏戚諸王公，悉令就國。大家戀戀都中，不願遠行，奈因王命難違，不得已涕泣辭去。尋又立皇子瑋為始平王，允為濮陽王，該為新都王，遐為清河王，數子年尚幼弱，皆留居京師。

征南大將軍羊祜，久鎮襄陽，墾田得八百餘頃，足食足兵。襄陽與吳境接壤，吳主孫皓，係吳主孫權長孫，粗暴驕盈，好酒漁色。祜本欲乘隙圖吳，因吳左丞相陸凱，公忠體國，制治有方，所以虛與周旋，未敢東犯。及凱已病歿，乃潛請伐吳，適益州兵變，又致遷延。祜有參軍王濬，奉調為廣漢太守，發兵討益州亂卒，幸即蕩平。濬得任益州刺史，講信立威，綏服蠻夷。武帝徵濬為大司農，祜獨密表留濬，謂欲滅東吳，必須憑藉上流。濬才可專閫，不宜內用，武帝乃仍令留任，且加濬龍驤將軍，監督梁益二州軍事。當時吳中有童謠云：「阿童復阿童，銜刀浮渡江。不畏岸上獸，但畏水中龍。」濬籍隸弘農，小名正叫做阿童，小具大志，豐姿俊逸。燕人徐邈，有女慧美，及笄未嫁，邈甚是鍾愛，令女自擇偶，迄未當意。會邈出守河東，濬得迭為從事，年少英奇，頗為邈所賞識。邈因大會佐吏，使女在幕內潛窺，女指濬告母，謂此子定非凡器。獨具慧鑑。邈聞女言，即將女嫁濬為妻，琴瑟和諧，不消細說。事與賈午相似，但彼為苟合，此實光明。嗣投羊祜麾下，祜亦加優待，每事與商。祜兄子暨嘗伺間語祜道：「濬好大言，恐滋他患，宜預加裁抑，休使胡行！」祜粲然道：「如汝怎能知人？濬有大才，一得逞志，必建奇功，願勿輕視！」徐

女尚垂青眼，何況羊叔子。及浚得監督梁益二州，祜欲借上流勢力，順道伐吳，並因浚名與童謠相符，即表聞晉廷，請飭浚密修舟楫，為東略計。武帝依言詔浚。浚即大作戰艦，長百二十步，可容二千餘人，艦上用木為城，架起樓櫓，四面開門，上可馳馬往來，又在各船頭上，繪畫鷁首怪獸，以懼江神。繪獸驚神，未免近愚。工作連日不休，免不得有木頭竹屑，被水漂流，隨江東下。吳建平太守吾彥，留心西顧，瞧見江心竹木，料知上流必造舟楫，當即撈取呈報，謂晉必密謀攻吳，宜亟加戍建平，堵塞要衝。吳主皓方盛築昭明宮，大開苑囿，侈築樓觀，採取將吏子女，入宮縱樂，還有何心顧及外侮？得了吾彥的表章，簡直是不遑細覽，便即擱過一邊。吾彥不得答詔，自命工人冶鐵為鎖，橫斷水路，作為江防。適吳西陵督軍步闡，懼罪降晉，吳大司馬陸抗，凱從弟。自樂鄉督兵討闡，圍攻西陵。祜奉詔往援，自赴江陵，別遣荊州刺史楊肇攻抗。抗分軍抵禦，擊敗楊肇。祜聞肇敗還，正擬親往督戰，偏西陵已被抗攻入，步闡被誅，屠及三族。祜只好付諸一嘆，率兵還鎮。武帝罷楊肇官，任祜如舊。祜乃斂威用德，專務懷柔，招徠吳人。有時軍行吳境，刈谷為糧，必令給絹償值，或出獵邊境，留止晉地，遇有被傷禽獸，從吳境奔入，亦概令送還。就是吳人入掠，已為晉軍所殺，尚且厚加殯殮，送屍還家。如得活擒回來，願降者聽，願歸者亦聽，不戮一人。吳人翕然悅服。祜又嘗通使陸抗，互有饋遺。抗送祜酒，祜對使取飲，毫不動疑。及抗有小疾，祜合藥饋抗，抗亦即取服。部下或從旁諫阻，抗搖首道：「羊叔子豈肯鴆人？」叔子即祜表字。抗又遍戒邊吏道：「彼專行德，我專行暴，是明明為叢毆雀了。今但宜各保分界，毋求細利。」羊祜對吳，無非籠絡計策，即陸抗亦為所愚。吳主皓反以為疑，責抗私交羊祜。抗上疏辯駁，並陳守國時宜十二條，均不見行。皓且信術士刁元言，謂：「黃旗紫蓋，出現東南。

荊揚君主，必有天下。」乃大發徒眾，杖鉞西行，凡後宮數千人，悉數相隨。行次華裡，正值春雪兼旬，凝寒不解，兵士不堪寒凍，互相私語道：「今日遇敵，便當倒戈。」皓頗有所聞，始引兵還都。陸抗憂國情深，憂鬱成疾，在鎮五年，竟致溘逝。遺表以西陵建平，居國上游，不宜弛防為請。吳主皓因命抗三子分統部軍，抗長子名元景，次名元機，又次名雲，機雲善屬文，併負重名，獨未諳將略。吳主卻令他分將父兵，真所謂用違其長了。

　　術士尚廣，為吳主卜筮，上問休咎。尚廣希旨進言，說是歲次庚子，青蓋當入洛陽。吳主大喜。已而臨平湖忽開，朝臣多稱為禎祥。臨平湖自漢末湮塞，故老相傳：「湖塞天下亂，湖開天下平。」吳主皓以為青蓋入洛，當在此時，因召問都尉陳順。順答說道：「臣止能望氣，不能知湖的開塞。」皓乃令退去。順出語密友道：「青蓋入洛，恐是銜璧的預兆。今臨平湖無故忽開，也豈得為佳徵麼？」嗣復由歷陽長官奏報，歷陽山石印封發，應兆太平。皓又遣使致祭，封山神為王，改元天紀。東吳方相繼稱慶，西晉已潛擬興師，羊祜繕甲訓卒，期在必發，因首先上表，力請伐吳，略云：

　　先帝順天應時，西平巴蜀，南和吳會，海內得以休息，兆庶有樂安之心，而吳復背信，使邊事更興，夫期運雖天所授，而功業必由人而成。蜀平之時，天下皆謂吳當並亡，蹉跎至今，又越十三年，是謂一週。今不平吳，尚待何日？議者嘗謂吳楚有道後服，無禮先彊，此乃諸侯之時耳，今當一統，不得與古同論。夫適道之言，未足應權，是故謀之雖多，而決之慾獨。凡以險阻得存者，謂所敵者同，力足自固，苟其輕重不齊，強弱異勢，則智士不能謀，而險阻不可保也。蜀之為國，非不險也，高山尋雲霓，深谷肆無影，束馬懸車，然後得濟，皆言一夫荷戟，千人莫當，及進

兵之日,曾無藩籬之限,新將搴旗,伏屍數萬,乘勝席捲,徑至成都,漢中諸城,皆鳥棲而不敢出,非皆無戰心,力不足以相抗也。至劉禪降服,諸營堡者索然俱散,今江淮之隘,不過劍閣,山川之險,不如岷漢,孫皓之暴,侈於劉禪,吳人之困,甚於巴蜀,而大晉兵眾,多於前世,資儲器械,盛於往時,今不於此平吳,更阻兵相守,征夫苦役,日尋干戈,經歷盛衰,不可長久,宜乘時平定以一四海,今若引梁益之兵,水陸俱下,荊楚之眾,進臨江陵,平南豫州,直指夏口,徐揚青兗,並會秣陵,鼓旆以疑之,多方以誤之,以一隅之吳,當天下之眾,勢分形散,所備皆急,一處傾壞,上下震盪,雖有智者,不能為謀。況孫皓恣情任意,與下多忌,將疑於朝,士困於野,平常之日,獨懷去就,兵臨之際,必有應者,終不能齊力致死,已可知也。又其俗急速,不能持久,弓弩戟楯,不如中國,唯有水戰,是其所長,但我兵入境,則長江非復彼有,還保城池,去長就短,我軍懸進,人有致節之志,吳人戰於其內,徒有憑城之心,如此則軍不逾時,克可必矣。乞奮神斷,毋誤事機,臣不勝橐鞬待命之至。

這表呈上,武帝很為嘉納,即召群臣會議進止。賈充荀勖馮紞,力言未可,廷臣多同聲附和,且言秦涼未平,不應有事東南。武帝因飭祜且緩進兵。祜復申表固請,大略謂:「吳虜一平,胡寇自定,但當速濟大功,不必遲疑。」武帝終為廷議所阻,未肯急進。祜長嘆道:「天下不如意事,常十居八九,當斷不斷,天與不取,恐將來轉無此機會了。」既而有詔封祜為南城郡侯,祜固辭不拜。平時嘉謨入告,必先焚草,所引士類,不令當局得聞,或謂祜慎密太過,祜慨然道:「美則歸君,古有常訓。至若薦賢引能,乃是人臣本務,拜爵公朝,謝恩私室,更為我所不取呢。」又嘗與從弟琇書道:「待邊事既定,當角巾東路,言歸故里,不願以盛滿見責。疏廣見漢史。便是我師哩。」如此志行,頗足令後人取法。咸寧四年

第四回　圖東吳羊祜定謀　討西虜馬隆奏捷

春季，祜患病頗劇，力疾求朝，既至都下，武帝命乘車入視，使衛士扶入殿門，免行拜跪禮，賜令侍坐。祜仍面請伐吳，且言：「臣死在朝夕，故特入覲天顏，冀償初志。」武帝好言慰諭，決從祜謀。祜乃趨退，暫留洛都。武帝不忍多勞，常命中書令張華，銜命訪祜。祜語華道：「主上自受禪後，功德未著，今吳主不道，正可弔民伐罪，混一六合，上媲唐虞，奈何捨此不圖呢？若孫皓不幸早歿，吳人更立令主，雖有眾百萬，也未能輕越長江，後患反不淺哩。」華連聲贊成。祜唏噓道：「我恐不能見平吳盛事，將來得成我志，非汝莫屬了。」華唯唯受教，復告武帝。武帝復令華代達己意，欲使祜臥護諸將。祜答道：「取吳不必臣行，但取吳以後，當勞聖慮，事若未了，臣當有所付授，但求皇上審擇便了。」未幾疾篤，乃舉杜預自代。預已起任度支尚書，應第二回。至是因祜推薦，即拜預為鎮南大將軍，都督荊州諸軍事。預尚未出都，祜已疾終私第，享年五十八。武帝素服臨喪，慟哭甚哀。是時天適嚴寒，涕淚沾著鬚髯，頃刻成冰，及御駕還宮，特賜祜東園祕器，並朝服一襲，錢三十萬，布百匹，追贈太傅，予諡曰成。

　　祜本南城人，九世以清德著名。補述籍貫，以地表人，本書著名人物，概用此例。自祜出鎮方面，起居服食，仍守儉素，祿俸所入，皆分贍九族，或散賞軍士，家無餘財，遺命不得厚殮，並不得以南城侯印入柩。武帝高祜讓節，許複本封。原來祜曾受封鉅平侯，鉅平係是邑名，與南城不同。襄陽百姓，聞祜去世，追憶遺惠，號哭罷市。祜生前在襄陽時，好遊峴山，百姓因就山立祠，歲時享祭，祠外建碑，道途相望，相率流涕，後來杜預號此碑為墮淚碑。太傅何曾，同時逝世。曾性頗孝謹，整肅閨門，自少至長，絕意聲色，晚年與妻相見，尚各正衣冠，禮待如賓。唯阿附賈充，無所建白，自奉甚厚，一食萬錢，尚謂無下箸處。博士秦秀，為

曾議諡，慨語同僚道：「曾驕侈過度，名被九域，生極恣情，死又無貶，王公大臣，尚復何憚？謹按諡法，名與實異曰繆，怙亂肆行曰醜，可諡為繆醜公。」恰也爽快。武帝憶念勳舊，不欲加疵，仍策諡為孝。比羊叔子何如？正擬舉兵伐吳，忽聞涼州兵敗，刺史楊欣，又復戰死，武帝又未免躊躇，僕射李熹，獨舉匈奴左部帥劉淵，使討樹機能，侍臣孔恂諫阻道：「非我族類，其心必異，劉淵豈可專征？若使他討平樹機能，恐西北邊患，從此益深了。」武帝乃不從熹言。

　　看官聽著！劉淵是西晉禍首，小子既經敘及，不得不詳為表明。從前南匈奴與漢和親，自稱漢甥，冒姓劉氏。魏祖曹操，曾命南匈奴單于呼廚泉，入居并州境內，分匈奴部眾為五部。左部帥劉豹，系呼廚泉兄子，部族最強。後司馬師用鄧艾計，分左部為二，另立右賢王，使居雁門。豹子名淵，字元海，幼即俊異，師事上黨人崔遊，博習經史，嘗語同學道：「我常恥隨陸無武，絳灌無文。隨何陸賈絳侯周勃灌嬰，皆漢初功臣。隨陸遇漢高祖，不能立業封侯，絳灌遇漢文帝，不能興教勸學，這豈非一大可惜麼？」於是兼學武事，日演騎射，少長已膂力過人，入為侍子，留居洛陽。安東將軍王渾父子，屢稱淵文武兼長，可為東南統帥，李熹又薦他督領西軍，俱被孔恂等諫阻。淵得知消息，密語好友王彌道：「王李見知，每相推薦，非徒無益，恐反為我患哩。」因縱酒長嘯，唏噓流涕。當有人告知齊王攸，攸入奏武帝道：「陛下不除劉淵，臣恐并州不能久安。」王渾在側，獨替淵解免道，「大晉方以信義懷柔殊俗，奈何無故加疑，殺人侍子呢？」晉主遂釋淵不誅，未幾豹死，竟授淵為左部帥，出都而去。縱虎歸山。

　　已而復聞樹機能攻陷涼州，武帝且憂且嘆道：「何人為我討平此虜？」道言未畢，左班內閃出一人道：「陛下若肯任臣，臣決能平虜。」武帝瞧

第四回　圖東吳羊祜定謀　討西虜馬隆奏捷

將過去，乃是司馬督馬隆，便接口道：「卿能平賊，當然委任，但未知卿方略何如？」隆答道：「臣願募勇士三千人，率領西行，陛下不必預問策略，由臣臨敵制謀，定能報捷。」武帝大喜道：「卿能如是，朕復何憂？」當下命隆為討虜將軍，兼武威太守。廷臣多言隆本小將，妄談難信，且現兵已多，何必再募勇士？武帝不聽，一意委隆。隆設局募兵，懸標為的，須引弓四鈞，挽弩九石，方得合選。隆親自簡試，得三千五百人，稱為已足。又自至武庫選仗，武庫令但給敝械，與隆忿爭。隆復入白武帝，陳明武庫令阻難情形，武帝因傳諭武庫令，任隆自擇。隆始得往取精械，分給勇士，一面入朝辭行。武帝面許給三年軍資，隆拜命出都，向西出發。行過溫水，樹機能等擁眾數萬，據險拒守。隆見山路崎嶇，不易輕進，乃令部下造起扁箱車，載兵徐進，遇著地方遼闊，聯車為營，四面排設鹿角，相隨並趨，一入狹徑，另用木屋覆蓋車上，得避弓弩。胡兵雖有埋伏，也覺技無所施，就使出來攔阻，亦被隆逐段殺退。始終不外持重。隆且戰且前，並令勇士挽弓四射，發無不中。胡兵多應弦倒地，有幾個僥倖脫彀，均皆駭散。因此隆冒險進兵，如同平地，轉戰千里，未嘗一挫，反殺傷胡虜數千人，得直抵武威鎮所。自從隆領兵西進，音問杳然，好幾月不見軍報，朝廷頗以為憂。或謂隆已陷沒，故無音耗，及隆使到達，始知他已安抵武威。武帝撫掌歡笑，自喜知人，詰朝召語群臣道：「朕若誤信卿等，是已無秦涼了。」群臣懷慚退去。武帝即降詔獎隆，假節宣威將軍，加赤幢曲蓋鼓吹，未幾，又得隆捷報，已擒降鮮卑部酋數人，得眾萬餘，又未幾更聞報大捷，十年以來的巨寇樹機能，竟被隆乘勝奮斫，梟首涼州，秦涼各境，一律肅清。小子有詩詠道：

　　用兵最忌是拘牽，良將功成在任專。
　　十載胡氛從此掃，明良相遇自安全。

秦涼既平，武帝擬按功行賞，偏朝上一班奸臣，又復出來阻撓，畢竟隴眾能否邀賞，且看下回再表。

　　《商書》有言：「取亂侮亡。」吳主孫皓，淫暴無道，已寓亂亡之兆，羊祜之決議伐吳，亦即取亂侮亡之古義耳。唯前時吳尚有人，內得陸凱之為相，外得陸抗之為將，故羊祜虛與周旋，未敢進逼。「將軍欲以巧勝人，盤馬彎弓故不發。」羊叔子庶幾近之，或謂其刈谷償絹，送還獵獸，第愚弄吳人之狡術，殊不足道，不知外交以才不以德，必拘拘然繩以仁義，幾何而不蹈宋襄之覆轍也。況峴首築祠，墮淚名碑，三代以下，亦不數覯。本回詳為演述，褒揚之義，自在言中。彼如馬隆之得平樹機能，未始非晉初名將，觀晉武之倚重兩人，乃知開國之主，必有所長，不得以外此瑕疵，遽掩其知人之明也。

第四回　圖東吳羊祜定謀　討西虜馬隆奏捷

第五回
搗金陵數路並舉　俘孫皓二將爭功

　　卻說馬隆既討平秦涼，朝議將加賞西征將士，偏有人出來阻撓，謂西征將士，已加顯爵，不宜更授。獨衛將軍楊珧進駁道：「前由隆募選驍勇，稍加爵命，不過為鼓勵起見，今隆眾已蕩平西土，未得增賞，將來如何用人，反覺得朝廷失信了。」武帝也以為然，遂頒詔酬勳，賜爵加秩如例。先是西北未平，尚不暇顧及東南，吳主孫皓，還道是四境平安，樂得淫佚。每宴群臣，必令沉醉，又嘗置黃門郎十餘人，密為監察，群臣醉後忘情，未免失檢，那黃門郎立即糾彈，皓即令將失儀諸臣，牽出加罪，或剝面，或鑿眼，可憐他無辜遭譴，徒害得不死不活，成為廢人。晉益州刺史王濬，察知東吳情事，遂奉表晉廷，略謂：「孫皓荒淫凶逆，宜速征伐，臣造船七年，未得出發，反致朽敗。且臣年七十，死亡無日，願陛下無失時機，亟命東征！」武帝復召廷臣會議，賈充荀勗等仍執前說，力阻行軍，唯張華憶羊祜言，贊同濬議。適將軍王渾，調督揚州，鎮守壽陽，與吳人屢有戰爭，遂上言：「孫皓不道，意欲北上，應速籌戰守為宜。」朝議以天已嚴寒，未便出師，決待來春大舉，武帝亦樂得休暇。一日，正召入張華弈棋，忽由襄陽遞入急奏，武帝不知何因，忙即展覽，奏中署名，是荊州都督杜預，大略說是：

　　故太傅羊祜，與朝臣異見，不先博謀，獨與陛下密議伐吳，故朝臣益致齟齬。凡事當以利害相較，今此舉之利，十有八九，而其害止於無功

耳。近聞朝廷事無大小，異議蜂起，雖人心不同，亦由恃恩不慮後難，故輕相同異也。昔漢宣帝議趙充國所上事，獲效之後，召責前時異議諸臣，始皆叩頭而謝，此正所以塞異端，杜眾枉耳。今自秋以來，討賊之形頗露，若又中止，孫皓怖而生計。或徙都武昌，更完修江南諸城，遠其居民，城不可攻，野無所掠，則明年之計，亦得無及矣。時哉勿可失，唯陛下察之！

武帝覽畢，順手遞視張華。華看了一週，便推枰斂手道：「陛下聖明神武，國富兵強，號令如一。吳主荒淫驕虐，誅殺賢能，及今往討，可不勞而定，幸勿再疑！」武帝毅然道：「朕意已決，明日發兵便了。」華乃趨出。翌晨由武帝臨朝，面諭群臣，大舉伐吳，即命張華為度支尚書，量計運漕，接濟軍餉。賈充聞命，忙上前諫阻，荀勖馮紞，亦附和隨聲。武帝不禁動怒，瞋目視充道：「卿乃國家勳戚，為何屢次撓我軍謀？今已決計東征，成敗不幹卿事，休得多言！」充碰了一鼻子灰，又見武帝變色，且驚且駭，忙即免冠拜謝。荀馮二人，亦隨著磕頭。醜態畢露。武帝方才霽顏，命鎮軍將軍琅琊王伷出塗中，安東將軍王渾出江西，建威將軍王戎出武昌，平南將軍胡奮出夏口，鎮南大將軍杜預出江陵，龍驤將軍王浚與廣武將軍唐彬，率巴蜀士卒，浮江東下，東西並進，共二十餘萬人；並授太尉賈充為大都督，行冠軍將軍楊濟駿弟。為副，總統各軍。分派既定，武帝才輟朝還宮。

吏部尚書山濤，素以公正著名，嘗甄拔人物，各為題奏，時稱為山公啟事。他見武帝決意伐吳，不便多嘴，至退朝後，但私語同僚道：「自非聖人，外寧必有內憂。今若釋吳以為外懼，未始非策，何必定要出兵呢？」山公語亦似是而非，當時禍根已伏，即不伐吳，亦豈能免亂？及東征軍陸續出發，西方捷報又至，武帝益銳意東略，督促進軍。龍驤將軍王

濬，籌備已久，一經奉命，率舟東下，長驅至丹陽。丹陽監盛紀，出兵迎戰，怎禁得濬軍一股銳氣，橫衝直撞，無堅不破。紀不及奔還，立被濬軍擒去。濬順流直進，探得江磧要害，統有鐵鎖截住，江心又埋著鐵錐，逆距戰船，乃作大筏數十，方百餘步，縛草為人，被甲持仗，令善泅諸水手，在水中牽筏先行，筏遇鐵錐，輒被引去，再用火炬長十餘丈，大數十圍，灌漬麻油，蓺著猛火，乘風燒毀鐵鎖，鎖被火熔，當即斷絕，於是船無所礙，鼓棹直前。時已為咸寧六年仲春，和風噓拂，春水綠波，濬與廣武將軍唐彬，驅兵至西陵，西陵為吳要塞，吳遣鎮南將軍留憲，征南將軍成璩及西陵監鄭廣，宜都太守虞忠，併力扼守。不防濬軍甚是厲害，一鼓作勢，四面攀登，吳兵統皆驕惰，毫無鬥志，驀見敵軍乘城，頓時駭散，留憲成璩等，還想巷戰，奈手下已皆遁去，單剩得主將數人，孤立無助，眼見得束手成擒了。濬又乘勝攻克荊門夷道二城，擒住吳監軍陸晏，再下樂鄉，擒住吳水軍統領陸景，江東大震。吳平西將軍施洪等望風投降。

晉安東將軍王渾，出發橫江，得破尋陽，擊走吳將孔忠，俘得周興等數人，收降吳屬武將軍陳代，平虜將軍朱明；又鎮南大將軍杜預，進向江陵，密遣牙將管定周旨等，泛舟夜渡，襲據巴山，張旗舉火，作為疑兵。吳都督孫歆，望見大駭，不禁咋舌道：「北來諸軍，怕不是飛渡長江麼？」當下派兵出拒，被管定周旨等預先埋伏，突起交鋒，殺得吳軍大敗奔還。歆尚未得知，安坐帳中，至敵軍衝入，方驚起欲遁，不防前後左右，已是敵人環繞，就使力大如牛，也無從擺脫，被他活捉了去。管周二將，向預報功，預即親抵江陵，督兵攻城。吳將伍延佯請出降，暗中卻部署兵士，登陴抵禦。預已先料著，趁他行列未整，即命部眾緣梯登城。守兵措手不及，城即被陷，伍延戰死。江陵既下，沅湘以南各州郡，望風歸命，奉送印綬。預仗節稱詔，一一撫慰，令各就原官，遠近肅然。平南將軍胡奮，

亦得克江安,會奉晉廷詔命,令胡奮與王浚王戎,合攻夏口武昌,杜預但當靜鎮零桂,零陵桂陽。懷輯衡陽,且待江漢肅清,直指吳都未遲。預乃分兵益浚,奮與戎亦互助浚軍,一戰破夏口,再戰平武昌,更泛舟東下,所向無前。

可巧春雨水漲,謠諑紛紜,賈充首先倡議,表請罷兵,略謂:「百年逋寇,未可悉定,況春夏交際,江淮卑溼,一旦疫癘交作,反為敵乘,宜急召還各軍,置作後圖。且此次行軍,雖似順手,所損實多,雖腰斬張華,未足以謝天下!」等語。充屢次阻兵,究未知所操何見,想無非是妒功忌能耳。幸武帝不為少動,把充表留中不報。杜預聞充議輟兵,急忙抗表固爭,一面徵集各軍,會議進取,有人從旁梗議,大旨與賈充相似。預奮然道:「昔樂毅戰國時燕人。借濟西一戰,幾並強齊;今兵威已振,譬如破竹,數節以後,迎刃而解,還要費什麼大力呢?」遂指授群帥,徑進秣陵。

吳遣丞相張悌及督軍沈瑩諸葛靚等,率眾三萬,渡江逆戰,行次牛渚,瑩語悌道:「上流諸軍,素無戒備,晉水師順流前來,勢必至此,不如整兵待著,以逸制勞。今若渡江與戰,不幸失敗,大事去了。」悌慨然道:「吳國將亡,賢愚共知,及今渡江,尚可決一死戰,不幸喪敗,同死社稷,可無遺恨。若坐待敵至,士眾盡散,除君臣迎降以外,還有什麼良策?名為江東大國,卻無一人死難,豈不可恥?我已決計效死了。」到此已無良策,如悌為國而死,還算是江東好漢。言訖,遂麾眾渡江。到了板橋,與晉揚州刺史周浚軍相值。悌便即迎擊,兩下相交,晉軍甚是驍悍,吳兵儘管退卻。約閱一二小時,但見吳人棄甲拋戈,紛紛遁去。諸葛靚料難支持,勸悌逃生,悌灑淚道:「今日是我死日了。我忝居宰相,常恐不得死所,今以身死國,死也值得,尚復何言。」靚垂涕自去。悌尚執佩

刀,左攔右阻,格殺晉軍數名。既而晉軍圍裹過來,你一槍,我一槊,竟將悌刺死了事。沈瑩見悌死節,也不顧性命,力戰多時,至身受重創,倒地而亡。吳人視此軍為孤注,一經覆沒,當然心驚膽落,風鶴皆兵。晉將軍王濬,聞板橋得勝,便自武昌擁舟東下,直指建業。即吳都。揚州別駕何惲,得悉王濬東來,進白刺史周浚道:「公已戰勝吳軍,樂得進搗吳都,首建奇功,難道還要讓人麼?」浚使惲走告王渾,渾搖首道:「受詔但屯江北,不使輕進,且令龍驤受我節度,彼若前來,我叫他同時並進便了。」惲答道:「龍驤自巴蜀東下,所向皆克,功在垂成,尚肯來受節度麼?況明公身為上將,見可即進,何必事事受詔呢?」渾終未肯信,遣惲使還。

原來濬初下建平,奉詔受杜預節制,至直趨建業,又奉詔歸王渾節制。濬至西陵,杜預遺濬書道:「足下既摧吳西藩,便當進取秣陵,平累世逋寇,救江左生靈,自江入淮,肅清泗汴,然後泝河而上,振旅還都,才好算得一時盛舉呢!」濬得書大悅,表呈預書,隨即順流鼓棹,再達三山。吳游擊將軍張象,帶領舟軍萬人,前來抵禦,望見濬軍甚盛,旌旗蔽空,舳艫盈江,不由的魂淒魄散,慌忙請降。濬收納張象,即舉帆直指建業。王渾飛使邀濬,召與議事,濬答說道:「風利不得泊,只好改日受教罷。」來使自去報渾。濬直赴建業。吳主孫皓,連接警報,嚇得無法可施。將軍陶濬,自武昌逃歸,入語皓道:「蜀船皆小,若得二萬兵駕著大船,與敵軍交鋒,或尚足破敵呢。」皓已惶急得很,忙授濬節鉞,令他募兵退敵。偏都人已相率潰散,只剩得一班遊手,前來應募,吃了好幾日飽飯。待陶濬驅令出發,又復潰去。陶濬也無可奈何,復報孫皓。皓越加焦灼,並聞晉王濬已逼都下,還有晉琅琊王司馬伷,亦自塗中進兵,徑壓近郊,眼見得朝不保暮,無可圖存。光祿勳薛瑩,中書令胡衝,勸皓向晉軍乞降。皓不得已令草降書,分投王濬王渾,並向司馬伷處送交璽綬。王濬

第五回　擣金陵數路並舉　俘孫皓二將爭功

接了降書，仍驅艦大進，鼓譟入石頭城。吳主孫皓，肉袒面縛，銜璧牽羊，並令軍士輿櫬及親屬數人，至王濬壘門，流涕乞降。濬親解皓縛，受璧焚櫬，延入營中，以禮相待。隨即馳入吳都，收圖籍，封府庫，嚴止軍士侵掠，絲毫不入私囊，一面露布告捷。

晉廷得著好音，群臣入賀，捧觴上壽。武帝執爵流涕道：「這是羊太傅的功勞呢！」唯驃騎將軍孫秀，係吳大帝孫權姪孫，前為吳鎮守夏口，因孫皓見疑，懼罪奔晉，得列顯官，他卻未曾與賀，且南面垂涕道：「先人創業，何等辛勤，今後主不道，一旦把江南輕棄，悠悠蒼天，傷如之何？」前已甘心降敵，此時卻來作此語，欺人乎？欺己乎？武帝以濬為首功，擬下詔褒賞，忽接到王渾表文，內稱濬違詔擅命，不受自己節度，應照例論罪。武帝未以為然，舉表出示群臣。群臣多趨炎附勢，不直王濬，請用檻車徵濬入朝。武帝不納，但下書責濬，說他「不從渾命，有違詔旨，功雖可嘉，道終未盡」等語。看官！你想這平吳一役，全虧王濬順流直下，得入吳都，偏王渾出來作梗，竟要把王濬加罪，可見天下事不論公理，但尚私爭。武帝還算英明，究未免私徇眾議，所以古今來功臣志士，終落得事後牢騷，無窮感慨呢。一聲何滿子，雙淚落君前。原來王渾聞濬入吳都，方率兵渡江，自思功落人後，很是愧忿，意欲率兵攻濬。濬部下參軍何攀，料渾必來爭功，因勸濬送皓與渾。渾得皓後，雖勒兵罷攻，意終未慊，乃表濬罪狀，濬既奉到朝廷責言，因上書自訟，略云：

臣前受詔書，謂：「軍人乘勝，猛氣益壯，便當順流長騖，直造秣陵。」奉命以後，即便東下。途次覆被詔書謂：「太尉賈充，總統諸方，自鎮東大將軍伷及渾濬彬等，皆受充節度。」無令臣別受渾節度之文。及臣至三山，見渾軍在北岸，遺書與臣，但云暫來過議，亦不語「臣當受節度」之意。臣水軍風發，乘勢造賊，行有次第，不便於長流之中，回船過

渾，令首尾斷絕。既而偽主孫皓，遣使歸命，臣即報渾書，並錄皓降箋，具以示渾，使速會師石頭。臣軍以日中至秣陵，暮乃得渾所下當受節度之符，欲令臣還圍石頭，備皓越逸。臣以為皓已出降，無待空圍，故馳入吳都，封庫待命。今詔旨謂臣忽棄明制，專擅自由，伏讀以下，不勝戰慄。臣受國恩，任重事大，常恐託付不效，辜負聖明，用敢投身死地，轉戰萬里，憑賴威靈，幸而能濟。臣以十五日至秣陵，而詔書於十二日發洛陽，其間懸闊，不相赴接，則臣之罪責，宜蒙察恕。假令孫皓猶有螳螂舉斧之勢，而臣輕軍單入，有所虧喪，罪之可也。臣所統八萬餘人，乘勝席捲，皓以眾叛親離，無復羽翼，匹夫獨立，不能庇其妻子，雀鼠貪生，苟乞一活耳。而江北諸軍，不知其虛實，不早縛取，自為小誤。臣至便得，更見怨恚，並云守賊百日，而令他人得之，言語噂沓，不可聽聞。案春秋之義，大夫出疆，有利專之，臣雖愚蠢，以為事君之道，唯當竭力盡忠，奮不顧身，苟利社稷，死生以之。若其顧護嫌疑，以避咎責，此是人臣不忠之利，實非明主社稷之福也。夫佞邪害國，自古已然，故無極破楚，宰嚭滅吳，及至石顯傾亂漢朝，皆載在典籍，為世所戒。昔樂毅伐齊，下城七十，而卒被讒間，脫身出奔。樂羊戰國時魏人。既返，謗書盈篋，況臣疏頑，安能免讒慝之口？所望全其首領者，實賴陛下聖哲欽明，使浸潤之譖，不得行焉。然臣孤根獨立，久棄遐外，交遊斷絕，而結恨強宗，取怨豪族，以累卵之身，處雷霆之衝，繭栗之質，當豺狼之路，易見吞噬，難抗唇齒。夫犯上幹主，罪猶可救。乖忤貴臣，禍常不測。故朱雲折檻，嬰逆鱗之怒，望之周堪，違忤石顯，雖闔朝嗟嘆，而死不旋踵，俱見漢史。此臣之所大怖也。今王渾表奏陷臣，其支黨姻族，又皆根據磐牙，並處世位，聞遣人在洛中，專共交構，盜言孔甘，疑惑親聽。臣無曾參之賢，而懼三至之謗，敢不悚慄。本年平吳，誠為大慶，於臣之身，獨受咎累，惡直醜正，實繁有徒。欲構南箕，成此貝錦。但當陛下聖明之世，而令濟濟

之朝，有讒邪之人，虧穆穆之風，損皇代之美，是實由臣疏頑，使至於此。拜表流汗，言不識次，伏乞陛下矜鑑！

　　武帝得書，也知浚為王渾所忌，不免有媒孽等情，因下詔各軍，班師回朝，待親訊功過，核定賞罰云云。王渾既得繫皓，乃與琅琊王伷會銜，送皓入洛，皓至都門，泥首面縛。由朝旨遣使釋免，給皓衣服車乘，賜爵歸命侯，拜孫氏子弟為郎。所有東吳舊望，量才擢敘。從前王浚東下，吳城戍將，望風歸降；唯建平太守吾彥，嬰城固守，及孫皓被俘，方才投誠。武帝調彥為金城太守。諸葛靚姊，為琅琊王妃，靚自板橋敗後，即竄入姊家，武帝素與靚相識，親往搜尋。靚為魏揚州都督諸葛誕子。誕在魏主髦四年，討司馬昭不克，被殺，故靚奔吳，事見《三國演義》。靚復避匿廁中，被武帝左右牽出，始跪拜流涕道：「臣不能漆身毀面，使得復見聖顏，不勝慚愧。」武帝慰諭至再，面授靚為侍中。靚固辭不受，情願放歸鄉里。武帝不得已依議，聽他自去，終身起坐，不向晉廷，後幸善終。靚於晉有君父大仇，乃不能與張悌同死，徒為是小節欺人，亦何足道。武帝復頒詔大赦，改元太康。會值諸將陸續還都，因臨軒召集，並引見孫皓，賜令侍坐，且顧語皓道：「朕設此座待卿，已好幾年了。」皓指帝座道：「臣在南方，亦設此座待陛下。」史家記載皓言，未及指帝座三字，遂啟後人疑竇，經著書人添入，方合口吻。賈充已回朝覆命，時亦在側，向皓冷笑道：「聞君在南方，鑿人目，剝人面，此刑施於何人？」皓答說道：「人臣有敢為弒逆，及奸邪不忠，方加此刑。」充聽了此言，不由的面目發頹，掉頭趨退。自取其辱，但皓只御人口給，不能自保宗社，究有何益？王渾王浚，相繼入朝，彼此尚爭功不已。武帝命廷尉劉頌，敘次戰績。頌不免袒渾，列渾為首功，浚為次功。武帝因頌考績徇私，左遷京兆太守。怎奈王渾私黨，充斥朝廷，渾子濟又尚公主，氣焰逼人，大家統為

渾幫護，累得武帝不便專制，也只好委曲通融，乃增渾食邑八千戶，進爵為公。授濬為輔國大將軍，與杜預王戎等，並封縣侯。以下諸將，賞賜有差。遣使祭告羊祜廟，封祜夫人夏侯氏為萬歲鄉君，食邑五千戶。一番東征事蹟，至此結局。王濬以功大賞輕，始終不服，免不得怨忿交併，小子有詩嘆道：

樓船直下掃東吳，功業初成已被誣。
何若當時范少伯，一舸載美去遊湖。

欲知王濬後來情事，且至下回敘明。

蜀亡在晉武開國之先，故本編首回，略略敘及，並不加詳。至大舉滅吳，則晉武即位，已十有餘年矣。此固當列諸晉史，不得以吳列三國，應屬諸《三國演義》，可以刪繁就簡也。唯晉之伐吳，倡議為羊祜，立功為王濬，而從中慫恿者為張華，餘子碌碌，皆因人成事而已。武帝非不明察，卒因朝臣右袒王渾，獨封渾為公，而濬以下不過封侯，無怪濬之憤悒不平也。然功成者退，知足不辱，濬乃為小丈夫之悻悻，始終未釋，其後來之得全首領者，尚其幸耳。韓彭葅醢，晁錯受戮，非炎盛開國時耶？史家謂渾既害善，濬亦矜功，誠足為一時定評云。

第五回　搗金陵數路並舉　俘孫皓二將爭功

第六回
納群娃羊車恣幸　繼外孫螟子亂宗

　　卻說王濬因功高賞輕，時懷不平，每在朝右自陳戰績及諸多枉屈情形，武帝雖有所聞，亦如聾瞽一般，絕不與談。濬不勝憤懣，往往不別而行。武帝念他有功，始終含忍過去。益州護軍范通，為濬外親，嘗入語濬道：「公有平吳大功，今乃不能居守，未免可惜。」濬驚問何因？通答道：「公返旆後，何不急流勇退，角巾私第，口不言功，如有人問及，可答稱聖主宏謨，群帥戮力，若老夫實無功可言。從前藺相如屈服廉頗，便得此意。見戰國時代。公能行此，也足令王渾自愧了。」濬瞿然道：「我亦嘗懲鄧艾覆轍，鄧艾事在前。自恐遭禍，不能無言。及今已隔多日，胸中尚不免介介，這原是我器量太小呢。」通即起賀道：「公能自知小過，便足保全。」說畢乃退。濬自是稍稍斂抑，不欲爭功。博士秦秀，太子洗馬孟康等，卻代為濬訴陳枉抑，武帝乃遷濬為鎮軍大將軍，加散騎常侍，領後軍將軍。時都中競尚奢侈，濬本儉約，至此恐功高遭嫌，樂得隨風張帆，玉食錦衣，優遊自適。後又受調為撫軍大將軍，開府儀同三司，延至太康六年病終。年已八十，得諡為武。濬得令終，幸有范通數語。看官聽說！在晉武未曾受禪以前，本來是三國分峙，各據一方，自西蜀入魏，降王劉禪，受封為安樂公，三國中已少了一國。及魏變為晉，吳又併入晉室，晉得奄有中原，規復秦漢舊土，遂劃全國為十九州，分置郡國百五十餘。小子特將十九州的名目，析述如下：

司　兗　豫　冀　並　青　徐　荊　揚　涼　雍　秦　益　梁　寧　幽
平　交　廣

　　小子還有數語交代，那安樂公劉禪的死期，是在晉泰始七年間，歸命侯孫皓的死期，是在晉太康二年間，兩降主俱病死洛陽，已無後患。就是廢居鄴城的魏曹奐，無拳無勇，好似鳥入籠中，受人豢養，得能飽暖終身，還算是新朝厚惠。他最後死，直到晉惠帝泰安元年，方病歿鄴城。敘結三主生死，是揭晉武厚道處，即見晉武驕盈處。武帝既混一宇內，遂思偃武修文，下詔罷州郡兵，詔云：

　　自漢末四海分崩，刺史內親民事，外領兵馬，今天下為一，當韜戢干戈，刺史分職，皆如漢時故事。悉去州郡兵，大郡但置武吏百人，小郡五十人，以示朕與民安樂，共享太平之意。

　　這詔頒下，交州牧陶璜，便即上書，略謂：「州兵不宜減損，自示空虛。」武帝不納。右僕射山濤，因病告假，聞朝廷下詔罷兵，亦不以為然。會武帝親至講武場，搜閱士卒，濤力疾入朝，隨駕講武，當下乘間進言，謂不宜去州郡武備，語意甚是剴切。武帝也為動容，但自思天下已平，不必過慮，既已頒詔四方，也未便朝令暮改，因此將錯便錯，延誤過去。俗語說得好：「飽暖思淫慾。」武帝不脫凡俗，一經安樂，便勾起那淫慾心腸。他聞得南朝金粉，格外鮮妍，乘此政躬清泰，正好選入若干充作妾婢，借娛晨夕。可巧吳宮伎妾，多半被將士掠歸，洛陽都下，湊娶吳娃，但教一道命令，傳下都門，將士怎敢違旨？便將所得吳女，一古腦兒送入宮中。武帝仔細點驗，差不多有五千名，個個是雪膚花貌，玉骨冰肌，不由的龍心大喜，一齊收納，分派至各宮居住。自是掖廷裡面，新舊相間，約不下萬餘人。武帝每日退朝，即改乘羊車，遊歷宮苑，既沒有一

定去處，也沒有一定棲止，但逢羊車停住，即有無數美人兒，前來謁駕。武帝約略端詳，見有可意人物，當即下車徑入，設宴賞花。前後左右，莫非麗姝，待至酒下歡腸，惹起淫興，便隨手牽了數名，同入羅幃。這班妖淫善媚的吳女，巴不得有此幸遇，挨次進供，曲承雨露。武帝亦樂不忘疲，今朝到東，明朝到西，好似花間蝴蝶，任意徘徊。只是粉黛萬餘，唯望一寵，就使龍馬精神，也不能處處顧及，有幾個僥倖承恩，大多數向隅嘆泣，於是狡黠的宮女，想出一法，各用竹葉插戶，鹽汁灑地，引逗羊車。羊性嗜竹葉，又喜食鹽，見有二物，往往停足。宮女遂出迎御駕，好把武帝擁至居室，奉獻一臠。武帝樂得隨緣，就便臨幸。待至戶戶插竹，處處灑鹽，羊亦刁猾起來，隨意行止，不為所誘。宮女因舊法無效，只好自悲命薄，靜待機緣罷了。何必定要望幸？唯武帝逐日宣淫，免不得昏昏沉沉，無心國事。後父車騎將軍楊駿及弟衛將軍珧，太子太傅濟，乘勢擅權，勢傾中外，時人號為三楊。所有佐命功臣，多被疏斥。僕射山濤，屢有規諷，武帝亦嘉他忠直，怎奈理不勝欲，一遇美人在前，立把忠言撇諸腦後，還管什麼興衰成敗呢？一日，由侍臣捧入奏章，呈上御覽，武帝順手披閱，乃是侍御史郭欽所奏，大略說是：

　　戎狄強獷，歷古為患，魏初民少，西北諸郡，皆為戎居，內及京兆魏郡弘農，往往有之。今雖服從，若百年之後，有風塵之警，胡騎自平陽上黨，飆忽南來，不三日可至孟津，恐北地西河太原馮翊安定上郡，盡為狄庭矣。宜及平吳之威，謀臣猛將之略，漸徙內郡雜胡於邊地，峻四夷出入之防，明先王荒服之制，此萬世之長策也。

　　武帝看了數行，嗤然笑道：「古云杞人憂天，大約如此。」遂置諸高閣，不復批答。仍乘著羊車，尋歡取樂去了。女色蠱人，一至於此。後來得著昌黎軍報，乃是鮮卑部酋慕容涉歸，導眾入寇。幸安北將軍嚴詢，守

備頗嚴，把他擊退。慕容氏始此，詳見後文。武帝越加放心，更見得郭欽奏疏，不值一覽。未幾又有吳人作亂，亦由揚州刺史周浚，剿撫兼施，得歸平靖。南北一亂即平，君臣上下，統說是麼麼小醜，何損盛明？於是權臣貴戚，藻飾承平，你誇多，我鬥靡，直把那一座洛陽城，鋪設得似花花世界，蕩蕩乾坤。

當時除三楊外，尚有中護軍羊琇，後將軍王愷，統仗著椒房戚誼，備極驕奢。琇是晉景帝即司馬師。見第一回。繼室羊后從弟，愷是武帝親舅，乃姊就是故太后王氏，亦見第一回中。兩家是帝室懿親，安富尊榮，還在人意料中，不意散騎常侍石崇，卻比兩家還要豪雄，羊琇自知不敵，倒也不敢與較，只王愷心中不服，時常與崇比富。崇字季倫，係前司徒石苞幼子，頗有智謀，苞臨終分財，派給諸子，獨不及崇，謂崇將來自能致富，不勞分授，果然崇年逾冠，即得為修武令，嗣遷城陽太守，幫同伐吳，因功封安陽鄉侯。旋復受調為荊州刺史，領南蠻校尉，加鷹揚將軍。平居孳孳為利，在荊州時，暗屬親吏扮作盜狀，往劫豪賈鉅商，遂成暴富。入拜衛尉，築室宏麗，後房百數，皆曳紈繡，珥珠翠，旦暮不絕絲竹，庖膳務極珍饈。王愷，家用糖也，與飴通。沃釜，崇獨用蠟代薪；王愷作紫絲布步障四十里，崇作錦布障五十里以敵愷。愷塗屋用椒，崇用赤石脂相代。愷屢鬥屢敗，因入語武帝，欲假珊瑚樹為賽珍品，武帝即賜與一株，高約二尺許。愷揚揚自得，取出示崇，總道崇家必無此珍奇，定要認輸了事。那知崇並不稱美，反提起鐵如意一柄，把珊瑚樹擊成數段。看官！你想王愷到此，怎得不怒氣直衝，欲與石崇拚命？崇反從容笑語道：「區區薄物，值得什麼？」遂命家僮取出家藏珊瑚樹，約數十株，最高大的約三四尺，次約二三尺，如愷所示的珊瑚樹，要算是最次的，便指示愷道：「君欲取償，任君自擇。」愷不禁咋舌，赧然無言，連擊碎的珊瑚樹，

也不願求償，一溜煙的避去。崇因此名冠洛陽。多利厚亡，請看將來。車騎司馬傅咸，目擊奢風，有心矯正，特上書崇儉道：

　　臣以為穀帛雖生，而用之不節，無緣不匱，故先王之化天下，食肉衣帛，皆有其制。竊謂奢侈之費，甚於天災。古者堯有茅茨，今之百姓，競豐其屋；古者臣無玉食，今之賈豎，皆厭粱肉；古者后妃，乃有殊飾，今之婢妾，被服綾羅；古者大夫，乃不徒行，今之賤隸，乘輕驅肥；古者人稠地狹，而有儲蓄，由於節也，今者土廣人稀，而患不足，由於奢也。欲時之儉，當詰其奢，奢不見詰，轉相誇尚，弊將胡底？昔毛玠為吏部尚書時，無敢好衣美食者，魏武帝嘆曰：「孤之法不如毛尚書，今使諸部用心，各如毛玠，則風俗之移，在所不難矣。」臣言雖鄙，所關實大，幸乞垂察！

　　書入不報。司隸校尉劉毅，鯁直敢言，嘗劾羊琇納賂違法，罪應處死，亦好幾日不見覆詔。毅令都官從事程衛，馳入琇營，收逮琇屬吏拷問，事皆確鑿，贓證顯然，乃再上彈章，據實陳明。武帝不得已罷免琇官。暫過旬月，又使琇白衣領職。貪夫得志，正士灰心，一班蠅營狗苟的吏胥，當然暮夜輦金，賄託當道，苞苴夕進，朱紫晨頒，大家慶賀彈冠，管什麼廉恥名節？到了太康三年的元旦，武帝親至南郊祭天，百官相率扈從，祭禮已畢，還朝受謁。校尉劉毅，隨班侍側，武帝顧問道：「朕可比漢朝何帝？」毅應聲道：「可比桓靈。」這語說出，滿朝駭愕。毅卻神色自若，武帝不禁失容道：「朕雖不德，何至以桓靈相比？」毅又答道：「桓靈賣官，錢入官庫，陛下賣官，錢入私門，兩相比較，恐陛下還不及桓靈呢！」再加數語，也可謂一身是膽。武帝忽然大笑道：「桓靈時不聞有此言，今朕得直臣，終究是高出桓靈了。」受責不怒，權譎可知。說畢，乃抽身入內，百官聯翩趨出，尚互相驚嘆。劉毅仍不慌不忙，從容自去。

第六回　納群娃羊車恣幸　繼外孫螟子亂宗

　　尚書張華，甚得主寵，獨賈充荀勖馮紞等，因伐吳時未與同謀，常相嫉忌。適武帝問及張華，何人可託後事？華朗聲道：「明德至親，莫如齊王。」武帝聞言，半晌不出一語。華也自知忤旨，不再瀆陳。原來齊王攸為武帝所忌，前文中已略述端倪，見第三回。此次由張華突然推薦，更不覺觸起舊情，且把那疑忌齊王的私心，移到張華身上，漸漸的冷淡下來。荀勖馮紞，乘間抵隙，遂將捕風捉影的蜚語，誣衊張華。華竟被外調，出督幽州軍事兼安北將軍。他本足智多謀，一經蒞任，專意懷柔，戎夏諸民，無不悅服。凡東夷各國，歷代未附，至是也慕華威名，並遣使朝貢。武帝又器重華才，欲徵使還朝，付以相位。議尚未定，已被馮紞窺透隱情，趁著入傳時間，與武帝論及魏晉故事。紞憮然道：「臣竊謂鍾會構釁，實由太祖。」即司馬昭，見第三回。武帝變色道：「卿說什麼？」紞免冠叩謝道：「臣愚蠢妄言，罪該萬死，但懲前毖後，不敢不直陳所見。鍾會才智有限，太祖乃誇獎太過，縱使驕盈，自謂算無遺策，功高不賞，因致構逆。假使太祖錄彼小能，節以大防，會自不敢生亂了。」說至此，見武帝徐徐點首，且說出一個「是」字，便又叩首道：「陛下既俯採臣言，當思履霜堅冰，由來有漸，無再使鍾會復生。」武帝道：「當今豈尚有如會麼？」紞又答道：「談何容易！且臣不密即失身，臣亦何敢多瀆？」武帝乃屏去左右，令他極言。紞乃說道：「近來為陛下謀議，著有大功，名聞海內，現在出踞方鎮，統領戎馬，最煩陛下聖慮，不可不防。」讒口可畏。武帝嘆息道：「朕知道了。」於是不復召華，仍倚任荀馮等一班佞臣。

　　既而賈充病死，議立嗣子，又發生一種離奇的問題。先是充嘗生一子，名叫黎民，年甫三齡，由乳母抱兒嬉戲，當閣立著，可巧充自朝退食，為兒所見，向充憨笑。充當然愛撫，摩弄兒頂，約有片時，不料充妻郭槐，從戶內瞧著，疑充與乳母有私，竟乘充次日上朝，活活將乳母鞭

死。可憐三歲嬰孩，戀念乳母，終日啼哭，變成了一個慢驚症，便即夭殤。未幾復生一男，另外僱一乳母，才閱期年，乳母抱兒見父，充又摩撫如初，冤冤相湊，仍被郭槐窺見，取出老法兒處死乳母，兒亦隨逝，此後竟致絕嗣。充為逆臣，應該有此妒婦。充死年已六十六，尚有弟混子數人，可以入繼。偏郭槐想入非非，獨欲將外孫韓謐，過繼黎民，為賈氏後。看官！試想三歲的亡兒，如何得有繼男？況韓謐為韓壽子，明明是賈充外孫，如何得冒充為孫？當時郎中令韓咸與中尉曹軫，俱面諫郭槐道：「古禮大宗無後，即以小宗支子入嗣，從沒有異姓為後的故例，此舉決不可行。」郭槐不聽，竟上書陳請，託稱賈充遺意，願立韓謐為世孫。可笑武帝糊塗得很，隨即下詔依議，詔云：

　　太宰魯公賈充，崇德立勳，勤勞佐命，背世徂隕，每用悼心。又胤子早終，世嗣未立，古者列國無嗣，取始封支庶以紹其統，而近代更除其國。至於周之公旦，漢之蕭何，或豫建元子，或封爵元妃，蓋尊顯勳勞，不同常例。太宰素取外孫韓謐為世子黎民後，朕思外孫骨肉至近，推恩計情，合於人心，其以謐為魯公世孫，以嗣其國，自非功如太宰，始封無後，不得援以為例。特此諭知！

　　看官閱過第二回，應知賈午偷香，是賈門中一場風流佳話。此次又將賈午所生的兒子，還繼與賈充為孫，益覺得聞所未聞。風流佳話中，又添一種繼承趣事了。那韓謐接奉詔旨，即改姓為賈，入主喪務，一切儀制，格外豐備。武帝厚加賵賜，自棺殮至喪葬費，錢約二千萬緡，且有詔令禮官擬諡。博士秦秀道：「充悖禮違情，首亂大倫，從前春秋時代，鄫養外孫莒公子為後，麟經大書莒人滅鄫，今充亦如此，是絕祖父血食，開朝廷亂端，豈足為訓？諡法昏亂紀度曰荒，請諡為荒公。」武帝怎肯依議，再經博士段暢，擬上一個武字，方才依從，這且待後再表。

第六回　納群娃羊車恣幸　繼外孫螟子亂宗

　　且說齊王攸德望日隆，中外屬望，獨荀勖馮紞，日思排擠，並加了一個衛將軍楊珧，也與攸未協，巴不得將他擠去。三人互加讒間，尚未見效，馮紞是讒夫中的好手，竟入內面請道：「陛下遣諸侯至國，成五等舊制，應該從懿親為始。懿親莫若齊王，奈何勿遣？」武帝乃命攸為大司馬，都督青州軍事。命令一下，朝議譁然。尚書左僕射王渾，首先諫阻，略言：「攸至親盛德，宜贊朝政，不應出就外藩。」武帝不省。嗣由光祿大夫李憙，中護軍羊琇，侍中王濟甄德，皆上書切諫，又不見從。王濟曾尚帝女常山公主，甄德且尚帝妹京兆長公主，兩人因諫阻無效，不得已乞求帷帟，浼兩公主聯袂入宮，籲請留攸。兩公主受夫囑託力勸武帝，不意也碰了一鼻子灰。小子有詩嘆道：

　　上書諫阻已無功，欲借蛾眉啟主聰。
　　誰料婦言同不用，徒教杏靨並增紅。

　　欲知兩公主被斥情形，且至下回再詳。

　　山濤之諫阻罷兵，郭欽之疏請徙戎，未始非當時名論，但徒務外攘，未及內治，終非知本之言。武帝平吳，才及半年，即選吳伎妾五千人入宮，此何事也？乃不聞力諫，坐使若干粉黛，蠱惑君心，一褒姒妲己足亡天下，況多至五千人乎？不此之察，徒齗齗於兵之遽罷，戎之未徙，試思君荒臣奢，淫佚無度，即增兵徙戎，寧能不亂？後之論者，輒謂山濤之言不聽，郭欽之疏不行，致有他日之禍亂，是所謂知二五不知一十者也。賈充妻郭槐，以韓謐為繼孫，婦人之徇私蔑禮，尚不足怪，獨怪武帝之竟從所請，清明之氣，已被無數嬌娃，斲喪殆盡。志已昏而死將隨之矣，更何惑乎齊王攸之被遣哉！

第七回
指御座諷諫無功　侍帝榻權豪擅政

　　卻說武帝決意遣攸，不願從諫。驚見兩公主入宮，至御座前斂衽下拜，力請留攸。武帝道：「汝等婦女，怎知國事？不必來此糾纏！」兩公主跪不肯起，甚至叩頭涕泣，惹得武帝怒起，拂衣外出，趨往別殿。兩公主見他自去，無從再求，沒奈何起身歸家。那武帝怒尚未息，至別殿間，正值侍中王戎值日，便顧語道：「兄弟至親，今出齊王，乃是朕家事，甄德王濟，橫來干涉，今且遣妻入宮，向朕哭泣，朕不死，何勞彼哭？齊王亦未嘗死，更何勞彼哭呢！」婦人兩行珠淚，最能動人，不意此次卻用不著。王戎聽了，也不敢多言。武帝即令戎草詔，黜濟為國子祭酒，德為大鴻臚。濟與德因公主歸來，複述武帝拒諫情形，更覺得自尋沒趣，及左遷命下，越加掃興，唯與公主相對涕洟罷了。獨羊琇以楊珧排攸，運動最力，意欲與珧面論是非，懷刃尋釁。偏楊珧預先防備，託疾不出，暗囑有司劾琇。降官太僕，恚憤而死。得死為幸。光祿大夫李熹，亦因年老辭職，罷死家中。是時已值年暮，齊王攸奉詔未行，暫留京都守歲。越年仲春，詔命太常議定典禮，崇錫齊王，促令就道。博士庾旉秦秀等，再上章挽留，仍不見報。祭酒曹志嘆道：「親如齊王，才如齊王，不令他樹本助化，反欲遠徙海隅，晉室恐不能久盛了。」乃覆上書極諫，謂當從博士等言。武帝覽書大怒道：「曹志尚不明朕心，何論他人！」遂黜免志官，並庾旉等七人除名。

第七回　指御座諷諫無功　侍帝榻權豪擅政

原來中書監荀勖，曾在武帝前進讒，謂百僚已歸心齊王，試詔令就國，必致朝議沸騰。武帝先入為主，且見群臣陸續留攸，果如勖言，免不得忮心愈甚，所以奏牘上陳，無一見信，反加嚴譴。齊王攸亦不願涖鎮，奏乞守先后陵，仍被駁斥。滿腔孤憤，無處上伸，累得攸鬱郁成疾，竟至嘔血。這也何必。武帝遣御醫診視，御醫希旨承顏，複稱齊王無疾。武帝遂連番下詔，催促起程。攸素好容儀，猶力自整肅，入闕辭行。武帝見他舉止如恆，益疑他居心多詐，哪知過了兩日，即由攸子冏呈入訃音，稱攸嘔血不止，竟爾逝世。武帝以變生意外，不禁大慟，馮紞在旁勸解道：「齊王名不副實，盜譽有年，今自薨逝，未始非社稷幸福，陛下何必過哀。」武帝乃收淚而止。詔為齊王發喪，禮儀如安平王孚故事，見第三回。並親自往吊。攸子冏對帝悲號，訴稱為御醫所誣，武帝也覺不忍，令即收誅御醫。但知希旨，不知有此一著。命冏承襲父爵，冏亦八王之一。謚攸為獻。攸為晉室賢王，享年只三十有六。扶風王駿，聞武帝遣攸出鎮，也曾上書力阻，嗣因武帝不從，憂憤成疾，與攸同時告終。駿遺愛及民，西人多樹碑誌德，悲泣盈途，晉廷追贈為大司馬，予謚曰武。敘攸及駿，不沒賢王。乃進汝南王亮為太尉，錄尚書事，光祿大夫山濤為司徒，尚書令衛瓘為司空。

濤年垂八十，老病侵尋，因固辭不許，力疾入謝，途中又感冒風寒，歸臥不起，旋即去世。武帝優加賻給，賜謚曰康。濤字巨源，河內人氏，早年喪父，食貧居賤，嘗向妻韓氏道：「勉耐飢寒，我將來當位至三公，但未知卿堪做夫人否？」及年已四十，始為郡曹，從祖姑為宣穆皇后生母，宣穆皇后見首回。瓜葛相連，得與武帝為中表親，乃累遷至尚書僕射，兼領吏部銓衡。有知人鑑，平居貞順節儉，家無妾媵，祿賜俸秩，分贍親故，歿後只遺舊屋十間，子孫不敷居住。左長史范晷，為白朝廷，武

帝乃令有司撥款，代為營室，總算是酬答勳親的惠意；另簡右僕射魏舒為司徒。

舒籍隸任城，幼即失怙，寄食外家寧氏。寧氏嘗增築居宅，有堪輿家相宅道：「此宅應出貴甥。」舒聞言自負，欣然語人道：「當為外家成此宅相。」已而與寧氏別居，身長八尺二寸，儀容秀偉，不修小節，專喜騎射，以漁獵為生涯，嘗投宿野王逆旅，聞有車馬聲隱隱前來，約至門外，即有人互相問答。問語為是男是女？答語稱是男子。接連又有人應聲道：「是男至十五歲，當死兵刃。」過了片刻，復問為何人借宿？答稱為魏公舒。言迄遂去。舒臥至天明，起詢寓主，始知主人妻夜產一男，乃記憶而行。蹉跎蹉跎，已過了十五年，貧困如故，往探野王主人，問及生男所在？主人黯然答述，謂：「伐桑傷斧，創重身亡。」舒覺前聞已驗，唯年登強仕，故我依然，又似前兆未符，轉思平時不學，何從上達？不如發憤攻書，借博功名。由是月習一經，期月有成，出與郡試，得升上第，除澠池長，遷浚儀令，入為尚書郎，不數年位至尚書，晉職司徒。舒處事明決，持躬清儉，散財好施，與山濤相同，所以德望亦與濤相亞。舒亦晉初名臣，故隨筆插敘。司空衛瓘，向與舒友善，至此更同心來輔，整飭紀綱，故太康年間，雖經武帝荒淫，三楊用事，尚賴兩老臣極力維持，幸得少安。

瓘世居安邑，父顗曾仕魏為尚書，中年去世，瓘得襲父蔭，弱冠已仕尚書郎，後來佐晉立功，受封菑陽公。第四子宣，得尚帝女繁昌公主，瓘得邀寵眷，遇事據忠，嘗慮儲貳非人，欲密請廢立，屢次入見，且吐且茹，始終未敢直陳。會武帝幸凌雲臺，召集百僚，各賜盛宴。瓘飲至數觥，佯為醉狀，起身至御座前，下跪道：「臣有言上陳，未知聖意肯容納否？」武帝許令直陳。瓘欲言又止，如是三次，乃用手撫床道：「此座可

第七回　指御座諷諫無功　侍帝榻權豪擅政

惜。」武帝已悟瓘意，權詞相答道：「公真大醉麼？」瓘亦知武帝託詞，叩頭而退。及宴畢還宮，過了數日，武帝想出一法，特召東宮官屬，悉數入殿，概令侍宴。暗中卻封著尚書疑案，遣內侍齎付東宮，令太子判決，當即覆命。太子衷呆笨得很，驟接來文，曉得什麼裁答，慌忙召問僚屬，急切不見一人，那時倉皇失措，只好入問床頭夜叉，與她商議。賈妃南風雖然讀過好幾年詩書，略通文墨，但欲代為答覆，亦覺自愧未能，急來抱佛腳，忙遣侍婢趨問外臣，當有人代為擬草，引古證今，備具典博，傳婢持報賈妃，妃恐忙中有錯，再召入給事張泓，使決可否。泓搖首道：「太子不學，為聖上所深知，今答詔多引古義，明明是倩人代擬，一或查究，水落石出，屬稿吏當然被譴，恐太子亦不能安位了。」賈妃大驚道：「這卻如何是好？」泓答道：「不如直率陳詞，免得陛下動疑。」賈妃乃轉驚為喜，溫言與語道：「煩公為我善復，他日當與共富貴。」泓因為具草，令太子自寫。太子衷勉強錄成，再由泓複閱，方交內使持去。武帝接視覆文，詞句雖多鄙俚，意見卻是明通，不由的放下憂懷，既欲考驗太子，何妨召入面試，乃仍輾轉遲迴，墮入狡吏計中，何其不明若是？便又召入衛瓘，持示答草。瓘才閱數行，即逡巡謝過，左右始知瓘有毀言，齊稱陛下聖明，不受讒間，說得瓘滿面慙，容身無地，還是武帝替他調解，方使瓘徐徐引退，尚得蓋愆。

是時賈充尚在，得此消息，使人語賈妃道：「衛瓘老奴，幾破汝家。」妃因此恨瓘，嘗思設計報復，只因武帝知瓘忠誠，寵遇日隆，一時無可下手，不得不容忍過去。及瓘為司空，遇有軍國大事，武帝輒令會商，瓘亦有所獻替，補益頗多。會日蝕過半，瓘與太尉汝南王亮，司徒魏舒，聯名上表，固請避位，有詔不許，至太康五年正月，龍現武庫井中，武帝親自往觀，頗有喜色。百官將提議慶賀，瓘獨無言。邊有一人閃出道：「昔

龍降夏庭,終為周禍,尋案舊典,並無賀龍故例,怎得創行?」璀聞言急視,乃是尚書左僕射劉毅,是由司隸校尉新升,便隨口接下道:「劉僕射所言甚當,何必賀龍。」百官才打消賀議。武帝亦命駕馳歸。先是魏尚書陳群,因吏部不能相士,特命郡國各置中正,州置大中正,令取本地人士,甄別才德,列為九品,吏部得援格補授。相沿日久,奸弊叢生,往往中正非人,徇私去取。劉毅不忍緘默,因力請更張,期清宿敝,奏疏有云:

臣聞立政者以官才為本,官才有三難,而國家興替之所由也。人物難知,一也;愛憎難防,二也;情偽難明,三也。今立中正,定九品,高下任意,榮辱在手,操人主之威福,奪天朝之權勢,愛憎決於心,情偽由於己,公無考校之負,私無告訐之忌,用心百態,求者萬端,廉讓之風滅,苟且之俗成,竊為聖朝恥之。臣嘗謂中正之設,未獲一益,反得八損,高下逐強弱,是非隨興衰,一人之身,旬日異狀,或以貨賂自通,或以親私登進,是以上品無寒門,下品無勢族,慢主罔時,實為亂源,所損一也;重其任而輕其人,所立品格,徒憑一人之意見,未經眾望之所歸,卒使駁違之論,橫於州里,嫌仇之隙,結於大臣,所損二也;推立格之意,以為才德有優劣,倫輩有首尾,序列高下,若貫魚之成次,秩然不亂,乃法立而弊生,名是而實非,公以為格,坐成其私,徒使上欺明主,下亂人倫,優劣易地,首尾倒錯,所損三也;國家賞罰,自王公以至庶人,無不如法,今置中正,委以重柄,無賞罰之防,遂至清平者寡,怨訟者眾,聽之則告訐無已,禁絕則侵枉無極,上明不下照,下情不上聞,所損四也;一國之士,多者千數,或流徙異地,或取給殊方,面猶不識,遑問才力,而中正無論知否,但採譽於臺府,納毀於流言,任己則有不識之蔽,聽受則有彼此之偏,所損五也;職有大小,事有劇易,稽功敘績,庶足鼓舞人才,今則反是,當官著效者,或附卑品,在官無績者,轉得高敘,抑功實

而隆虛名，長浮華而廢考績，所損六也；官不同事，人不同能，得其能則成，失其能則敗，今不狀才能之所宜，而徒第為九品，以品取人，或非才能之所長，以狀取人，則為本品之所限，即使鑑衡得實，猶慮品狀相仿，況意為取捨，黑白混淆，所損七也；前時銓次九品，朝廷猶詔令善惡必書，以為褒貶，故當時猶有所忌，今之九品，所下不彰其惡，所上不列其善，廢褒貶之義，任愛憎之斷，清濁同流，懲勸不明，天下人焉得不騖行而鶩名，所損八也。由此論之，職名中正，實為奸府，事名九品，實有八損。古今之失，無逾於此。臣以為宜罷中正，除九品，棄魏氏之弊法，立一代之美制，則銓政清而人才出矣。事關重要，懇切上聞！

　　這疏上後，武帝雖嘗優容，仍然不見施行。司空衛瓘，更與太尉汝南王亮等，申請盡除中正，規復鄉舉里選的古制。鄉舉裡選，可行於上古，不可行於後世。試看今日選舉，便可知曉。武帝但務因循，終不能改。未幾劉毅疾歿，魏舒又以老疾辭官，旋亦謝世。朝議徵令鎮南大將軍杜預，還都輔政。預已六十三歲，自荊州奉詔啟行，行次鄧縣，一病不起，告終驛館。自武帝罷撤兵備，吏惰民嬉。獨預鎮襄陽，常言天下雖安，忘戰必危，所以文武並重，內立泮宮，外嚴堡寨，又引滍淯諸水以溉原田，疏通揚夏諸水以達漕運，公私同利，兵民永賴，時人稱為杜父，又號為杜武庫。平居無事，輒流覽經籍，自撰《春秋經傳集解》，又參考眾家譜弟，著成釋例，再作盟會圖春秋長曆。再四斟酌，至老乃竣。當時侍中王濟善相馬，和嶠善聚財，預謂濟有馬癖，嶠有錢癖，唯自己有《左傳》癖，迄今杜氏《集解》，流傳不替。預歿後歸葬京兆，追贈開府，得諡為成。天不愁遺，老成凋謝，只剩了一個衛司空，孤立無援，內為賈妃所忌，外為楊氏所嫌，免不得表裡相傾，不安於位。衛宣曾尚帝女，見上文。復好作狹邪遊，伉儷間不甚和協。楊駿等乘間設謀，謂宣若離婚，瓘必遜位，因

囑黃門侍郎等劾瓘父子，諷武帝奪宣公主。瓘當然慚懼，告老乞休。武帝準如所請，聽令原爵休致，並命繁昌公主入宮居住，示與衛氏絕婚。有司又奏宣所為不法，應付廷尉治罪，武帝總算不問。後來知宣被誣，擬令公主仍歸衛家，哪知緣分已斷，不能再續，宣已病瘵亡身，徒使那金枝玉葉，坐守空幃，豈不可嘆！

楊駿既排去衛瓘，復忌及汝南王亮，多方媒孽，不由武帝不從，竟命亮為大司馬，出督豫州諸軍事，使鎮許昌。又徙封皇子南陽王柬為秦王，使出督關中，始平王瑋為楚王，使出督荊州，濮陽王允為淮南王，使出督揚江二州軍事。柬瑋允三王，已見前文。更立諸子乂為長沙王，穎為成都王，乂穎與瑋，並列八王中。晏為吳王，熾為豫章王，演為代王，皇孫遹為廣陵王，遹為太子塚嗣，但不由嫡出，乃是宮妾謝玖所生。謝玖本系武帝宮中的才人，才人係女官名。秀外慧中，頗邀睿賞，特給賜東宮，使充妾媵，才閱年餘，便生一男，取名為遹。遹年五歲，穎悟絕倫。一夕，侍武帝側，驀聞宮外失火，左右驚惶，武帝欲登樓覘視，遹牽住武帝衣裾，不使上樓。武帝問為何意？遹答說道：「昏夜倉猝，宜備非常，不可使火光照見人主。」武帝不禁點首。至火已救熄，內外安靜，益稱遹為奇兒。小時了了，大未必佳。且謂遹酷肖宣帝，將來必能纂承大統，所以太子不才，武帝未嘗不曉，只因遹生性敏慧，有恃無恐，所以不願廢儲，照舊過去。賈妃南風，甚是妒悍，不悅皇孫，自遹得生長，更恐他妾再復生男，嚴加防檢。適有一妾懷妊，腹大便便，為妃所覺，便用戟擲刺孕妾，隨刃僕地，且責宮女防閒不密，自持刀殺死數人。武帝聞報大怒，命脩金墉城冷宮，將妃廢錮。充華趙粲，見首回。為妃緩頰，從容入白道：「賈妃年少，未能免妒，待至長成以後，自當知改，願陛下三思！」就是楊后亦替她勸解，再加楊珧亦為進言，謂：「賈充有功社稷，不應遽忘，毋致廢及

親女。」此時力為悍妃幫忙,寧知後來反噬耶?武帝乃寢議不行。當斷不斷,反受其亂。轉瞬間已是太康十一年,改元太熙,進王渾為司徒,起衛瓘為太保,加光祿大夫石鑑為司空。三人雖同心秉政,權力終不敵三楊。更因武帝晚年,漁色成疾,常不視朝。楊后居中用事,屢召入乃父楊駿,商榷要政。至太熙元年孟夏,武帝病劇,索性將楊駿留侍禁中,一切詔令,俱出駿手,諸王大臣,無一與謀。駿得擅易公卿,私樹心腹。武帝連日昏沉,不省人事,既而迴光返照,偶覺清明,居然能起閱案牘,省視黜陟,適見駿所擬詔書,用人非才,因正色語駿道:「怎得便爾?」駿惶恐謝罪。武帝又道:「汝南王亮,已啟程否?」駿答言尚未。武帝又道:「快令中書草詔,留他立朝輔政。」駿不得已傳命出去。武帝臥倒床上,又昏昏睡著。駿慌忙趨出,直至中書處索閱草詔,持還禁中,越宿尚未繳出。中書監華廙入叩宮門,向駿乞還原稿,駿不肯與。到了傍晚,復傳入華廙及中書令何劭,由楊后口宣帝旨,令作遺詔,授駿為太尉,兼太子太傅,都督中外諸軍,錄尚書事。廙與劭不敢違慢,當即草就,呈與楊后。楊后卻故意引入兩人,使就帝榻前作證。兩人跪請帝安,然後由楊后遞過草詔,使武帝自視。但見武帝睜著兩眼,看了許多時候,方才擲下,一些兒不加可否。及廙與劭叩辭出宮,武帝已經彌留,臨危時忽問左右道:「汝南王來否?」左右答言:「未來。」武帝不能再言,長嘆一聲,嗚呼崩逝。在位二十五年,享壽五十五歲。小子有詩嘆道:

欲垂燕翼貴詒謀,悍媳蠢兒已兆憂。
況復託孤無碩彥,惟廑怎得免戈矛?

欲知武帝死後,宮中如何行動,待至下回敘明。

齊王攸憂死而晉無賢王,山濤魏舒,相繼謝世而晉無賢臣。司空衛

瓘，似尚為庸中佼佼者流，然不能直言無隱，徒假此座可惜之言，為諷諫計，已覺膽小如鼷！至閱及太子答草，又未敢發奸摘伏，皇然謝過，以視劉毅諸人，尚有愧焉。武帝既知太子不聰，復恨賈妃之奇悍，廢之錮之，何必多疑，乃被欺於狡吏而不之知，牽情於皇孫而不之斷，受朦於宮帘而不之覺，卒至一誤再誤，身死而天下亂，名為開國，實是覆宗，王之不明，寧足福哉？閱此已為之一嘆焉！

第七回　指御座諷諫無功　侍帝榻權豪擅政

第八回
怙勢招殃楊氏赤族　逞凶滅紀賈后廢姑

卻說楊駿見武帝已崩，即入居太極殿，主持國政，引太子衷即位柩前，頒詔大赦，驟改太熙元年為永熙元年，何其匆促乃爾？尊皇后楊氏為皇太后，立賈妃南風為皇后。會梓宮將殯，六宮出辭，駿並不下殿，反用虎賁百人，環衛殿門，一面促令汝南王亮即日赴鎮。亮不敢臨喪，但在大司馬門外，北向舉哀，又表求送葬山陵，然後啟行。駿哪裡肯依，並恐亮有別圖，因即告知太后，誣亮謀變，且迫令嗣主手詔遣兵，聲罪討亮。還虧司空石鑑，從中勸阻，不致遽發。亮已微聞消息，商諸廷尉何勖。勖笑說道：「今朝野皆唯公是望，公不能討人，乃怕人討麼？」亮素膽小，但知趨避，竟夤夜出都，馳赴許昌，方得免難。駿弟楊濟及駿甥李斌，皆勸駿留亮，駿終不從。濟語尚書左丞傅咸道：「家兄若召還大司馬，令主朝政，自己潔身退避，門戶尚可保全。」濟與珧非無一隙之明，乃不能自拔，相與淪胥，亦何足道？咸答道：「但當召還大司馬，秉公夾輔，便致太平，何必故意趨避呢？況宗室外戚，誼關唇齒，唇亡齒寒，恐非吉徵。」濟聞言益懼。又問諸侍中石崇，崇答如咸言。濟乃託崇諫駿，駿方自幸得志，怎能改過不吝，從諫如流？而且前此一班老臣，多已凋謝，就是荀勖馮紞等，亦相繼病終，荀馮二人之死，亦隨筆帶過。宮廷內外，沒人敢與駿相抗。駿樂得作威作福，任意橫行。越月即奉梓宮出葬峻陽陵，廟號世祖，尊謚武帝。

第八回　怙勢招殃楊氏赤族　逞凶減紀賈后廢姑

　　駿自知平時威望，未滿人意，因欲大加封爵，籠絡眾心。左軍將軍傅祗，向駿貽書，謂：「從古以來，未有帝王始崩，臣下得論功加封，請即輟議！」駿又不聽從，竟勸嗣主下詔，凡中外群臣，皆增位一等，預喪各官，得增二等，二千石以上，統封關內侯，復租調一年。散騎侍郎何攀，又奏言：「班賞行爵，超過開國功臣及平吳諸將帥，他日將何以善後？務請收回成命！」奏入不報。未幾又有詔傳下，授駿為太傅大都督，假黃鉞，錄朝政，百官總己以聽。尚書左丞傅咸，入朝語駿道：「諒闇本是古制，近世久不見行，今主上謙沖，委政明公，天下乃不以為是，試問公能當此重任麼？周公大聖，尚致流言，況嗣主已非衝幼，公又地居貴戚，與周公不同，何不乘山陵事畢，慎圖行止？可退即退，毋拂眾情！」駿忿然作色，不答一詞。咸乃告退。未幾又復入諫，駿恨他多嘴，將出咸為郡守，駿甥李斌，謂斥逐正士，恐失人望，駿乃罷議。楊濟密遺咸書，略云：「生子癡，了官事，今日官事恐未易了呢。慮君攖禍，故敢直告。」咸複稱：「矯枉過正，賣直市名，或不免遭禍殺身。若控控愚忠，反致見怨，咸所未聞。」濟得書付諸一嘆，不復再白。咸亦不再諫駿，因得無恙。看官記著！這晉主衷嗣位以後，蠢頑如故，外事悉委楊駿，內政全出賈南風，自己同木偶一般，毫無守文氣象。不過史家沿稱廟號，叫做惠帝，所以小子也不得不援例相呼。特筆提明。楊駿雖得專政柄，也恐賈后陰險多謀，時加防備。特令

　　甥段廣為散騎常侍，執掌機密，私黨張劭為中護軍，督領禁兵，所有詔命，先示惠帝，繼白楊太后，始付頒行，其實統由駿一人主裁，太后與帝，無非唯唯承諾，從未嘗有一異言。中外臣僚，因駿獨斷獨行，專擅嚴愎，嘖有煩言。馮翊太守孫楚，直言規駿，終不見納，弘訓官名。少府蒯欽，為駿姑子，亦屢進箴規，不嫌煩瀆。他人多為欽懼禍，欽慨然道：「楊

文長系駿表字。雖暗，尚能知人無罪，不可妄殺，我言不見聽，不過為彼所疏，我得疏乃可免患，否則將與彼俱族了。」駿不殺諫士，還是一些小善，欽藉此解嘲，未免狡猾。既而駿選匈奴東部人王彰為司馬，彰逃避不受，有彰友從旁怪問，彰答語道：「古來一姓二後，少有不敗。況楊太傅暱近小人，疏遠君子，專權自恣，終必敗亡。我逾海出塞，遠避千里，尚恐及禍，奈何應他辟召，自投羅網呢？且武帝不思擇嗣，負荷大業，受遺又不得人，天下大亂，翹足可待，還想什麼功名？我所以見機遠行了。」友人方佩服彰言。

　　先是侍中和嶠，嘗啟奏武帝，謂：「太子樸誠，頗有古風，但末世多偽，質樸如太子，恐不能了陛下家事。」武帝默然。嗣嶠復與荀勖入傳，武帝顧語道：「太子近日，頗有進境，卿等可往覘虛實。」嶠與勖奉旨往驗，及覆命時，勖滿口貢諛，獨嶠直說道：「聖質如初。」武帝愀然變色，拂座竟入。嶠當然返歸。這語傳入賈南風耳中，未免記在心裡，隱含恨意。要你倒什麼醋罐。及惠帝嗣位，經過半年，立廣陵王遹為太子，進中書監何劭為太子太師，吏部尚書王戎為太子太傅，衛將軍楊濟為太子太保，還有少師一職，任用了衛尉裴楷，少傅一職，因幽州都督張華入朝，留任太常卿，因即遷授。和嶠得廁職少保，六大臣輔遹入宮，謁見賈后，後見嶠在列，觸起前憾，一張半青半黑的臉上，不由的露出嗔容。摹寫得妙。嶠神色夷然，佯若未見，俟太子謁畢，賈后入室，少頃見惠帝出來，顧問和嶠道：「卿常謂我不了家事，今果何如？」明明是受意賈后。嶠從容答道：「臣昔事先帝，曾有此言，如臣言無效，便是國家幸福了。」惠帝被嶠一說，反弄得啞口無言。嶠與眾大臣徐徐引退，太子遹亦辭赴青宮，不消細表。

　　唯賈后生性陰鷙，素來是個不安本分的潑婦，此時統領六宮，內權在

第八回　怙勢招殃楊氏赤族　逞凶滅紀賈后廢姑

手，又想出預外政，偏上有太后，下有楊駿，每事受他牽掣，不能任所欲為，因此積怨成仇，恨不得速除二人。再加武帝在日，楊太后陰為調停，陽申勸誡，賈后未知太后暗護，反因太后責言，疑她播弄是非，所以處心積慮，徐圖報復。自正位中宮後，日夕思逞，可巧殿中中郎孟觀李肇，為駿所憎，屢遭詬斥，平時銜駿切骨，願做中宮耳目，為後效勞，甚且構造蜚言，謂駿將危社稷，不可不防。從中牽合的叫做董猛，向為東宮給使，超列黃門，賈后倚為腹心，輒遣他通使觀肇，密謀除駿，並廢太后。又令肇往唆汝南王亮，使亮入清君側，亮怯不敢承，肇因轉告楚王瑋。瑋少年氣銳，性又狠戾，便滿口應允，表請入朝。楊駿本已忌瑋，嘗欲徵召，只因瑋勇悍難制，坐此遷延，及聞他自請入朝，喜如所願，遂勸惠帝詔從所請。時已為永熙二年，詔復改元，號為永平，春光和煦，最便行人。瑋與淮南王允，聯袂入朝，賈后聞瑋已入都，便即發難，囑令孟觀李肇，夜啟惠帝，稱駿謀反。惠帝曉得什麼真假，遽付手書，降黜駿官，令以列侯就第。觀與肇以為未足，便請發兵討駿。惠帝覆命東安公繇，履歷詳後。率殿中兵四百人，往圍駿第。楚王瑋亦帶領隨兵，駐紮司馬門，且令淮南相劉頒為三公尚書，入衛殿中。

　　散騎常侍段廣聞變，急馳入見帝，跪伏座前，且泣且語道：「楊駿受恩先帝，竭忠輔政，且年老無子，豈有反理？願陛下審慎後行！」惠帝不答。廣知無可言，因即趨出，報知楊駿。駿已得內變音耗，忙召眾官入商，主簿朱振獻議道：「今內變猝起，定由閹豎為賈后設謀，不利公家。公宜亟率家甲，往燒雲龍門，索交亂首，一面引東宮及外營兵，擁皇太子入宮，迫取奸人，殿內震懼，當將首犯斬送出來，否則不能免禍了。」駿平居很是驕慢，至此反狐疑不決，且囁嚅道：「雲龍門為魏明帝所造，工費甚大，怎好燒去？」侍中傅只，見駿多疑，料知不能成事，便起座語駿

道：「祇願入宮觀察事勢，就便轉圜。」復掉頭語群僚道：「宮中亦不可無人。徒在此聚議，亦屬無益。」大眾聽了，起身皆走。獨尚書武茂，還是坐著，祇瞋目顧茂道：「公非朝廷大臣麼？今內外隔絕，不知天子所在，怎得安坐？」茂乃驚起，隨眾同出。傅祇勸眾同行，無非為避患起見，可見楊駿當日，已是眾叛親離。駿黨左軍將軍劉豫，陳兵萬春門，遇右軍將軍裴頠，問及太傅所在，頠隨口設誑道：「我曾在西掖門遇著太傅，見他乘著素車，帶了二人，向西出走了。」豫驚詫道：「我將何往？」頠答道：「可至廷尉處自陳。」豫為頠所紿，匆匆徑去。頠即接詔代豫，領左軍將軍，扼守萬春門。

　　賈后恐太后救父，作為內應，即派心腹密往監守，果然得太后帛書，自宮中射出城外，上面寫著「救太傅者有賞」六字。因揚言：「太后與駿同反，大眾不得妄從！」太后造反，自古罕聞。東安公繇，已率殿中兵圍燒駿第，又令兵弩手等，分登閣上，環射駿門。駿與家屬，俱不得出走。繇麾眾掩入，四面搜尋，隨手捕戮，約不下百餘人，獨不見有楊駿。再往馬廄中緝捕，始覺有人蜷伏廄隅，群呼不應，各用戟攢刺進去，但聽得幾聲慘號，已是濺血成紅，死於非命。兵士拖屍出認，不是別人，正是前日赫聲濯靈的楊太傅。爭權奪利者其視諸。孟觀李肇，又分收楊珧、楊濟、張劭、李斌、段廣、劉豫、武茂及散騎常侍楊邈、中書令蔣駿、東夷校尉文鴦等，俱至市曹斬首，各夷三族，共死數千人。楊珧臨刑時，呼東安公繇，憘聲與語道：「表在石函，可問張華。」回應第四回。繇置諸不睬。賈氏族黨，又促使行刑，珧尚號叫不止，驀聞砉然一聲，頭破腦裂，方倒地而死。狡黠無益。

　　汲郡有高士孫登，營窟北山。夏時編草為裳，冬季用發自復，好讀《易》撫琴，見人輒笑。楊駿在日，嘗聞登名，遣使徵召。登不肯就徵，

第八回　怙勢招殃楊氏赤族　逞凶滅紀賈后廢姑

已而自至駿第，駿給以金帛，俱辭謝不受，又改贈布被，登攜被出門外，隨手亂劈，大呼道：「斫斫刺刺。」及被皆扯碎，又奄臥道旁，作已死狀。自駿以下，俱目登為瘋人，聽他僵斃，越宿出視，竟不知去向。既而溫縣又有一狂徒，自造四語，歌諸市上云：「光光文長，大戟為牆，毒藥雖行，戟還自傷。」當時俱莫名其妙。至駿居內府，用戟為衛，死時又被戟攢刺，始知狂徒也是高人。就是孫登舉動，統有先覺，不過未曾道破，轉令人索解無從呢。駿既誅死，遺骸委棄，無人敢收，唯太傅舍人閻纂，不忘故主，挺身獨出，替他棺殮，卻也未嘗遭誅。是夕刑賞大權，統出自東安公繇。繇為琅琊王伷第三子，伷平吳后，恭儉自處，病歿青州。長子覲承襲父爵，又不永年。覲子睿嗣，就是將來的東晉元帝。預伏後文。繇得受封東安公，曾官散騎常侍，此次應詔除駿，威振內外，太子太傅王戎與語道：「大事已成，此後當謝權遠勢，毋蹈覆轍。」繇不能從。越宿乃奉詔大赦，復改永平元年為元康元年。賈后矯制，使後將軍荀悝，徙楊太后至永寧宮。特全太后母龐氏生命，許與太后同居，暗中復唆使群臣，糾彈太后。群臣趨炎附勢，不敢逆命，遂聯銜上奏道：

　　皇太后陰漸奸謀，圖危社稷，飛箭繫書，要募將士，同惡相濟，自絕於天。魯侯絕文姜，《春秋》所許，蓋以奉承祖宗，任至公於天下，陛下雖懷無已之情，臣下不敢奉詔，可宣敕王公於朝堂，會議進止。

　　當下有詔答覆，說是：「事關重大，當妥議後行。」有司又復申奏，大略說是：

　　逆臣楊駿，借外戚之資，居塚宰之任，陛下既居諒暗，委以重權，至乃陰圖凶逆，布樹私黨。皇太后內為唇齒，協同逆謀，禍釁既彰，背捍詔命，阻兵負眾，血刃宮省，而複流書募眾，以獎凶黨，上背祖宗之靈，下

絕億兆之望。昔文姜與亂,《春秋》所貶,呂宗畔戾,高后降配,宜廢皇太后為峻陽庶人,以為大逆不道者戒!」

牝雞司晨,滅倫害理,盈廷僚佐,一大半黨惡助虐,附和同聲。只有太子少傅張華,新任中書監,還抱定一折衷主義,敷奏上去,略謂:「太后非得罪先帝,不過與父同惡,有悖母儀,宜依漢廢趙太后為孝成后故事,號為武帝皇后,徙居離宮,以全終始。」此說已是牽強,但於群言龐雜,尚有可取。偏偏張議甫上,又有一個下邳王晃,係司馬孚第四子。串同左僕射荀愷等,定要貶太后尊號,廢錮金墉城。晃等是否有母,奈何貪昧至此?再加各王公大臣,接連奏請,應從晃等所言。那時詔書隨下,竟廢楊太后為庶人,出錮金墉城中。誰知賈南風心如蛇蠍,已把皇太后廢去,還想把太后母龐氏,結果性命。一不做,二不休,再唆動狐群狗黨,狂吠朝堂,無非說是:「楊駿造反,家屬同坐,怎得曲赦龐氏?」有詔尚佯稱不忍,難從所請。至奏牘迭呈,援引「大義滅親」四字,作為鐵證,可憐白髮皤皤的龐太君,竟奉到詔旨,梟首宮門。肚子太不爭氣,何故生一皇后?廢太后怎忍母死,抱持悲號,且截髮稽顙,上表賈后,自稱為妾,乞全母命。一死便罷,何必如此倒楣?看官!試想這都是窮凶極惡的賈南風,唆使出來,怎肯出爾反爾,放下屠刀?廢太后拚命哀求,悍皇后反加催促,刀光閃閃,絕不留情,霎時間龐氏隕首,並將廢太后楊氏,硬送入金墉城,幽禁了事。賈氏黨羽,還是你一奏,我一疏,請盡誅楊駿官屬,幸虧侍中傅祗,出為諫阻,方許赦免,不再濫刑。隨即徵汝南王亮為太宰,與太保衛瓘並錄尚書事,進秦王柬為大將軍,柬封秦王,見前回。東平王楙為撫軍大將軍,楙系司馬孚庶孫。楚王瑋為衛將軍,下邳王晃為尚書令,東安公繇為尚書左僕射,晉爵為王,加封董猛為武安侯,孟觀李肇等,皆拜爵有差。

第八回　怙勢招殃楊氏赤族　逞凶滅紀賈后廢姑

汝南王亮入都輔政，又追論誅楊駿功，普加爵賞，封拜至千餘人。傅咸已遷任御史中丞，一再致書諫亮，第一次是咎亮濫賞，第二次是勸亮讓權，亮皆不願聽受，漸漸的自用自專。不知鑑及前車，真是愚憒。賈后族兄賈模，從舅郭彰，及賈充嗣孫賈謐，又俱得梯榮邀寵，蟠踞朝綱。楚王瑋與東安公繇，也乘勢干政。宗室外戚，雙方分岐，又不免彼此生嫌。繇見賈后暴悍，恐不免害及己身，因與徒黨密謀，擬設法廢去悍后。既有今日，何必當初。計尚未定，偏遇那同胞兄弟，先加傾軋，暗肆讒言，竟把繇排擠出去。原來繇次兄淡，曾受封東武公，向與繇不相和協，屢次至太宰亮處進讒，說他專行誅賞，欲擅朝政。亮信為真言，奏免繇官。繇與東平王楙，常相往來，至是失官生怨，與楙談及，有詆亮語，復為亮所聞知，遂遣楙赴鎮，並謫繇至帶方。繇既遠去，又少一個著名的宗親，賈謐郭彰，權焰益隆，眼見得宗室日弱，敵不過外戚威權。小子有詩譏汝南王亮道：

危廈何堪一木支，材庸器小更難持。
蟠根未固先戕葉，怎奈南風再折枝。

畢竟宗室外戚，有無衝突，容至下回再表。

讀此回，令人憤又令人嘆，悍哉！賈南風，何凶惡至此？自來稱悍后者，莫如呂武，然呂雉有相夫開國之才，故漸得預政；武曌有蠱主傾城之色，故漸得弄權。何物賈氏才不足以馭眾，色不足以動人，乃一為皇后，便置楊駿於死地！駿雖有自取之咎，然其罪不過專擅而止，誣以大逆，戮及親黨，寧非罪輕罰重乎？楊太后深居宮中，本無罪惡，飛箭示賞，志在全父，焉有父女之親，而坐視不救者？賈南風乃藉此構陷，唆動群臣，婦可廢姑，倫常掃地。駿妻龐氏，為太后生母，又復為悍后所戮。古人謂貌

美者心毒，不意醜黑如南風，其毒亦若是其甚也！至若滿廷王公，不能與醜婦相爭，反從而助其虐，是更不值一唾也已！

第八回　怙勢招殃楊氏赤族　逞凶滅紀賈后廢姑

第九回
遭反噬楚王受戮　失後援周處捐軀

　　卻說賈氏私黨，權焰日盛，太宰亮未曾加防，反因楚王瑋剛愎好殺，擬撤他兵權，遣令歸鎮，另用臨海侯裴楷代任。太保衛瓘，亦贊成亮議。瑋自恃有功，怎肯俯首聽命？裴楷亦不敢受職。瑋長史公孫宏及舍人岐盛，素行無賴，為瑋所暱，因替瑋設法，勸他與賈后結歡。賈后本恐瑋難制，密懷猜忌，只因他自來遷就，也樂得曲為周旋，留作心膂，遂命瑋領太子少傅。亮與瓘所謀未遂，不免加憂，瑋又因岐盛，向附楊駿，後來反噬楊氏，居心反覆，不可不除，因欲請詔誅盛。盛微有所聞，竟馳往積弩將軍李肇宅中，詐稱瑋命，報告亮瓘有廢立意。肇已為賈后功狗，深得後寵，便把盛言轉達賈后。后前曾怨瑋，又因瑋與亮同掌朝政，自己仍不能專恣，索性乘勢摔去，可以逞志橫行，乃自草密書，脅令惠帝照寫。書中略云：「太宰太保，欲行伊霍故事，王宜宣詔調兵，分屯宮門，並免二公官爵。」惠帝唯后是從，匆匆寫就，遂由賈后交付黃門，叫他乘夜授瑋。

　　瑋得惠帝手書，也不禁躊躇，謂當入內復奏。黃門駁說道：「事宜急行，若輾轉需時，一或漏洩，轉非密詔本意。」瑋亦知謀出賈后，為爭權計，但自思亮瓘二人，與己有隙，此時正好藉端報復，一快私忿；況二人得除，將來亦可進攬朝綱，自逞大欲。你會逞刁，那知別人比你更刁。遂慨然應允，令黃門返報，一面部勒本軍，再矯詔召入三十六軍，手令曉諭道：「太宰太保，密圖不軌，我受密詔，都督中外諸軍，汝等皆應聽我節

第九回　遭反噬楚王受戮　失後援周處捐軀

制，助順討逆！」諸軍聞令，相率驚顧，但亦不敢不唯命是從。瑋又矯詔傳示亮瑋僚屬，教他們預先散歸，概不連坐；若不奉詔，便軍法從事。於是遣李肇與公孫宏，領兵討亮。侍中清河王遐，武帝子，見第四回。率吏收瑋。亮尚未得確音，由帳下督李龍踉蹌入報，請即嚴拒外交。亮尚疑為訛傳，不肯照行。俄而府第被圍，外兵登牆譁噪，亮始出問道：「我並無二心，何故得罪？」公孫宏答道：「奉詔討逆，不知有他。」亮又謂：「既有詔書，何不見示？」呆極。宏全然不理，但麾眾攻入。亮乃返身入內，適遇長史劉準，向他泣涕。準忿然道：「這必是宮中奸謀，公府內俊義如林，尚可併力一戰。」亮仍然不決。實是庸徒。未幾，由李肇趨入，指麾兵士，把亮縛住。亮仰首長嘆道：「似我忠心，可披示天下，如何無道，枉殺不辜？」肇既執亮，使坐車下。時當六月，夜間猶熱，人皆揮汗，亮被縛著，汗出如沈。有幾個監守軍人，憫他無罪，替他搧涼。肇從旁覷著，竟下令軍中道：「有人斬亮，賞布千匹！」亂兵聞利動心，一齊下手，或割鼻，或劈耳，或截手足，霎時間將亮送命，投屍北門。亮子矩亦為所殺，唯少子羕等，年尚幼稚，由婢僕等竊負逃出，避匿臨海侯裴楷家。楷與亮有姻誼，密為保護，一夕八遷，始得免害。

　　那清河王遐趨至瑋第，宣詔逮瑋，瑋左右亦疑遐矯詔，勸瑋上表自訟，俟得報後，就戮未遲。瑋不欲抗旨，坦然趨出，接受詔書。正擬束手就縛，不防遐背後閃出一人，拔出利刃，手起刀落，把瑋揮作兩段，並趁勢闖入，捕得瑋三子恆嶽裔及瑋孫六人，一併殺死。這人為誰？乃是被瑋所逐的帳下督榮晦。晦又屠戮瑋門，得報宿怨，復因瑋尚有二孫，未得搜獲，還想率眾嚴索，幸二孫璪玠，有病就診，適寓醫家，無從捕戮。清河王遐，已恨晦專殺，叱令返報。晦乃隨遐白瑋，公孫宏李肇等，亦皆至瑋前繳令。岐盛又入語瑋道：「亮瑋雖誅，賈謐郭彰未除，宜一併翦滅，方

可正王室，安天下。」計議甚是，但不容汝奈何？瑋接口道：「這……這事恐不可再行呢。」盛嘆息而出。

　　時已天明，太子少傅張華，使董猛往說賈后道：「楚王既誅二公，威權在手，試問帝后如何得安？何勿責瑋擅殺大臣，摒除後患！」賈后喜道：「我正慮此，卿等與我同見，幸速轉告張公，事在速行。」悍婦好殺，過於暴男。猛馳白張華，華即入內啟帝，立遣殿中將軍王宮齎騶虞幡，出麾瑋眾道：「楚王矯詔殺人，汝等如何盲從？」言甫畢，眾皆駭走。瑋左右不留一人，窘迫不知所為，亟駕著牛車，將赴秦王柬第。途遇衛士追來，立把瑋拖落車下，押交廷尉，一道詔書，接連頒下，說瑋擅殺二公父子，又欲誅滅朝臣，謀圖不軌，罪大惡極，應速正大典，特遣尚書劉頌監刑，頌奉詔後，當命將瑋推出市曹，瑋從懷中取出青紙，就是前次惠帝手書，令誅亮瓘，當下遞示劉頌，且泣語道：「受詔行事，怎得為擅？自謂託體先帝，謀安社稷，乃反被見誣，幸為申奏！」頌亦唏噓涕下，不能仰視。無如朝旨迫促，未便稽留，只得強作威容，喝令斬瑋。瑋既斬訖，復有詔命誅公孫宏岐盛，並夷三族，一股冤氣，衝上九霄，頓時大風驟雨，捲入刑場，再加那電光似火，雷聲如鼓，嚇得劉頌以下，慌忙逃回。天非憐瑋，實是恨後。唯瑋既受誅，亮與瓘應該昭雪，偏偏過了數日，未見明文。瓘女向廷臣上書，為父訟冤，又有太保主簿劉繇等，亦各執黃幡，撾登聞鼓，請追申枉屈，兼懲餘凶。大致說是：

　　前矯詔者至太保第，太保承詔當免，重敕出第，子身從命，如矯詔之文，唯免太保官，右軍以下，即承詐偽。違基本文，輒戮宰輔，不復表上，橫收太保子孫，輒皆行刑。賊害大臣父子九人，伏見詔書，為楚王所誑誤，非本同謀者皆弛遣。如書之旨，第謂吏卒被驅，逼齎白杖者耳。律稱受教殺人，不得免死，況乎手害功臣，賊殺忠良，雖云非謀，理所不

赦。今元惡雖誅，凶豎猶存，臣懼有司未詳事實，或有縱漏，不加詳盡，使太保仇賊不滅，冤魂永恨，訴於穹蒼，酷痛之臣，悲於明世。臣等身被創瘼，殯殮始迄，謹陳瓘在司空時，帳下給使榮晦，有罪被黜，轉投右軍麾下，不自知過，反思修怨。此次變起，晦在門外，即揚聲醜詆，及入門，宣畢訛詔，即敢加刃，彼又素知太保家屬，按次收捕，悉加斬斫，屠戮全門，實由於晦。劫盜府庫，亦皆晦所為。考晦一人，眾奸畢集，乞驗盡情偽，加以族誅。庶已死者猶可瞑目，而未死者尚得逃生。雪冤情，戢凶焰，臣等不勝哀籲之至！

自經絲等籲請，廷議乃歸罪榮晦。執晦梟首，並誅晦族，且追復亮瓘爵位。諡亮曰文成，諡瓘曰成。嗣是賈后得志專政，委任親黨，用賈模為散騎常侍，兼加侍中。賈謐亦得任散騎常侍，並領後軍將軍。謐為後謀畫，謂：「張華系出庶姓，不致逼上，且儒雅有識，素孚眾望，宜以朝政相委。」賈后轉問裴頠，頠很是贊成，乃命華為侍中，兼中書監，頠為侍中，頠從叔楷即臨海侯。為中書令，加侍中，與左僕射王戎，並掌機要。華盡忠帝室，彌縫袞闕，朝野倚為柱石。後雖凶險，亦加敬禮。華常作女史箴，呈入宮中，明明為諷後起見，後雖不肯改，卻也未嘗恨華。賈模裴頠，並服華才略，遇有大議，皆推華主張，故元康年間，主德雖昏，猶得安然無事。郭彰亦稍自斂抑，未敢橫行，獨賈謐少年好事，恃寵增奢，室宇崇閎，器服珍麗，歌僮舞女，選極一時。唯好延賓客，往往開閣相迎，凡貴遊豪戚及海內文士，陸續趨附，嘗與謐飲酒論文，相得甚歡，當時號為二十四友。小子特將各友姓名，編次如下：

郭彰太原人，見前。石崇渤海人。歐陽建同上。潘岳滎陽人。陸機陸雲吳人，見第四回。繆徵蘭陵人。杜斌京兆人。摯虞同上。諸葛詮琅琊人。王粹弘農人。杜育襄城人。鄒捷南陽人。左思齊人，見第三回。崔基

清河人。劉瑰沛人。和鬱汝南人，即和嶠弟。周恢籍貫同上。牽秀安平人。陳眕潁川人。許猛高陽人。劉訥彭城人。劉輿劉琨中山人。

這二十四友，不是豪家，就是名士。此外奔走謐門，伺候顏色，就使多方諂媚，謐只以泛交相待，未嘗許為知己。謐本有文名，更得二十四人，競為標榜，聲譽益隆。賈后得謐為助，更覺似虎添翼，或需文字煽惑，皆令謐草，別人懷寶劍，我有筆如刀，可為賈后寫照。賈后越無忌憚，任性妄行，故太后楊氏，出居金墉城，尚有侍女十餘人，充當役使，嗣復為賈后所奪，甚至無人進膳，一代母后，竟至絕粒八日，奄奄餓死，年才三十有四。雖是武帝害她，但前此何必陰護賈氏，養虎自噬，夫復誰尤？賈后賊膽心虛，嘗怨冤魂未泯，棺殮時用物覆面，又用許多符書藥物，作為鎮壓，才得放懷。這是元康二年間事。越年，弘農雨雹，深約三尺，又越年，淮南壽春大水，山崩地陷。上谷居庸上庸，亦遭水災，傷及禾稼，人民大飢。未始非陰氣太盛所致。又越年，荊揚兗豫青徐六州，又復大水，接連是武庫火災，所有累代藏寶，如孔子履及漢高斬蛇劍等，悉數被焚。他如軍械遭毀，不可勝計。宗親如秦王柬，下邳王晃等，相繼亡故，耆舊如石鑑傅咸等，亦病歿數人。中書監張華，得進位司空，隴西王泰，系宣帝司馬懿弟，早膺封爵，至是入為尚書令。梁王肜已為衛將軍，復加官太子太保、循資遷授，毋庸細表。

唯匈奴部落，出沒朔方，漸有蠢動狀態。悍目郝散，糾眾萬人，進攻上黨，戕殺長官，當由鄰近州郡，發兵往援，擊退郝散。散兵敗乞降，馮翊都尉，防他反覆，誘散入語，把他處斬。散弟度元，率兄餘部，逃出境外，好容易招兵買馬，捲土重來，誓為乃兄復仇，且勾結馬蘭山中的羌人，盧水附近的胡騎，一同作亂，闖入北地。太守張損，督兵堵御，反殺得大敗虧輸，死於非命。馮翊太守歐陽建，前往協剿，也被他數路夾攻，

第九回　遭反噬楚王受戮　失後援周處捐軀

喪失許多人馬，狼狽奔回。徒能湊奉賈謐，焉足抵制郝度元？晉廷正授趙王倫見首回及第四回。為徵西大將軍，都督雍梁二州軍事。此次逆虜犯境，應由倫運籌決勝，制服叛徒，怎奈倫未諳韜略，徒靠那皇家勢力，得握兵權，並有一個嬖人孫秀，此孫秀係琅琊人，與五回之孫秀人異名同。從中攬柄，貽誤戎機。所以羌胡蜂起，無術蕩平。雍州刺史解系，獻議倫前，願分兵禦寇，獨當一面。孫秀謂繫有異志，斷不可從，且促系出討羌胡。系督兵出戰，果遭羌胡夾擊，失利而還。倫因此劾繫，系亦劾倫，彼此各執一詞。司空張華，直系曲倫，請召倫還朝，另簡軍帥，乃改授梁王肜出鎮雍梁，領徵西將軍。調還趙王倫，不加譴責，反授他為車騎將軍。秦雍二州的氐羌，見晉廷賞罰不明，索性乘機抗命，聚眾造反，推戴了一個氐帥，叫做齊萬年，僭稱帝號，圍攻涇陽。梁王肜甫經涖鎮，因氐羌狷獗，飛使奏聞，請即濟師。晉廷特派安西將軍夏侯駿為統帥，率同建威將軍周處，振威將軍盧播，往討齊萬年。中書令陳準入諫道：「駿與梁王，俱係貴戚，司馬師嘗納夏侯尚女為妃，武帝追尊為后。駿係尚後裔，故云貴戚。非將帥才，進不求名，退不畏罪。周處，吳人，忠勇果敢，有怨無援，必致喪身。宜詔積弩將軍孟觀，帶領精兵萬人，為處先驅，庶足殄寇，否則梁王必使處前行，迫陷絕地，寇不可滅，徒亡一國家良將，豈不可惜？」偏廷議說他過慮，不肯照行。

　　或勸處道：「君有老母，何不以終養為名，辭去此任？」處慨然道：「忠孝不能兩全，既已辭親事君，不能顧全私義。今日是處死日了。」遂率軍西去。看官道周處何故誓死？就是陳準等人，又何故知處必死？說來又是話長，待小子將周處履歷，從頭敘來。處係義興人氏，父名魴，曾仕吳為鄱陽太守。處早年喪父，不修細行，弱冠時膂力過人，好勇鬥狠，為鄉里患。處自知不滿人口，頗思改過。一日遊裡社間，見鄉父老愁眉不展，各

有憂色,便開口問道:「現今時和年豐,何為不樂?」父老答道:「三害未除,何樂可言?」處又問三害底細,父老道:「南山白額虎,長橋下蛟,還有一害,且不必說了。」處定要問明,父老始直言為汝。處笑答道:「這有何患?憑諸我手,一併除盡,可好麼?」父老道:「汝若果能除盡,乃是一郡的大幸了。」處欣然辭出,即往家中取了弓箭,徑赴南山,靜候谷中。傍晚,果見猛虎奔來,由處連發二矢,俱中要害,虎竟倒斃。又復投水搏蛟,蛟或沉或浮,行數十里,處相隨不捨,仗劍與爭,約鬥了三日三夜,方得斬蛟首,還裡報命。裡人因處往除蛟,三日不返,疑他已死,互相慶賀。驚見處斬蛟歸來,又不免喜中帶憂。處窺透裡人隱情,便慨語道:「二害已除,處亦從此改行。如再怙惡,定遭天殛。」裡人見他語出真誠,才歡然道謝。敘周處改過事,不脫勸善宗旨。處乃入吳,往訪陸機,機適他出,與機弟陸雲相遇,具陳悔過情狀,且唏噓道:「本欲自修,恐年已蹉跎,學亦無及。」雲答道:「古人貴朝聞夕改,況君方在壯年,但患志不立,何憂名不彰?」卻是名言。處唯唯受教。嗣是勵志好學,克己復禮。言必信,行必果。期年州府交闢,仕吳為東觀左丞。吳亡入洛,迭任新平廣漢太守,皆有政聲,尋拜散騎常侍,復遷御史中丞,守正不阿,所有糾彈,不避寵戚。梁王肜嘗犯法為非,廷臣因他位兼親貴,無一敢言,獨處執法相繩,登諸白簡。肜坐是怨處,權貴也恨處鯁直,遂乘邪氏帥僭逆,梁王西征,把處遣發出去,好使梁王借刀殺人,互洩私忿,所以處自知必死。與處交好的士大夫,也無一不為處耽憂,就是氐帥齊萬年,探得處奉命從軍,亦顧語部眾道:「周府君嘗為新平太守,我知他才兼文武,不可輕敵,若專斷而來,只有退避一法。今聞受他人節制,必遭牽掣,來此亦要成擒了。」乃率眾七萬人,分屯梁山,據險待著。

　　處與夏侯駿等,同見梁王,梁王肜果然挾嫌,佯稱處忠勇過人,足為

第九回 遭反噬楚王受戮 失後援周處捐軀

前驅，令領驍騎五千人，前攻梁山寇壘。處宣言道：「軍無後繼，必至覆敗。處死不足惜，但為國取羞，豈非大誤？」肜冷笑道：「將軍平日毫不畏人，今乃臨敵生畏嗎？」處尚欲自辯，夏侯駿在座，遽接入道：「將軍放心前往，我當令盧將軍解刺史等，同為後應便了。」駿設詞誆處，比肜尤奸。處怏怏前進，行至六陌，距虜營不過里許，乃整陣以待，守候盧播解系兩軍。才越一宵，那梁王肜的催戰令，已到過兩次。翌日黎明，軍尚未食，又是一道催命符，立促進戰。處待盧解二軍，並未見到，料知梁王肜有意逞刁，自分必死，乃上馬長吟道：「去去世事已，策馬觀西戎。藜藿甘粱黍，期之克令終。」吟畢，便麾軍急進。齊萬年亦驅眾前來，兩下交鋒，各拚死決鬥。自旦至暮，戰到數百回合，番奴死傷甚多，但番眾聚至七萬，處兵只有五千，一方面逐漸加添，一方面逐漸減少，並且腹餒腸鳴，弦絕矢盡，回望後援，一些兒沒有影響。處左右勸處速退，處按劍瞋目道：「這是我效節授命的時日，怎得言退？況諸軍負約，令我獨戰，明明是置我死地，我死便罷！」說至此，拍馬向前，力殺番眾數十名。番奴重重環繞，竟把這位周將軍，搠死陣中。小子有詩嘆道：

　　知過非難改過難，一行傳吏便艫歡。
　　如何正直招人忌，枉使沙場暴骨寒。

　　周處殉國，餘軍盡死，欲知晉廷如何處置，試看下回便知。

　　史稱元康元年，皇后殺太宰亮，太保瓘及楚王瑋，不書誅而書殺，且冠以皇后二字，嫉賈后也。但亮與瓘非無致死之咎，而瑋之致死，更不足惜。亮既遠謫東安公繇，復欲遣瑋還鎮，是明明自戕宗室，授賈氏以可乘之隙。瓘知惠帝之不足為君，何不預先告老，高蹈遠禍，乃與亮同入漩渦，共為悍后所殺。嗜權利者必致喪身，亮與瓘其前鑑也。瑋為後除駿，

復為後殺高瓘，甘心作伥，仍為虎噬，黨惡之報，莫逾於此。若夫梁王肜之挾怨陷人，自壞長城，誤處之罪尚小，誤晉之罪實大，晉室諸王，除琅琊扶風及齊王攸外，類多失德，此所以相與淪胥也。

第九回　遭反噬楚王受戮　失後援周處捐軀

第十回
諷大廷徙戎著論　誘小吏侍宴肆淫

　　卻說晉廷聞周處戰死，明知為梁王所陷，所有權臣貴戚，反私相慶幸，沒一人為處呼冤，就是張華陳準等人，亦不敢糾劾梁王，不過奏陳周處忠勇，應該優恤。有詔贈處為平西將軍，賜錢百萬，葬地一頃，又撥給王家近田，贍養處母，便算了事。轉眼間又是一年，已至元康八年。梁王肜與夏侯駿等，逗留關中，毫無戰績。張華陳準，因復保薦積弩將軍孟觀，出討齊萬年。觀奉命出發，所領宿衛兵士，類皆趫捷勇悍，一往無前。既至關中，梁王肜等知觀為宮府寵臣，不敢與較，索性將關中士卒，盡付調遣。觀得專戎事，不慮牽制，遂努力進討，大小數十戰，俱由觀親當矢石，無堅不摧。齊萬年窮蹙失勢，竄入中亭，觀窮加搜剿，竟得把萬年擒住，就地梟首，懸示番奴。氐羌遺眾，望風奔角，不敢再貳。觀乘勝轉剿郝度元，度元遁去，竄死沙漠。於是馬蘭羌及盧水胡，相繼乞降。秦雍梁三州，一律廓清。晉廷命觀為東羌校尉，暫鎮西陲，徵梁王肜還朝，錄尚書事，明明有罪，反畀以重權，可憤孰甚！獨將雍州刺史解系免官，勒歸私第。

　　原來趙王倫奉召還都，解系覆上書劾倫，並請誅孫秀以謝氐羌。張華亦知孫秀不法，曾密託梁王肜令他收誅，偏被孫秀聞知，暗賂梁王參軍傅仁，替他解免，方得隨倫入京。秀見賈氏勢盛，勸倫厚賄賈郭，為邀寵計，倫遂如秀議。果然錢可通神，非但賈郭與他交歡，就是恣肆中宮的悍

后，亦漸加親信。遇倫上奏，往往曲從，此番亦著了道兒，看下文便知。倫因得劾免解系，且復求錄尚書事，後亦意動。偏張華裴頠固言不可，倫又求為尚書令，又被張裴二人阻撓，自是倫深恨二人，要與他勢不兩立了。伏筆。太子洗馬江統，因羌胡初平，未足懲後，特著《徙戎論》以儆朝廷，論文不下數千言，由小子節錄如下：

夫夷蠻戎狄，地在要荒，禹平水土，而西戎即敘。然其性氣貪婪，凶悍不仁，四夷之中，未有甚於戎狄者。弱則畏服，強則侵叛。當其強也，以漢之高祖，尚困於白登，及其弱也，以元成之微，而單于入朝。是以有道之君，待之有備，御之有常，雖稽顙執贄，而邊城不弛固守，強暴為寇，而兵甲不加遠征，期令境內獲安，疆場不侵而已。漢建武中，光武帝時。馬援領隴西太守，討平叛羌，徙其餘種於關中，居馮翊河東空地。數歲之後，族類蕃息，既恃其肥強，且苦漢人侵之。永初漢安帝年號。之元，群羌叛亂，覆沒將守，屠破城邑，鄧騭敗北，侵及河內，十年之中，夷夏俱敝，任尚馬賢，僅乃克之。自此之後，餘燼不盡，小有際會，輒復侵叛。魏興之初，與蜀分隔，疆場之戎，一彼一此。魏武帝徙武都氐於秦川，欲以弱寇強國，捍禦蜀虜，此實權宜之計，非萬世之利也。今者當之，已受其敝矣。夫關中土沃物饒，帝王所居，未聞戎狄宜在此土也。非我族類，其心必異，而因其衰敝，遷居畿服，士庶玩習，侮其輕弱，使其怨恨之氣，衝入骨髓。至於蕃育眾盛，則坐生其心，以貪悍之性，挾憤怒之情，候隙乘便，輒為橫逆，此必然之勢，已驗之事也。當今之宜，須及兵威方盛，徙馮翊北地新平安定諸羌，使居先零罕並析支諸地，徙扶風始平京兆諸氐，出還隴右，仍居陰平武都之界，各附本種，反其舊土，使屬國撫夷，就安集之，則華戎不雜，並得其所，縱有猾夏之心，而絕遠中國，隔間山河，為害亦不廣矣。至若并州之胡，昔為匈奴，桀惡之寇也。建安中漢獻帝時。使右賢王古卑，誘質呼廚泉，聽其部落，散居六郡，分

為五部。咸熙魏主曹奐年號。之際，一部太強，分為三率，泰始見前。之初，又增為四。今五部之眾，戶達數萬，人口之盛，過於西戎，其天性驍勇，弓馬便利，倍於氐羌，若有不虞，風塵猝警，則并州之域，可為寒心，郝散之變，其近證也。魏正始中，魏主曹芳時。毌丘儉討高句驪，徙其餘種於滎陽，始徙之時，戶落百數，子孫孳息，今以千計。數世之後，亦必殷熾，夫百姓失職，猶或叛亡，犬馬肥充，且有噬齧，況於戎狄能不為變乎？自古為邦者憂不在寡而在不安，以四海之廣，士民之富，豈須夷虜在內，然後取足哉？此等皆可申諭發遣，還其本域，慰彼羈旅懷土之思，釋我華夏纖介之憂，惠此中國，以綏四方，德施永世，於計為長也。

晉廷終不能用，眼見得外族日盛，侵逼中原。時匈奴左部帥劉淵，已進任五部大都督，號建威將軍，封漢光鄉侯，威振朔方。回應第四回。又有慕容涉歸子廆，遣使降晉，亦受封為鮮卑都督。相傳慕容氏世居塞外，號稱東胡，後為匈奴所逐，走保鮮卑山，因以為名。魏初有莫護跋入居遼西，糾集部眾，建牙棘城，見燕人多戴步搖冠，因亦斂髮仿效，令部眾盡冠步搖，番音訛稱步搖為慕容，遂以為氏或云慕二儀之德，繼三光之容，因號慕容。究竟孰是孰非，無從考明。莫護跋生木延，木延生涉歸，遷邑遼東，世附中國，得拜為鮮卑大單于。武帝時，涉歸始入寇昌黎，為安北將軍嚴詢所敗，遁歸本帳。見第六回。已而涉歸病死，弟刪篡立，將殺涉歸子廆，廆亡命避難，國人不服，群起殺刪，迎廆入嗣。廆姿容秀偉，身長八尺，雄健有大度，從前張華為安北將軍，得見廆貌，許為大器，贈給簪幘。及廆既嗣位，因與鄰近宇文部，素有嫌隙，特向晉廷上表，請討宇文氏。晉廷不許，廆怒寇遼西，不得逞志，乃復奉書乞降，受詔為鮮卑都督。廆以遼東僻遠，復徙居大棘城，事大並小，漸見強盛。

此外尚有略陽氐楊茂搜，亦據住仇池，自號輔國將軍右賢王。仇池在

第十回　諷大廷徙戎著論　誘小吏侍宴肆淫

清水縣中，約得百頃，旁繞平地，計二十餘里，四面鬥絕，高凌九霄，中有羊腸蟠道，須經過三十六回，方登絕頂。氐人楊駒，始居此地，駒孫千萬附魏，封百頃王，千萬孫飛龍，徙居略陽，飛龍無嗣，以外孫令狐茂搜為子，茂搜遂冒姓楊氏。自齊萬年擾亂關中，茂搜率部落四千家，由略陽退保仇池。關中人士，亦避亂往歸，因此部眾漸盛，也得稱霸一方。楊氏以外，更有巴氏李氏，從前秦始皇併吞中國，在巴地設黔中郡，薄賦人口，令每歲出錢四千，巴人呼賦為賨，故號為賨人。東漢季年，張魯據漢中，賨人李氏，挈族依魯，魯為魏武所滅，徙李氏全族五百家，至略陽北上，名曰巴氏。李氏本巴西蠻種，強名為氏。後來出了兄弟三人，皆有勇略，長名特，次名庠，又次名流，至齊萬年作亂，關中薦饑，略陽天水等六郡人民，遷移就食，流入漢川，多至數萬家。沿路饑民累累，輒至病僕。特兄弟仗義疏財，傾囊賑救，因得眾心。流民至漢中上書，乞寄食巴蜀，朝議不許，但遣侍御史李苾，持節往撫。苾受流民賂遺，表稱流民十萬餘口，非漢中一郡所能賑贍，應從流民所請，聽往巴蜀。朝廷乃許令就食蜀中，李特乘機入劍閣，遍覽形勢，不禁嘆息道：「劉禪有如此要險，乃面縛降人，豈非庸才麼？」遂與二弟並居蜀地，漸思謀蜀。事見後文。匈奴鮮卑及氐並列五胡，故從詳敘。晉廷的王公大臣，但順眼前富貴，不顧日後利害。就中如張華裴頠，稍稱明達，但防禦內訌，恐尚不及，如何能抵制外患？他若左僕射王戎，進位司徒，旋進旋退，毫無建樹，性復貪吝，田園遍諸州，尚自執牙籌，晝夜會計，家有好李，得價便沽，又恐人得種，先將李核鑽空，然後賣去。一女為裴頠婦，貸錢數萬，日久未償。女歸寧時，戎有慍色，且多煩言，女立即償清，始改為歡顏。從子將婚，嘗給一單衣，婚訖仍向他索還，時人譏為膏肓宿疾。守財奴怎得為相？唯素好遊散，自詡風流，嘗與嵇康阮籍等，作竹林遊，號竹林七賢。這七賢

中，譙人嵇康，善彈琴，能操廣陵散，聲調絕倫，終因放蕩不羈，得罪當道，為司馬昭所殺，第一人先不得令終。阮籍嗜酒善嘯，不循禮法，平居嘗為青白眼，與人莫逆，方覺垂青，否即反白，自作《詠懷詩》八十餘篇，以適性為本旨，又著《達莊論》專尚無為，作《大人先生傳》痛詆正士，總算得幸全首領，老死陳留。從子名咸，亦曠達不拘，與籍相契，歷任散騎侍郎。武帝說他耽酒蔑禮。出為始平太守，亦得壽終。河內向秀，與嵇康論養生訣，往複數萬言，世稱康善鍛，秀為佐，後仕至散騎常侍而卒。尚有沛人劉伶，嗜酒如命，出入必以酒自隨，伶妻捐酒毀器，涕泣勸戒，伶託言至神前宣誓，令具酒肉，及酒肉具陳，乃向天跪祝道：「天生劉伶，以酒為名，一飲一斛，五斗解酲，婦女之言，慎不可聽。」語足解頤。說畢即起，仍引酒食肉，頹然復醉。伶妻無法，只好付諸一嘆。伶醉後或與人相忤，爭論不休，粗暴之徒，奮拳相向，伶卻徐徐道：「雞肋豈足當尊拳？」這語說出，令人自然氣平，一笑而去。犯而不校，卻可為負氣者鑑。晉初開國，文士對策，昌言無為盛治，皆得高第，獨伶以無用被斥，未幾遂歿，只有一篇《酒德頌》傳誦後世。尚書僕射山濤，濤籍貫，見第七回。亦列入竹林七賢中，聞望最隆。濤以後要推王戎，通籍臨沂，屬琅琊郡。素稱望族，獨惜他與世浮沉，徒尚虛騖，有所賞拔，也統是名實未符。阮咸子瞻，嘗投刺謁戎，戎傳見後，顧問瞻道：「聖人貴名教，老莊明自然，有無異同？」瞻答了「將毋同」三字。戎嘆為知言，遂闢為掾屬，時人呼他為三語掾。

戎有從弟名衍，神情朗秀，風度安詳。總角時往見山濤，濤也為嘆賞，及衍別去，目送良久道：「何物老嫗，生這寧馨兒？但誤天下蒼生，必屬是人。」不愧真鑑。衍年十四，詣僕射羊祜第，申陳事狀，侃侃敢言，左右目為奇童。楊駿欲以女妻衍，衍佯狂自免。武帝聞衍名，嘗問

戎道：「夷甫衍表字。當世何人可比？」戎答道：「世無衍匹，當從古人中搜求。」無非標榜。武帝乃加意錄用，累遷至尚書郎，出補元城令，終日清談，不理政務。尋復入為黃門侍郎，高談如故。每當賓朋滿座時，自執玉柄麈尾，與手同色，娓娓陳詞，無非宗尚老莊，偏重虛無，遇有義理未足，即隨口變更，無人敢駁，但贈他一個雅號，叫做信口雌黃。衍不以為愧，且自比子貢，到處鼓吹，風靡一時。娶妻郭氏，系賈后中表親，楊家女不可娶，郭家女乃可娶麼？郭氏恃勢作威，貪鄙無厭，衍以妻為非，口不言錢。郭氏令婢用錢繞床，使不得行，至衍晨起見錢，召婢與語道：「快將阿堵物搬去。」終不道及錢字。幽州刺史李陽，與衍同鄉，時稱大俠，頗為郭氏所憚。衍嘗語郭氏道：「如卿所為，非但我言不可，李陽亦嘗謂不可。」郭氏方才稍斂，唯衍終得因妻取榮，超擢至尚書令。衍弟名澄，聰悟似衍，每有品評，衍不復置議，舉世推為定論。

　　河南尹樂廣，亦好清談，與衍兄弟為莫逆交。更有僚吏阮修胡母輔之謝鯤王尼畢卓等，皆與澄友善，謔浪笑傲，窮歡極娛。輔之嘗酣飲，子謙之大呼父字道：「彥國年老，怎復如是？」輔之毫不動怒，反笑呼謙之，引與共飲。此亦與孺子牛相類。畢卓亦素來好酒，聞鄰有佳釀，很是垂涎。夜半悄起，往鄰盜飲，醉臥甕旁，黎明為鄰人所縛，取燭審視，乃是畢吏部。畢曾為吏部郎。因釋畢縛，畢嘗謂右手持酒杯，左手持蟹螯，便足了過一生。樂廣雖然放達，卻與胡母輔之畢卓等，不甚贊成，嘗笑語道：「名教中自有樂地，何必乃爾？」侍中裴頠，且作了一篇《崇有論》評駁時弊。無如敝俗已成，積重難返，徒靠著一二人正言指導，怎能挽救人心？眼見是禮教淪亡，禍不旋踵了。誤盡蒼生，古今同慨。賈謐郭彰等，卻另是一派舉止，窮奢極欲，驕恣無比。晉廷只是兩派人物，一尚虛無一尚奢侈。郭彰年老病死，賈謐恃才傲物，目空一切，嘗與太子遹博弈爭道，不

肯少讓，甚至謾語相侵。成都王穎，見第七回。方官散騎常侍，旁坐觀博，不由的厲聲喝斥道：「皇太子為一國儲君，賈謐怎得無禮？」謐聞穎言，輟局遽起，悻悻而出，往訴賈后。後當然袒謐，竟出穎為平北將軍，鎮守鄴城。又因無故調穎，太露形跡，可巧梁王肜還朝，遂將河間王顒，同時簡放，使鎮關中。顒見第四回。

先是武帝遺制，藏諸石函，非至親不得守關中。顒系疏族，因他輕才愛士，夙孚輿論，特故畀重鎮，且與穎一同外調，免滋物議，這也是賈后的苦心。惠帝好同傀儡，事事受教宮闈，或行或止，唯後所命。會值年年水災，四方饑饉，惠帝聞報，隨口語道：「何不食肉糜？」左右並皆失笑。又嘗遊華林園，得聞蝦蟆聲，便問左右道：「蝦蟆亂鳴，為官呢？為私呢？」左右又笑不可仰。有一人答道：「在官地為官，在私地為私。」惠帝尚一再點頭。昏駿如此，所以軍國重權，全在賈后掌握，甚且龍床裡面，亦有人替惠帝效勞。惠帝也全然未覺，任憑賈后擇人侍寢，一些兒不加防閒。可謂慷慨。太醫令程據，狀貌頎晰，為后所愛，后借醫病為名，一再召診，竟要他值宿宮中，連宵侍奉。定然是神針法灸，難道是燕侶鶯儔？據憚後淫威，不得已勉承后命，療治相思。偏后得隴望蜀，多多益善，除程據外，又嘗令心腹婢媼，在都下招尋美少年，入宮交歡，稍稍厭怵，便即處死，省得他溜出宮門，傳播穢事。唯洛南有盜尉部小吏，面目韶秀，彷彿好女。失蹤數日，又復出現，身上穿著相衣，乃是宮錦製成，不同常服，偶為同人所見，問從何來？小吏不肯實對，同人遂疑為竊取，互相私議。適賈后有疏親被盜，向尉求緝，遂致小吏為嫌疑犯，不得不當堂對簿。小吏始實供云：「日前在途，遇一老嫗。謂家中人有疾病，問諸師卜，宜得城南少年，入家厭禳，今欲相煩，必當重報。於是隨主登車，車有重帷，帷內有篋箱，由老嫗令居篋箱中，遂飭車伕御行。約十餘里，跨過

第十回　諷大廷徙戎著論　誘小吏侍宴肆淫

六七門限，方將簏箱開啟，呼令下車。說也奇怪，下車四望，統是樓閣好屋，與宮殿無二。當下問為何地？老嫗答稱天上，即替我香湯沐浴，易以錦衣，飼以美食。到了傍晚，復隨老嫗入一復室，見一貴婦人上坐，年約三十五六，身短且胖，面色青黑，眉後有疵，她竟下座挽留，同席共飲，同床共寢。如是數日，方許告歸，臨別時贈此袙衣，並囑言切勿外洩，如或轉告外人，必遭天譴。今被疑作賊，不能再默，只好直供」云云。說至此，那原告人不禁面赤，但言小吏既非盜犯，不必再問，因即辭去。尉亦解意，令此後毋得妄言，一笑退堂去了。看官！試想這小吏所遇的貴婦，不是賈后，還有何人？小吏為后所愛，乃得幸全，這也是命不該絕，方有此造化呢。俗語說得好：「欲要不知，除非莫為。」為了賈后淫凶，有幾個稍知憂國的大臣，祕密商議，欲將賈后廢去。小子有詩嘆道：

不是冶容也肆淫，剡兼怨毒入人深。
由來女寵多傾國，如此凶橫絕古今。

究竟何人慾廢賈后，下回再當敘明。

讀江統《徙戎論》，未始不嘆為要言，但終非探本之策。古人謂天子有道，守在四夷，四夷尚為之守，何必沾沾過慮，堅請外徙耶？若暗主屍於上，牝后橫於內，王公大臣，苟且偷安，恣肆如賈郭，空談如戎衍，內亂已成，即無五胡之禍，亦寧能長治久安？況賈后凶暴未足，繼以淫黷，中冓醜聲，播聞中外，古今有如是之濁穢，而不至亂且亡者，未之聞也。小吏入宮一節，本諸《賈后列傳》中，特錄述之以為左證，非第志宮闈之失德，且以作後世之炯戒云。

第十一回
草逆書醉酒逼儲君　傳偽敕稱兵廢悍后

　　卻說賈后淫虐日甚，穢聞中外。侍中裴頠等，引以為憂，就是後黨賈模，亦恐禍生不測，累及身家，因未免心下不安。裴頠已窺透模意，乃至模私第，商議祕密，可巧張華亦至，一同晤談。頠與華本來莫逆，不必避嫌，因質直相告，擬把賈后廢去，更立太子遹生母謝淑媛。謝淑媛就是謝玖，見第七回。自遹為太子，母以子貴，得封淑媛。賈后很是妒忌，不令太子見母，但使淑媛靜處別宮，彷彿與禁錮相似。此次裴頠倡議廢后，當然欲將謝淑媛抬舉起來，偏模與華齊聲說道：「主上並無廢后意見，我等乃欲擅行，倘主上不以為然，如何是好？且諸王方強，各分黨派，一旦禍起，身死國危，非徒無益，反致有損了。」賈模不足道，張華號稱多才，何以如此膽怯？頠半晌才道：「公等所慮亦是，但中宮如此昏虐，亂可立待，我等豈果能置身事外麼？」華便接口道：「如公等兩人，與中宮皆關親戚，何勿進陳禍福，預為勸誡？言或見信，當可改過遷善，易危為安，天下不致大亂，我等方得優遊卒歲了。」淫虐如賈南風，豈肯從諫？張華此言更是癡想。原來模為賈后族兄，頠母為賈充妻郭槐姊妹，兩人與賈后互有關係，故華言如此。模頗贊同華議，頠亦不便拘執己見，姑依華言進行，當下趨詣賈第，入白姨母郭槐，託她戒諭賈后，勉蓋前愆，並宜親愛太子。模亦屢入中宮，為後指陳利害。看官！試想這凶殘淫暴的賈南風，習與性成，豈尚肯採納良言，去邪歸正麼？郭槐是賈后生母，向後進規，

第十一回　草逆書醉酒逼儲君　傳偽敕稱兵廢悍后

雖然不肯見從，尚無他恨，至模一再瀆陳，反以為模有異心，敢加譭謗，索性囑令宮豎，拒模入謁。模且憂且恨，竟生了一種絕症，便登鬼籙。不幸中之大幸。有詔進裴頠為尚書僕射，頠上表固辭，略謂：「賈模新亡，將臣超擢，偏重外戚，未免示人不公，懇即收回成命。」復詔不許，或向頠進言道：「公為中宮親屬，可言即當盡言，言不見聽，不若託病辭官。若二說不行，雖有十表，恐終未能免禍了。」頠頗為感動。但初念欲見機而作，轉念又且住為佳，因此日誤一日，仍復在位。這是常人的通病，怎知禍足殺身！那賈郭二門的子弟，恃權借勢，賣爵鬻官，賄賂公行，門庭如市，南陽人魯褒，嘗作《錢神論》譏諷時事，謂：「錢字孔方，相親如兄，無德反尊，無勢偏熱，排金門，入紫闥，危可使安，死可使活，貴可使賤，生可使殺，無論何事，非錢不行。洛中朱衣，當塗人士，愛我家兄，皆無已已」云云。時人俱為傳誦，互相傾倒。平陽名士韋忠，為裴頠所器重，薦諸張華，華即遣屬吏徵聘，忠辭疾不至。有人問忠何不就徵？忠慨然道：「張茂先華字茂先。華而不實，裴逸民頠字逸民。欲而無厭，棄典禮，附賊後，這豈大丈夫所為？逸民每有心託我，我常恐他蹈溺深淵，餘波及我，怎尚可褰裳往就呢？」關內侯索靖，亦知天下將亂，過洛陽宮門，指著銅駝，諮嗟太息道：「銅駝銅駝，將見汝在荊棘中了。」國家興亡，匹夫有責，徒付慨嘆亦覺無謂。

　　太子遹儲養東宮，少小時本來穎悟，偏到了成童以後，不務正業，但好狎遊，就是左師右保，亦不加敬禮，唯與宦官宮妾，嬉嬲度日。無端變壞，想是司馬氏家運。賈后素忌太子，正要他隳名敗行，可以藉端廢立，因此密囑黃門閹臣，導令為非，嘗向太子前慫恿道：「殿下正可及時行樂，何必常自拘束？」及見太子拂意時，怒詆役吏，又復從旁湊奉道：「殿下太覺寬仁，若輩小豎，不加威刑，怎能使他畏服呢？」古人有言：「一傅

眾咻。」又說是：「習善則善，習惡則惡。」東宮中雖有三五師傅，怎禁得這班宵小，朝夕鼓煽？就是生性聰慧，也被他陷入惡途，成為習慣了。太子生母謝淑媛，幼時微賤，家世業屠。太子偏秉遺傳，輒令宮中為市，使人屠酤，能手揣斤兩，輕重不差。又令西園發賣葵菜籃子雞面等類，估本牟利，倒是一個經濟家。逐日收入，隨手散給，卻又毫不吝惜。東宮舊制，按月請錢五十萬緡，作為費用，太子因月費不足，嘗索取兩月俸錢，供給嬖寵。平居雕題刻桷，役使不已，若要修牆繕壁，偏好聽陰陽家言，動多顧忌。洗馬江統，上陳五事，規諫太子，一是請隨時朝省，二是請尊敬師保，三是請減省雜役，四是請撤銷市酤，五是請破除迷信，太子無一依從。舍人杜錫，也常勸太子修德進善，毋招讒謗。太子反恨他多言，俟錫入見時，先使人至錫座氈中，插針數枚，錫怎能預料，一經坐下，被針灸臀，血滿褲襠，真似啞子吃黃連，說不出的苦楚。散騎常侍賈謐，與太子年齡相仿，更為中表弟兄，免不得時往過從。太子喜怒無常，有時與謐相狎，有時與謐相謗，或令謐自坐，徑往後庭嬉戲，不再顧謐，謐屢遭白眼，當然挾嫌。詹事裴權進諫道：「賈謐為中宮寵姪，一旦交構，大事去了，願殿下屈尊相待，免滋他變。」太子勃然變色，連稱可恨，說得權不敢再言，俯首辭去。其實，太子並非恨權，不過因權數語，觸起舊忿，致有恨聲。先是賈后母郭槐，欲令韓壽女為太子妃，太子亦欲結婚韓氏，自固地位。壽妻賈午，卻不願意。賈后更不樂贊成，另為太子聘王衍女。衍女有二，長女貌美，少女貌陋。太子既不得韓女，乃轉思納衍長女為妃。偏賈謐又來作梗，垂涎彼美，乞後作主。後方寵謐，便為謐娶衍長女，但使太子與衍少女為婚。太子得了醜婦，自然恨後及謐，此時聽著權言，怎能不感憤交併，流露言表？嗣被謐探知消息，也惹動前日弈棋的惡感，向賈后處進讒，弈棋事見前回。還虧後母郭槐，從中保持，不使賈后得害太

子，故太子尚得無恙。此非郭槐好處，還是裴頠功勞。

未幾，郭槐病重。由後過省，槐握住後手，囑以二語：一語是保全太子，一語是趙粲賈午，必害汝家。這卻可謂先見。賈后雖然應諾，心中總未以為然。至郭槐死後，謚雖守喪，仍然出入中宮，一夕，跟蹌入白道：「太子蓄私財，結小人，無非欲害我賈氏，若宮車晏駕，彼得入立，不特臣等遭誅，恐皇后亦坐廢金墉了。」賈后不禁駭愕，便與趙粲賈午，謀廢太子。可巧午生一兒，遂囑令送入宮中，佯稱自己有娠，預備產具，一面囑令內史，暴揚太子過惡，將為李代桃僵的詭計。宮廷內外，多已瞧透陰謀。中護軍趙俊，密請太子舉兵廢后，太子不敢照行。左衛軍劉卞私白張華，且替華設策道：「東宮俊義如林，衛兵不下萬人，若得公命，請太子入錄尚書事，廢錮賈后，徙居金墉城，但教兩黃門費力，便足辦到此事。」華瞿然道：「今天子當陽，太子乃是人子。我又未得阿衡重任，乃膽敢與太子行此大事，是變做無父無君的賊子了，就使有成，尚難免罪。況權戚滿朝，威柄不一，怎見得果能成事呢？」可與適道未可與權。卞太息而去。不意過了一宵，即有詔出，卞為雍州刺史。卞疑有人洩謀，因有此詔，遂服藥自盡。膽小如此，如何為華設謀？

元康九年十二月，太子長男虨音彬。有疾，太子為兒禱祀求福，忽由內廷頒到密詔，乃是皇上不豫，令太子立即入朝。太子只好前往，趨入宮中，不意有內侍出來，引太子暫憩別室，靜待后命。太子莫名其妙，但入別室休息，甫經坐定，即由宮婢陳舞，左手持棗一盤，右手執酒一壺，行至太子座前，傳詔令飲。太子酒量素淺，飲了一半，已是醉意醺醺，便搖手道：「我不能再飲了。」陳舞瞋目道：「天賜殿下酒，乃不肯飲盡，難道酒中有惡物麼？」太子無可奈何，把餘酒一吸而盡，遂至大醉。既而又來宮婢承福，持給紙筆，並原稿二紙，逼令太子錄寫。太子辭不能書，復由

承福矯詔逼迫。太子醉眼模糊，也不辨為何語，但看原稿中為何字，依次照錄，字跡多歪歪斜斜，殘缺不全，好容易錄就二紙，交與承福持去。太子酒尚未醒，當由內侍擁掖出宮，扶上寢輿，使他自返。翌晨，由惠帝御式乾殿，召令王公大臣，使黃門令董猛，齎出二紙，遍示群僚，且對眾宣諭道：「這是不肖子遹所書，如此悖逆，只好把他賜死罷。」百官聽了，多半驚心，張華裴頠，更覺詫異，便接閱二紙，第一紙寫著：

陛下宜自了，不自了，吾當入了之；中宮又宜速自了，不自了，吾當手了之。

大眾看這數語，都為咋舌。還有一紙，文字越覺離奇，有云：

吾母宜刻期兩發，勿疑猶豫致後患。茹毛飲血於三辰之下，皇天許當掃除患害，立道文為王，蔣氏為內主，願成當以三牲祠北君，大赦天下。要疏如律令。

看這語意，似內達謝淑媛，與約同日發難。文中所敘的道文，便是太子長男虨表字，蔣氏乃是太子所寵的美人。大眾瞧罷，彼此面面相覷，不發一言。都是飯桶。獨張華忍耐不住，竟向座前啟奏道：「這是國家的大不幸事，唯從古到今，往往因廢黜正嫡，遂致喪亂，願陛下考核乃行。」裴頠亦續奏道：「東宮果有此書，究由何人傳入？且安知非他人偽造，誣陷太子？請驗明真偽，方可立議。」惠帝接連聞奏，好似癡聾一般，噤不復言。那殿後卻趨出內侍，奉賈后命，取了太子平日手啟十餘箋，令群臣對核筆跡，張華裴頠等，即互相比視，筆跡大略相符，唯一是恭繕，筆畫端正，一是急書，姿勢潦草，一時也辨不出真假，無從指駁。原來賈后使太子錄書，原稿係囑黃門侍郎潘岳草成，及太子錄就進呈，字畫缺漏，仍由嶽補添成字。嶽善模仿筆跡，一經改寫，與頠子手書無殊，故足使人迷

亂心目。潘岳何為者？唯裴頠定要查究傳書的姓名，張華謂須召太子對質，此外一班大臣，依違兩可，聚訟不決。賈后暗坐屏後，聽著張裴兩人的議論，大咈己意，那惠帝又一言不發，任令絮聒，恨不得走將出去，喝住眾口，倒好獨斷獨行，只是大庭廣眾，未便越禮，勉強容忍了半天。看看日影西斜，還是沒有結果，不由的怒氣上衝，便召董猛入內，囑使傳語道：「事宜速決。為何議了半日，尚未定奪？如群臣不肯傳詔，應該軍法從事。」猛奉命出宣，道言甫畢，張華即駁斥道：「國家大政，應由皇上主裁，汝係何人？妄傳內旨，淆亂聖聽。」裴頠亦喝道：「董猛休得多言，聖上明明御殿，難道我等未奉明詔，反依內旨不成？」猛且慚且憤，返報賈后。賈后恐事情中變，因即令侍臣草表，請免太子為庶人。這表傳出，惠帝便即依議，拂袖退朝。於是使尚書和鬱等，速詣東宮，廢太子遹為庶人。遹方遊玄圃，聞使節持至，改服受詔，步出承華門，乘粗犢車，往居金墉城，遹妃王氏，及三子虨臧尚，同時隨徙。獨虨母蔣氏，坐蠱惑太子罪名，生生杖斃，甚且歸咎謝淑媛，一併賜死。王衍聞變，自恐株連及禍，急忙表請離婚，你有大女婿作靠，此時何必作忙？有詔準議。於是遹妃王氏，與遹永訣，慟哭一場，辭歸母家。王女卻是多情。

越年，改元永康，西戎校尉司馬閻纘，輿棺詣闕，上書切諫，略言：「漢戾太子稱兵拒命，尚有人主從輕減，說是罪不過笞，今遹罪不如戾太子，理應重選師傅，先加嚴誨，若不悛改，廢棄未遲。」這書呈入，當然不報。纘不見譴，還是皇恩廣大。賈后因異議沸騰，終究未妙，不如下一辣手，致死太子，方絕後患，乃再行設計，囑使黃門自首，詭言與遹謀逆。有詔將黃門自首表文，頒示公卿，遂命衛士押徙太子，往錮許昌宮，不許官僚送行。洗馬江統潘滔，舍人王敦杜蕤魯瑤等，冒禁往餞，至伊水旁涕泣拜辭，不意司隸校尉滿奮，已奉詔馳至，把江統等一併拘去，分系

河南洛陽兩獄中。河南尹樂廣，不待赦書，已悉數放歸。洛陽令曹攄，未敢遽釋罪囚，經都官從事孫琰，向賈謐處說情，方得一律釋出。右衛督司馬雅，系是晉室疏親，平時常給事東宮，得遹寵愛，每思為遹效力，設法復位，乃與從督許超，殿中郎士猗等，日夕營謀，彼此互議，統說張華裴頠，貪戀祿位，未足與圖大事，不如右軍將軍趙王倫，手握兵權，素性貪冒，尚可假彼行權。冒昧圖逞，亦非良策。因往說孫秀道：「中宮凶妒，與賈謐等誣廢太子，無道已甚。今國無嫡嗣，社稷垂危，大臣將起行大事，公乃素奉中宮，與賈郭親善，外人皆謂公實預內謀，一朝變起，禍必相及，何勿先事預防呢？」秀被他一說，也覺寒心，當即轉告趙王倫，擬廢去賈后，迎還太子。倫唯言是從，密結通事令史張林及省事張衡等，使為內應，待期舉發。偏孫秀又變了一計，再與倫語道：「太子聰明剛猛，若得還東宮，必圖報復。明公素黨賈后，道路共知，今雖為太子建立大功，太子且未必見德，一有釁隙，仍然加罪，不若遷延緩期，俟賈后害死太子，然後為太子報仇，入廢賈后，名正言順，更無他患，豈不是一舉兩得麼？」這是卞莊刺二虎之計，我亦佩服。倫拍手贊成，連稱好計。秀復散布謠言，謂殿中人慾廢皇后，迎太子，一面往見賈謐，勸他早除太子，杜絕眾望。謐立白賈后，后正得外間謠傳，陰啟殺心，一聞謐語，便召入太醫令程據，使合毒藥。據即用巴豆杏仁，研末為丸，交與賈后。後復令黃門孫慮，假傳上命，赴許昌毒死太子。太子至許昌後，常恐見鴆，所有飲食，必令宮人當面煮熟，方敢取嘗。孫慮到了許昌，先與監守官劉振說明，振即徙太子至小坊中，絕不與食。宮人得太子厚恩，尚從牆上遞給食物，俾得充飢。那孫慮急欲覆命，徑持入毒藥，逼令太子吞下。太子不肯照服，託詞如廁。慮袖出藥杵，從太子背後，擲擊過去，太子中杵倒地，再由慮拾起藥杵，用力猛捶，太子大聲哀呼，聲徹戶外，及要害受傷，一

第十一回　草逆書醉酒逼儲君　傳偽敕稱兵廢悍后

聲慘號，氣絕而逝。年才二十三歲。孫慮如此凶橫，難道能長壽不成？慮回都覆命，有司請用庶人禮葬遹，賈后即假託慈悲，上表帝前，略云：

遹不幸喪亡，傷其迷悖，又早短折，不能自已。妾常冀其刻肌刻骨，更思孝道，使得復正名號，此志不遂，重以酸恨。遹雖罪大，猶是王者子孫，便以匹庶送終，情實可憫，特乞天恩，賜以王禮。妾誠闇淺，未識禮義，不勝至情，冒昧陳聞。錄入此表，以見賈后之狡詐。

惠帝得賈后表，方命用廣陵王禮，厚葬太子。會天象告警，尉氏雨血，妖星現西方，太白晝現，中臺星坼，中外詫為怪象。張華少子名韙，勸華即速辭職，為避禍計。華躊躇多時，方答說道：「天道幽遠，未盡可憑，不如修德禳災，靜俟天命。」利令智昏。既而，孫秀使司馬雅見華，屏人與語道：「趙王欲與公共匡社稷，為天下除害，使雅以實情告公，請公勿疑！」華搖首不答。雅不禁怒起，掉頭趨出，且行且語道：「刃將加頸，尚作此態麼？」當下詣趙乞倫府第中，敦促起事。倫遂矯稱詔敕，遍諭三部司馬晉左右二衛，有前驅由基強弩三部司馬。道：「中宮與賈謐等殺我太子，為此命車騎將軍兼領右軍將軍趙王倫，入廢中宮，汝等皆當從命！事成當賜爵關內侯。如或不從，罪及三族。」三部司馬，接了此敕，那有不從之理？齊王冏見前文。方任翊軍校尉，亦與倫通謀，遂與三部司馬，突入宮中，排闥趨進。華林令駱休為內應，引冏至惠帝住室，迫帝出御東堂，一面召入賈謐。謐無從趨避，應召而至，及見甲杖如林，復走至西鐘下面，大呼阿后救我！聲尚未絕，已有人追至背後，拔刀砍去，首隨刀落。賈后聞謐呼救聲，慌忙出視。正與齊王冏相遇，便驚問道：「卿來此做什麼？」冏答道：「有詔收後。」後復道：「詔當從我發出，這是何處詔旨？」一面說，一面返身入內，趨上閣中，憑檻遙呼道：「陛下有婦，乃使人廢去，恐陛下亦將被廢了。」冏復帶兵入閣，脅後徙居。後復問起

事為誰？岡答稱梁趙二王。原來尚書令梁王肜，曾預聞倫事，也願贊成，故岡有是言。賈后長嘆道：「繫狗當繫頸，今反繫尾，怎得不爾？」乃出居建始殿中，由岡派兵監守。隨即收捕趙粲賈午，驅入暴室，一頓杖責，把兩個如花似玉、貌美心毒的婦人送歸冥府，往銷閻王簿據去了。就是韓壽兄弟子姪，也共同連坐，誅黜有差。偷香結果，一至於此，可見天道惡淫。倫復召入中書監侍中黃門侍郎等，貪夜入殿，趁勢拿下司空張華，及僕射裴頠。華顧通事張林道：「汝等欲害我忠臣麼？」林矯詔詰責道：「卿為宰相，不能保全太子，及太子廢死，又復不能死節，怎得稱忠？」華駁說道：「式乾殿中的爭議，臣嘗力諫，儘可覆按。」見上。林不待說畢，便接口道：「力諫不從，何不去位？」中肯語。華聽到此語，無言可駁，只好俯首就刑，遂與裴頠一同受戮，並至夷族。華是日晝寢，夢見屋壞，入夜即驗。死時年六十九。著有《博物誌》十篇及文章等並傳後世。華長子散騎常侍禕及少子散騎侍郎韙，同時遇害。頠死時才三十四歲。二子嵩該，由梁王肜代為保護，謂：「頠父裴秀，有功王室，不應殄絕後嗣。」因得免死，流徙帶方。校尉閻纘，時尚在都，入撫張華屍首，且泣且語道：「我曾勸君遜位，君乃不從，今果見戮，莫非是命中注定麼？」小子有詩譏張華道：

蹉跎已屆古稀年，何事名韁尚被牽？
老且受誅兒並戮，如斯結局也堪憐！

華頠既死，趙王倫未肯罷手，還要殺死數人。欲知何人被殺，待看下回報明。

典午得國，始自賈充之弒曹髦，厥後賈女入宮，種種淫恣，即釀成八王之亂，而西晉即因是覆亡。天道好還，亶其然乎？張華裴頠位登臺輔，

不能撥亂反正，雖由二人之才識不足，亦天意之未許建功耳。況太子逈幼即聰明，一變而為淫僻昏頑之豚犬，置酒別室，醉草逆書，是何莫非大造之巧為播弄，假手悍后，有以斫其根面戕其本歟？及後惡貫滿盈，不使張華裴頠之從權廢立，而反令貪鄙陰狡之倫秀二人，乘隙圖功，一禍才了，一禍復起，天之不欲安晉也明矣。此外已盡見細評，姑不贅述云。

第十二回
墜名樓名姝殉難　奪御璽御駕被遷

卻說趙王倫殺死裴張二人，本意是報復舊怨，不論罪狀。事見前文。還有前雍州刺史解系，前時已為倫所讒，免官居京，倫餘恨未洩，也將他拘至，並將系弟結一併下獄。梁王肜復出來救解，倫怫然道：「我在水中見蟹，猶謂可恨，況解系兄弟，素來輕我，此而可忍，孰不可忍？」系為西征事招怨，亦見前文。肜苦爭不得。連結皆為倫所殺，並戮及妻孥。結嘗為御史中丞，有一女許字裴氏，擇定嫁期，正在解家被禍的第二日，裴氏欲上書營救。女泣嘆道：「全家若此，我生何為？」遂亦坐死罪。後來晉廷憐女無辜，始改革舊制，女不從坐，惠帝全無主意，一任倫濫殺無辜。倫又恃孫秀為耳目，秀言可殺即殺，秀言不可殺即不殺。倫也是個傀儡。秀復為倫決計，廢賈后為庶人，遷往金墉城。後黨劉振、董猛、孫慮、程據等一體捕誅。劉振等死有餘辜。司徒王戎，係裴頠婦翁，坐是罷職。此外文武百官，與賈郭張裴四家，素關親戚，不是被誅，便是被黜，簡直是不勝列舉了。

於是趙王倫託稱詔制，大赦天下，自為都督中外諸軍事兼相國侍中，一依宣文宣帝文帝。輔魏故事。置左右長史司馬及從事中郎四人，參軍十人，掾屬二十人，府兵萬人。使長子荂音敷。領冗從僕射，次子馥為前將軍，封濟陽王，三子虔為黃門郎，封汝陰王，幼子詡為散騎侍郎，封霸城侯，長子未曾封王，是欲為將來襲封起見。孫秀為中書令，受封大郡。司

第十二回　墜名樓名妹殉難　奪御璽御駕被遷

馬雅張林等，並皆封侯，得握兵權。百官總己，聽倫指揮。孫秀從中主政，威振朝廷。有詔追復故太子遹位號，使尚書和鬱，率領東宮舊僚，赴許昌迎太子喪。太子長男虨，已經夭逝，亦得追封南陽王，虨弟臧為臨淮王，臧弟尚為襄陽王。有司奏稱尚書令王衍，備位大臣，當太子被誣時，志在苟免，不思營救，應禁錮終身，詔從所請。衍既免官還第，尚恐遇害，佯狂自免。任你如何刁滑，到頭總難免橫死。前平陽太守李重，素有令名，由倫闢為長史。重知倫有異志，託疾不就，偏經倫再三催逼，硬令人扶曳入府，脅令就官。重滿腔憂憤，無處可伸，歸家後果然成疾，不願醫治，未幾遂亡。淮南王允，前曾隨楚王瑋入朝，見前第九回。瑋被戮後，允仍然涖鎮。至太子被廢，朝議將立允為太弟，復密促還朝，留住都中。太弟議尚未定奪，趙王倫已經發難，允兩不袒護，置身事外，至此乃受詔為驃騎將軍，開府儀同三司，兼領中護軍。允性沉毅，為宿衛將士所畏服，他見倫不懷好意，便豫養死士，密謀誅倫。倫毫無聞知，唯孫秀瞧料三分，勸倫防允。倫方才加防，且恐賈后與允勾結，或致死灰復燃，因與秀密商，想出兩條計策：一是鴆死賈后，一是冊立皇太孫。當下遣尚書劉弘，齎金屑酒至金墉城，賜賈后死。賈后無可奈何，只得一吸而盡，一代悍后，至此乃終。晉室江山，已被她一半收拾了。弘既復旨，即立臨淮王臧為皇太孫，召還故太子妃王氏，令她撫養。所有太子舊僚，就作為太孫官屬。趙王倫兼為太孫太傅，追諡故太子曰愍懷，改葬顯平陵。

中書令孫秀，既得逞志，計無不遂，便逐漸驕淫，聞石崇家有美妾綠珠，奴冶善歌，兼長吹笛，遂使人向崇乞請，謂肯以綠珠見贈，當起復崇官。看官閱過前文，應知崇為賈謐好友，賈氏得禍，崇已坐謐黨褫職，唯家產未遭籍沒，崇仍得席豐履厚，護豔藏嬌。且崇有別館，在河陽金谷中，號為金谷園。自崇罷職後，常居園中休養，登高臺，瞰清流，日與數

十婢妾，飲酒賦詩，逍遙自在，反比那供職廟堂，更加快活。恐不能安享此福。及孫秀使至，崇含糊對付，遣使返報。秀竟再令人帶著繡輿，往迓綠珠。崇盡出婢妾數十人，由來使自擇。來使左盼右盼，個個是飄長裾，翳輕袖，綺羅鬥豔，蘭麝薰香，端的是金谷麗姝，不同凡豔。便問崇道：「孫公命迓綠珠，未識孰是？」崇勃然道：「綠珠是我愛妾，怎得相贈？」為一美妾而覆家，也不值得。來使道：「公博古通今，察遠照邇，願加三思，免貽後悔。」崇仍然不允。來使既去復返，再為勸導。崇始終固執，叱退來使。秀得來使歸報，當然大怒，便擬設計害崇。

崇亦自知惹禍，與甥歐陽建及舊友黃門郎潘岳，私下商酌，為除秀計。秀前為岳家小吏，岳恨他狡黠，輒加鞭撻，及秀為中書令，岳時與相值，嘗問秀道：「孫令公，尚記得前日周旋否？」秀引古語相答道：「中心藏之，何日忘之。」見《詩經·小雅》。岳知他懷恨未忘，很加憂懼，與崇建等議及除秀，謂不如交結淮南王，勸令起事，摔去倫秀二人。淮南王允，正思討滅倫秀，既得潘岳等相勸，籌備益急。倫與秀探察得實，遂遷允為太尉，陽示優禮，實奪兵權。允稱疾不拜，秀遣御史劉機逼允，收允官屬，並矯詔責允拒命，大逆不敬。允取詔審視，系秀手書，便怒叱道：「孫秀何人，敢傳偽詔！」說至此，返身取劍，欲殺劉機。機狂奔出門，幸逃性命。允追機不及，便顧語左右道：「趙王欲破我家。」隨即召集部兵七百人，出門大呼道：「趙王造反，我將討逆，如肯從我，速即左袒！」兵吏常仇怨趙王，多左袒趨附。允率眾赴宮，適尚書左丞王輿，聞變先入，閉住掖門。允不得趨入，乃轉圍相府。倫與秀倉猝調兵，與允相持，屢戰屢敗，死傷約千餘人。太子左率陳徽，勒東宮兵，鼓譟宮內，作為內應。允列陣承華門前，令部眾各持強弩，迭射倫兵。倫正督眾死戰，矢及身前，主書司馬眭祕，挺出翼倫，可巧一箭射來，向胸穿入，立即倒斃。

第十二回　墜名樓名姝殉難　奪御璽御駕被遷

倫不禁著忙，旁顧門右，幸有大樹數株，便挈領官屬，趨至樹後，借樹為蔽。樹上矢如蝟集，倫幸得免。自辰至未，尚是喊殺連天，未曾罷鬥。

中書令陳準，係陳徽胞兄，入值宮中，意欲助允，便請諸帝前，謂宜遣使持白虎幡，出解戰事。乃使司馬督護伏胤，率騎兵四百，持幡從宮中出來。胤藏著空板，古時詔書錄板，板以桐木為之，長約尺許。詐稱有詔，徑至允陣前，取板遙示。允還道他是前來幫助，又見他持著詔書，定有他命，便令軍士開陣納胤，自己下馬受詔。不防胤突至允前，拔出利刃，竟將允揮為兩段。允眾相顧錯愕，胤復對眾宣詔，略言「允擅自稱兵，罪在不赦，除允家外，脅從罔治」等語。於是大眾駭散。允子秦王鬱漢王迪等，均被胤追捕，相繼殺死。看官道是何因？原來白虎幡是藉以麾軍，並非解鬥，陳準因惠帝昏愚，託言解鬥，實欲麾動允軍，威嚇倫兵，使知允眾攻倫，實出帝命，偏遣了一個貪利懷詐的伏胤，受命出宮，行過門下省，與倫子汝陰王虔相值。虔邀入與語，誓同富貴，囑令變計圖允。胤坐此生心，便去誆允。允見他持著白虎幡，又是齎奉詔敕，明明是得著內援，怎得不為胤所紿？哪知一場好事，竟成惡果，這也是晉朝的氣數。無可歸咎，又只好歸之於天。

允既被害，趙王倫越加威風，復飭令嚴索允黨，一體同罪。孫秀遂指稱石崇歐陽建潘岳等，奉允為逆，應該伏誅。崇正在樓上高坐，與綠珠等歡宴，驚聞緹騎到門，料知有變，便旁顧綠珠道：「我今為汝得罪了，奈何奈何？」綠珠涕泣道：「妾當效死公前，不令公獨受罪。」遂叩頭謝別，搶步臨軒，一躍下樓。崇慌忙起座，欲攬衣裾，已是不及，但見下面倒著嬌軀，已是頭破血流，死於非命。綠珠本貽禍石家，幸有墜樓殉主，尚可自解。崇不禁垂淚道：「可惜！可惜！我罪亦不過流徙交廣，卿何必至此！」你既鍾愛綠珠，何不隨同墜樓，且還想活命，真是痴人說夢。遂駕

車詣獄。未到獄門，已有人傳到敕書，令赴東市就刑。崇至東市，方長嘆道：「奴輩利我家財。」旁有押吏應聲道：「早知財足害身，何不散給鄉里？」崇不能答，仰首就戮。崇甥歐陽建，亦同時被殺，絕命時尚口占詩章，詞甚悽楚。崇母兄及妻子等十五人，駢戮無遺，家產籍沒。有司按錄簿籍，得水碓三十餘區，蒼頭八百餘人，田宅貨財，不可勝數。多藏厚亡，視崇益信。黃門郎潘岳，併為所害。嶽字安仁，少美豐姿，尤工詞藻。弱冠以前，嘗挾彈出洛陽，婦女皆擲果相贈，滿載以歸。嗣為河陽令，遍植桃樹，時人號為一縣花。妻歿作悼亡詞，哀豔絕倫，唯躁急干進，不安恬淡。岳母嘗責嶽道：「汝當知足，奈何奔競不休？」嶽不能從。及被收時，始入與母訣道：「負阿母！」出至東市，見崇亦在列，相顧唏噓。崇呼嶽道：「安仁亦遭此禍麼？」嶽泣答道：「可謂白首同所歸。」這一語，乃是嶽寄金谷園詩，不料竟成讖語。嶽死，家屬亦多斃刀下，唯兄子伯武，在逃得免。

趙王倫又收捕淮南王弟吳王晏，擬即加刑，經光祿大夫傅祗力爭，始得貸死，貶為賓徒縣王。齊王冏與倫相結，遷任游擊將軍，冏尚未滿意，頗有恨色。秀即白倫，將冏外調，令出為平東將軍，使鎮許昌，免得在內生變，倫趾高氣揚，擬自加九錫殊禮。吏部尚書劉頌道：「從前漢錫魏武，魏錫晉宣，俱系一時異數，並非古禮。周勃霍光，立功甚大，並不聞有九錫的寵命呢。」權詞諷諫，可算苦心。倫黨張林，斥頌為張華餘黨，因有異議，將加頌死刑。還是孫秀進言道：「殺張裴已乖物望，不宜再殺劉頌。」倫乃罷議。秀為倫囑使群僚，均至相府稱道功德，應用九錫典命，倫佯為謙讓，再由朝使持詔敦勉，方才拜受。進秀為侍中兼輔國將軍，仍領相國司馬，相府增兵至二萬人，與禁中宿衛相同。秀子會為校尉，年已二十，形短貌醜，少時嘗在城西，為富家販馬，此時驟得貴顯，居然欲與

第十二回　墜名樓名妹殉難　奪御璽御駕被遷

　　帝子結婚。惠帝已同虛設，但教倫秀二人，如何裁決，便即允行，倫遂為秀子作伐，使尚帝女河東公主。秀即把將軍孫旗外孫女羊氏，為帝說合，請為繼后。旗與秀同族，旗婿為尚書郎羊玄之，生有一女，名叫獻容，姿容秀媚，傾國傾城，與前時賈南風相比，判若天淵。永康元年仲冬，羊女得冊為后，好算是非常遭際，喜從天來。吉期已屆，盛妝啟行，不料衣上忽然起火，幾嚇得魂膽飛揚，還虧左右侍女，急忙撲救，才得將火光滅熄，但一襲翟衣，半成焦黑，已覺得預兆不祥。為後文伏案。慌忙將原衣脫去，再從宮中乞取后服，重複穿上，方好登輿入宮。禮成以後，見惠帝年逾四十，面目粗蠢，知識愚鈍，不由的大失所望，只得自悲命薄，蹉跎度日罷了。河東公主下嫁蠢子，羊女獻容上配愚君，彼此不偶，豈非天命！唯後父羊玄之，卻得超拜光祿大夫，特進散騎常侍，加封興晉侯，自誇奇遇，深感秀德。誰料到臘盡春來，竟出了一椿篡國奇聞，好好一位新皇后，竟隨了一個老皇帝，同徙金墉城，這真是禍福無常，福為禍倚了。

　　看官！不必細猜，便可知那篡國的賊臣，就是相國趙王倫。倫迷信神鬼，好聽巫言。孫秀欲迫倫篡位，自為首功，乃密使牙門趙奉，詐為宣帝神語，命倫早入西宮。又言宣帝在北邙山，陰為倫助。倫乃在邙山立宣帝廟，私自禱祝，潛構逆謀，令太子詹事裴劭，左軍將軍卞粹等，充當相府從事中郎，作為幫手。更使義陽王威，司馬孚曾孫。與黃門郎駱休，闖入內廷，逼奪璽綬，偽作禪詔。詔既草就，即付尚書令滿奮，及僕射崔隨，令並璽綬送往相府，禪位與倫。倫又假作謙恭，固讓不受，一班寡廉鮮恥的王大臣，早已由孫秀運動，一齊趨至，滿口是功德巍巍，天與人歸的套話，趨奉倫前，再三勸進。倫遂直任不辭，於是遣左衛將軍王輿，前軍將軍司馬雅等，率甲士入殿，曉諭三部司馬，示以威賞。三部莫敢抗議，唯唯聽命。倫乃備鹵簿，乘法駕，昂然入宮，登太極殿，受百官朝謁，大赦

天下，改元建始。一面徙惠帝及羊后，出居金墉城，陽尊惠帝為太上皇，改稱金墉城為永昌宮。廢皇太孫臧為濮陽王，立長子荂為皇太子，封次子馥為京兆王，三子虔為廣平王，幼子詡為霸城王，皆兼官侍中，分握兵權；又用梁王肜為宰衡，何劭為太宰，孫秀為侍中中書監，兼驃騎將軍，儀同三司。義陽王威為中書令，張林為衛將軍，餘黨皆為卿將，越次超遷；下至奴卒，亦加爵位。每遇朝會，貂蟬盈座，都下競相傳語道：「貂不足，狗尾續。」真是一班搖尾狗。倫既據大位，親祠太廟，還遇大風，吹折麾蓋。倫也覺不安，因密使人害死濮陽王臧，省卻後患。越要逞凶，越不久長。且恃孫秀為長城，每有號令，必先示秀。秀得意為竄改，或自書青紙，充作詔書。朝令夕更，百官常轉易如流。孫旗子弼及弟子髦輔琰四人，因與秀同族，旬月三遷，皆得為將軍，受封郡侯，並加旗為車騎將軍，使得開府。旗正出鎮襄陽，聞子姪輩受倫官爵，恐為家禍，因遣幼子回入都消讓，迫令辭職。弼等方致位通顯，履堅策肥，怎肯勒馬懸崖，幡然謝去？仍令回返報乃父，極稱平安。旗不能遙制，唯有自悲自痛罷了。自己何不遠引？

　　衛將軍張林，與孫秀積有夙嫌，並怨不得開府，因私與荂箋，具言秀專權擅政，未協眾心，應速誅為是。荂持書白倫，倫又復示秀，氣得秀咆哮不已，急請誅林，倫怎敢不從？當即往華林園，佯言會宴，召林入侍，立即拘住，賞他一刀，並夷三族。林原該死，但為倫所殺，怎得瞑目？秀復慮齊王冏成都王穎河間王顒等，各據方面，擁強兵，無從控制，乃悉遣親黨，往為三王參佐，且加冏為鎮東大將軍，穎為征北大將軍，皆開府儀同三司，隱示羈縻。偏齊王冏不受籠絡，首先發難，傳檄討倫，一面遣使四出，聯結諸王。成都王穎，接冏來使，便召鄴令盧志入商，志答說道：「趙王篡逆，神人同憤，殿下能助順討逆，何患不克？」穎乃命志為諮議

第十二回　墜名樓名妹殉難　奪御璽御駕被遷

參軍兼左長史，即日調發兗州刺史王彥，冀州刺史李毅，督護趙驤石超等為前驅，自率部兵為後繼。行抵朝歌，遠近響應，得眾二十萬，聲勢大振。常山王乂，本來是受封長沙，因與楚王瑋為同母兄弟，連坐被貶，徙封常山，既得冏書，即與太原內史劉暾，率眾應冏。還有新野公歆，扶風王駿子。聞冏起事，未知所從，嬖人王綏道：「趙親而強，齊疏而弱，公宜從趙。」參軍孫洵在座，厲聲叱道：「趙王凶逆，人人得誅，有什麼親疏強弱呢？」洵與盧志，俱不失為義士。歆乃與冏連兵，願作聲援。前安西將軍夏侯奭，在始平糾合黨羽，得數千人，與冏相應。並致書河間王顒，約同赴義。顒初用長史李含謀，遣振武將軍張方，率兵誘奭，擒至長安市，把奭腰斬。及冏使馳至，復將他拘住，使張方押使入都，併為倫助。方至華陰，顒得二王兵盛消息，忙著人將方追還，更附二王。顒本心已不可靠。各種警報，次第傳入洛陽。倫與秀始相顧驚惶，不能安枕，忙遣上軍將軍孫輔，折衝將軍李嚴，率兵七千，出延壽關；徵虜將軍張泓，左軍將軍蔡璜，前軍將軍閭和，率兵九千，出堮阪關；鎮軍將軍司馬雅，揚威將軍莫原，率兵八千，出成皋關；這三路兵馬，統往拒齊王冏。再令孫秀子會，督率將軍士猗許超，領宿衛兵三萬名，出敵成都王穎。更召東平王楙見前文。為衛將軍，都督軍事。再命次子京兆王馥，三子廣平王虔，領兵八千，為三軍繼援。分撥已定，尚覺心緒不寧。倫秀兩人，日夜祈禱宣帝廟，拜道士胡沃為太平將軍，替他求福禳災，並使巫祝選擇戰日。秀又潛令親黨往嵩山，身服羽衣，詐稱仙人王喬，貽書與倫，說他福祚靈長。倫將偽書宣告大眾，為欺人計。哪知此次變起，曲直昭然，一切欺飾手段，全然用不著了，小子有詩詠道：

　　情同鬼蜮太離奇，一舉敢將帝座移。
　　待到楚歌傳四面，欺人詭計究誰欺？

畢竟後來勝敗如何，且看下回續敘。

　　綠珠墜樓，古今傳為美談，良以綠珠身為妓妾，猶知報主，石家雖破，名節尚存，略跡原心，不能不為之稱嘆也！本回前半篇，本敘淮南王允事，綠珠墜樓，第連類及之，而標目偏以綠珠為主腦，亦非無因，石崇卻孫秀之求，乃與潘岳歐陽建等密謀，慫恿淮南王起事，是淮南王之發難，未始不由於綠珠，故謂石崇之被覆於綠珠可也；謂淮南王之被覆於綠珠，亦無不可。何物嬌娃？招此禍水，其所由舍瑕錄瑜者，幸有此墜樓之殉節耳！若趙王倫實一庸徒耳，見欺孫秀，潛構異圖；名除賈郭，實害裴張，甚且奪璽綬於深宮，受朝謁於前殿，此而欲逆取順守，寧可得耶？三王聯兵，二凶喪氣，猶欲託諸神鬼，誑惑人民，可笑可恨，無逾於此。彼附倫為逆者，誠綠珠之不若矣。

第十二回　墜名樓名妹殉難　奪御璽御駕被遷

第十三回
迎惠帝反正除奸　殺王豹擅權拒諫

　　卻說齊王冏兵至潁陰，正與張泓軍相遇，彼此交鋒，冏軍失利，死亡至數千人，輜重亦半為所奪。冏收集敗卒，再圖一戰，乃分軍渡潁，復為張泓所遏，不能前進。泓遂於潁上列陣，日夜防守。孫輔等亦陸續相會，與泓分地屯兵。冏乘夜掩擊，泓軍不動，獨孫輔駭退，遁還洛陽，詣闕入報導：「齊王兵盛，勢不可當，張泓等已戰沒了。」趙王倫不禁戰慄，飛召三子虔及許超入衛。超匆匆馳歸，虔亦繼至，會接到張泓捷報，謂已擊退冏軍，乃復遣許超出赴軍前。看官！試想出兵打仗，全靠紀律，忽而召還，忽而遣去，怎得不令人生疑，自挫銳氣？倫之愚鄙，於此益見。不過齊王冏非將帥才，尚在潁上相持，一時未能攻入。張泓且麾軍渡潁，直攻冏營，冏幾乎被乘，幸部眾猛力截殺，得破泓部將孫髦司馬譚，泓始退去。孫髦司馬譚部下敗兵，散歸洛陽。孫秀還詐稱得勝，宣示都下，謂已破滅冏營，朝臣皆賀。已而孫會敗報又至，瞞無可瞞，嚇得偽皇帝瞠目結舌，不知所為。如此沒用，也想為帝，一何可笑？原來孫會與士猗許超，出拒潁軍，行抵黃橋，一鼓作氣，得破潁前鋒軍士，俘斬至萬餘人。潁欲退保朝歌，參軍盧志進諫道：「今我軍失利，敵新得志，勢必輕我，我若退縮，士氣沮喪，不可復用。況勝負乃兵家常事，不若更選精兵，出奇制勝，方可得志。」潁乃汰弱留強，涕泣宣誓，激動眾心，鼓勇再進。孫會等果然輕潁，不復設備，及潁軍已到營前，方驅兵出戰。這番接仗，與前

第十三回　迎惠帝反正除奸　殺王豹擅權拒諫

次大不相同，穎軍俱蓄怒前來，好似江上秋潮，一發莫御。會與士猗許超，見來軍如此利害，不由的膽顫心驚，步步倒退。戰了兩三個時辰，但見頭顱亂滾，血肉紛飛，部下士卒，除戰死外，多半逃亡，會料知不妙，撥馬先奔，士猗許超相繼駭走，都一口氣跑回洛陽。所有宿衛兵三萬人，任他自生自滅，無暇再問下落了。孫秀見會等奔還，也急得無法可施，只好集眾會議：或謂應收集餘眾，背城一戰；或謂且毀去宮室，誅鋤異黨，挾倫南就孫旂孟觀，再圖後舉。孫旂已見前文。孟觀自擒滅齊萬年後，由東羌校尉任內調入為右將軍，趙王倫篡位，令觀出監泒北諸軍事，齊王冏檄觀討倫，觀粗知天文，仰望紫宮帝座，並無他變，還道倫得應天象，不至速敗，因仍為倫固守，不願應冏。失之毫釐，謬以千里。孫秀恐旂觀二人，未必可恃，所以遲疑不決，那外邊的警報，雜沓傳來，不是說穎軍渡穎，就是說冏軍逾河。都下將吏，洶洶思變。左衛將軍王輿，與尚書廣陵公漼琅琊王伷第四子。乘風轉舵，號召營兵七百餘人，自南掖門入宮，倡言反正。三部司馬也樂得依聲附和，聯同一氣。輿令三部兵分衛宮門，自率部曲至中書省，拿捉孫秀，秀忙將省門閉住，不使輿入。輿縱兵登牆，擲入火具，毀及房屋，霎時煙焰滿室，不可向邇。秀與士猗許超冒煙出走，正遇左部將軍麾下趙泉，舞刀過來，順手劈去，巧巧剁落三個頭顱。又搜殺秀子孫會與前將軍謝惔，黃門令駱休，司馬督王潛，尚書左丞孫弼。即孫旂長子。

輿還屯雲龍門，使人入白趙王倫，速即迎還惠帝。倫不得已，宣令道：「我為孫秀所誤，激怒二王，今已誅秀，可迎太上皇復位，我當歸老農畝，不問朝事。」也想做太上皇麼？令既發出，復使親校執駱虞幡，至宮門外麾示罷兵，一面挈領家屬，出華林東門，退歸私第。輿乃使甲士數千人，赴金墉城，迎還惠帝。帝與羊后並駕入宮，道旁百姓，咸稱萬歲，

當下由惠帝親自登殿，召集百官，群臣皆頓首謝罪。猶記得向倫勸進否？詔送倫父子至金墉城，派兵監守，改元永寧，大酺五日，且分遣使臣慰勞冏穎顒三王。梁王肜首先上表，請誅倫父子以謝天下。有詔令百官會議，百官皆如肜旨，共請誅倫。總算善變。乃使尚書袁敞持節責倫，賜飲金屑酒。請君亦嘗此美味。倫取酒飲畢，用巾覆面，且泣且呼道：「孫秀誤我！孫秀誤我！」未幾即毒發而斃。做了一百日的皇帝，也算威風，不應徒怨孫秀。倫子荂馥虔詡，一併捕誅。此外如倫秀私黨，並皆斥免，臺省府衛，所存無幾。成都王穎，馳入都中，使部將趙驤石超，往助齊王冏，討張泓等。泓等聞都中復辟，倫已受戮，沒奈何向冏乞降。自兵興六十餘日，兩下戰死，差不多有十萬人。閻和孫髦張衡伏胤等，自成所還洛，均因情罪較重，斬首東市。蔡璜畏罪自殺。義陽王威，嘗入宮奪璽，惠帝記在心中，至是語廷臣道：「阿皮可恨！奪我璽綬，致捩我指，不可不殺。」阿皮為威小字，因即遭誅。東平王楙免官。河間王顒與齊王冏先後入都，冏部眾約數十萬，威震京師，復傳檄襄沔，令誅孫旂孟觀。襄陽太守宗岱，承檄斬旂，饒冶令空桐機，承檄斬觀，皆傳首洛陽，並夷三族。那時孫輔孫惔，為旂猶子，當然駢首市曹。不必細表。

　　惠帝封賞功臣，授齊王冏為大司馬，加九錫殊禮，備物典策，如宣景文武並見前文。輔政故事。成都王穎為大將軍，都督中外諸軍事，並假黃鉞，錄尚書事，亦加九錫。河間王顒為傅侍太尉，常山王乂為撫軍大將軍，兼領左軍。進廣陵公漼爵為王，領尚書，加侍中。新野公歆，亦進爵為王，都督荊州諸軍事。授梁王肜為太宰，領司徒。起前司徒王戎為尚書令，王衍為河南尹，立襄陽王尚為皇太孫，復賓徒縣王晏故封，仍為吳王。大司馬齊王冏，表請呈復張華裴頠及解結兄弟原官，有詔令廷臣會議，積久未決。越年，始得如冏所請，為張裴二解昭雪，復還官階，撥歸

第十三回　迎惠帝反正除奸　殺王豹擅權拒諫

原產，且遣使弔祭。海內想望太平，總道是撥亂反正，除逆申冤，好從此重見天日了。哪知天不祚晉，內亂未已，東萊王蕤與左衛將軍王輿，共謀害冏，驟欲生變。事前被髮，始致敗謀。蕤系齊王冏庶兄，素性強暴，使酒凌人，冏生平常為所侮，只因誼關手足，格外包容。及冏起兵討倫，倫收蕤下獄，尚未加刑。惠帝反正，蕤得釋出，聞冏至洛陽，往迎路旁。冏但頷以首，未嘗下馬與談。蕤憤詈道：「我為爾幾罹死罪，何太無友於情？」既而冏入輔政，蕤只得為散騎常侍，益覺怏怏，因向冏乞求開府。冏答說道：「武帝子吳王晏，尚未得開府，兄且少待。」蕤聞冏言，恨上加恨，遂密劾冏專權不道，將為管蔡。惠帝當然不報。左衛將軍王輿，自謂有復辟大功，未得厚賞，因與蕤表示同情，擬伏兵闕下，俟冏入朝時，把他刺死。偏被冏得悉陰謀，立即奏聞，捕輿斬首，誅及三族，廢蕤為庶人，徙居上庸。上庸內史陳鍾，私伺冏意，將蕤謀斃，冏亦不復過問。冏雖寡情，蕤卻自取其死。為了兄弟相戕，遂致諸王疑議，又復生出無數亂端。新野王歆，將赴荊州，與冏同出謁陵，因密語冏道：「成都王系是至親，同建大勳，當留與輔政，否則宜撤彼兵權，毋令生禍！」冏點首會意，不再答言。常山王乂，亦與成都王謁陵，乘間語穎道：「天下系先帝的天下，王宜好為維持，毋使齊王逞志！」穎與乂同系武帝庶子，故有是言。穎也以為然，還語參軍盧志。志進言道：「齊王眾號百萬，與張泓等相持潁水，日久未決，大王直前渡河，首先入都，功無與比，朝野共知。今齊王欲與大王共輔朝政，志聞兩雄不併立，何不因太妃微疾，求還定省，委重齊王，得收物望？這乃是今日的上策呢。」穎為武帝才人程氏所生，太妃即指程才人。穎素信志言，便即依議。越日入朝，由惠帝引至東堂，面加褒獎，穎拜謝道：「這都是大司馬冏的功勞，臣怎能掠美呢？」言畢趨出，即上表稱冏功德，宜委以萬機，自陳母疾，願即歸藩，為終養

計。一面匆匆治裝，不待復詔，便告辭太廟，徑乘車出東陽門，西向歸鄴。相隨只盧志等數人，不令營中與聞。就是齊王冏府第中，也只遣人貽書告，別外無他語。冏得書大驚，急駕馬往追，馳至七裡澗，方得見穎。穎停車敘別，涕泣滂沱，但言太妃疾苦，引為深憂，故無暇面辭。言畢，即驅車別去，毫不談及時政。冏也即還都，尚自稱為咄咄怪事。穎既還鄴，詔遣使臣再申前命，穎但受大將軍職銜，辭九錫禮，且表稱：「興義功臣，應並封公侯。前時大司馬屯兵穎上，日久民困，乞運河北米十五萬斛，賑給饑民」云云。又自製棺木八千餘口，即移成都國俸為衣服，殮祭黃橋死士，並各撫家屬，比普通戰死為優。又命溫縣瘞埋趙王倫部卒，得萬四千餘人。看官聽著！成都王穎這種行為，統是盧志替他劃策，教他籠絡人心，收集時譽。果然，兩河南北，交口稱頌，就是都城內外，也沒一個不號為賢王。若能長此過去，雖屬矯情，亦必終譽。還有中書郎陸機，從前為趙王府中的參軍，齊王冏入都後，得倫受禪詔書，疑是陸機所為，即欲加誅，虧得穎力為解救，方得免罪。穎愛機才，後表請為平原內史，機弟雲為清河內史，晉廷自然允准，立遣二人赴任。機友人顧榮戴淵，為言中國多難，勸機還吳。機感穎厚惠，且謂穎有時望，可與立功，乃逗留不去。誰知兄弟二人後來皆死穎手。穎方惠民禮士，刻意求名。冏卻植黨營私，但務縱慾，所有立功將佐，如葛旟路秀衛毅劉真韓泰五人，皆封為縣公，號曰五公。委以心膂，並就乃父齊王攸故第，增築廣廈，所有鄰近廬舍，不問公私，統被拆毀，使大匠刻意經營，規制與西宮相等。又鑿通千秋門牆，得達西閣，後房遍設鍾懸，前庭屢舞八佾，沉湎酒色。常不入朝，長子冰得封樂安王，次子英得封濟陽王，三子超得封淮南王。好容易過了一年，太孫尚又復夭逝，梁王肜相繼去世，詔復封常山王又為長沙王，領驃騎將軍，起東平王楙為平東將軍，都督徐州軍事，使鎮下邳。

第十三回　迎惠帝反正除奸　殺王豹擅權拒諫

召還東安王繇給復官爵，繇被廢徙帶方事，見前文。且拜為宗正卿，再遷至尚書左僕射。齊王冏欲久專國政，見皇孫俱已死亡，成都王穎為眾望所歸，倘立為皇太弟，於自己大有不利，因表請立清河王覃為太子。覃系惠帝弟遐長男，年才八歲，當即擇日冊立，入居東宮，使冏為太子太師。是時，尚有東海王越，為八王之殿。為宣帝從子，父泰曾受封高密王。泰死後越得襲爵，改封東海。越少有令名，不慕富貴，恂恂如布衣。永康初，始入為中書令，冏思聯為臂助，進拜越為侍中，尋復授職司空，領中書監，越乃漸得預聞政事。侍中嵇紹，見惠帝昏庸如故，內權屬齊王冏，外望歸成都王穎，將來必啟爭端，乃上疏防變，大略說是：

　　臣聞改前轍者車不傾，革往弊者政不爽，故存不忘亡，安不忘危，為大易之至訓。今願陛下無忘金墉，大司馬無忘潁上，大將軍無忘黃橋，則禍亂之萌，無由而兆矣。

紹既上疏，又致冏書，援引唐虞茅茨，夏禹卑宮的美跡，作為規諷。冏雖巽言答覆，終不少改。那惠帝是個糊塗人物，不識好歹，就使嵇侍中上書萬言，也似不見不聞，徒然置諸高閣罷了。冏坐拜百官，符敕三臺，選舉不公，嬖佞用事。殿中御史桓豹，因事上奏，未曾先報冏府，即被譴斥。南陽處士鄭方，露書諫冏，且陳五失，冏亦不省。主簿王豹抗直敢言，向冏上箋，請冏謝政歸藩。去了一豹，又來一豹，俱可稱為豹變之君子，可惜遇著頑豕。辭云：

　　豹聞王臣蹇蹇，匪躬之故，將以安主定時，儲存社稷者也。是以為人臣而欺其君者，刑罰不足以為誅，為人主而逆其諫者，靈厲不足以為諡。伏唯明公虛心下士，開懷納善，而逆耳之言，未入於聽。豹思晉政漸闕，始自元康以來，宰相在位，皆不獲善終。今公克平禍亂，安國定家，若復因前日傾敗之法，尋中國覆車之軌，欲冀長存，非所敢聞。今河間樹根於

關右，成都盤桓於舊魏，新野大封於江漢，三面貴王，各以方剛強盛，並典戎馬，處險害之地，明公興義討逆，功蓋天下，以難賞之功，挾震主之威，獨據京都，專執大權，進則亢龍有悔，退則蒺藜生庭，冀此求安，未知其福，敢以淺見陳寫愚情。昔武王伐紂，封建諸侯為二伯：自陝以東，周公主之，自陝以西，召公主之。及至其末，四海強兵，不敢遽闚九鼎，所以然者，天下習於所奉故也。今誠能遵用周法，以成都為北州伯，統河北之王侯，明公為南州伯，攝南土之官長，各因本職，出居其方，樹德於外，盡忠於內，歲終率所領而貢於朝，簡良才，命賢雋，以為天子百官，則四海長寧，萬國幸甚，明公之德，當與周召並美矣。唯明公實圖利之！

這箋上後，王豹待了十餘日，並無答語，因再上一箋云：

豹上箋以來，十有二日，而盛德高遠，未垂採察，不賜一字之令，不敕可否之宜，豹竊疑之！伏思明公挾大功，抱大名，懷大德，執大權：此四大者，域中所不能容，賢聖所以戰戰兢兢，日昃不暇食，雖休勿休者也。昔周公以武王為兄，成王為君，伐紂有功，以親輔政，執德弘深，聖思博遠，至忠至仁，至孝至敬，而攝政之日，四國流言，離主出奔，居東三年，賴風雨之變，成王感悟，若不遭皇天之應，神人之察，恐公旦之禍，未知所限也。至於執政，猶與召公分陝為伯，今明公自視功德，孰如周公旦？元康以來，宰相之患，危機竊發，不及營思，密禍潛起，輒在呼吸，豈復宴然得全生計？前鑑不遠，公所親見也。君子不有遠慮，必有近憂，憂至乃悟，悔無所及。今若從豹此策，皆遺王侯之國，北與成都分河為伯，成都在鄴，明公都宛，寬方千里，以與圻內侯伯子男，小大相率，結好要盟，同獎王家，貢御之法，一如周典。若合尊旨，可先與成都共議，雖以小才，願備行人。百里奚秦楚之商人也，一開其說，兩國以寧。況豹雖陋，猶大州之綱紀，與明公起事險難之主簿也，身雖輕而言未必否，倚裝以待，佇聽明命！

第十三回　迎惠帝反正除奸　殺王豹擅權拒諫

　　冏連接二箋，方有明令批答道：「得前後白事，具見惓誠，當深思後行。」掾屬孫惠，亦上箋諫冏，略言：「大名不可久荷，大功不可久任，大權不可久執，大威不可久居，宜思功成身退之義，崇親推近，委重長沙成都二王，長揖歸藩，方足保全身名」等語。冏不能用，惠辭疾竟去。卻是見機。冏問記室曹攄道：「或勸我委權還國，汝以為何如？」攄答道：「大王能居高思危，褰裳早去，原為上計。」冏始終不決。適長沙王又過訪冏第，見案上列著書牘，便順手展閱，看到王豹二箋，不由的發怒道：「小子敢離間骨肉，何不拖他至銅駝下，打殺了事？」冏聽著此言，也不禁憤急起來，再經乂添入數語，好似火上加油，愈不可遏，便奏請誅豹，略云：

　　臣忿姦凶肆逆，皇祚顛墜，與成都長沙新野三王，共興義兵，安復社稷，唯欲戮力皇家，與懿親宗室，腹心從事。不意主簿王豹，妄造異言，謂臣忝備宰相，必構危害，慮在旦夕，欲臣與成都分陝為伯，盡出蕃王，上誣聖朝鑑御之威，下啟骨肉乖離之漸，訕上謗下，讒內間外，構惡導奸，莫此為甚。昔孔丘匡魯，乃誅少正，子產相鄭，先戮鄧析，誠以交亂名實，若趙高詭怪之類也。豹為臣不忠不順不義，應敕赴都街，正國法以明邪正，謹此奏聞！

　　奏入，便奉詔依議，當下將豹推出東市，用鞭撻死。豹將死時，顧監刑官道：「可將我頭懸大司馬門，使得見外兵攻齊哩。」小子有詩嘆道：

　　逆耳忠言反受誅，臣心原可告無辜。
　　臨刑尚訂懸頭約，猶是當年伍大夫。

　　豹既冤死，同僚多恐遭禍，隨即告退。容至下回報明。

　　齊冏為名父之子，倡義勤王，足為功首。成都次之，長沙又次之，河

間又次之。惠帝復辟，倫秀就戮，敘功論賞，固無出齊王右者。為齊王計，能與諸王同心戮力，夾輔惠帝，則如周公之弼成王，諸葛孔明之相劉禪，誰曰不宜？否則急流勇退，委政而去，亦不失為明哲士。乃逞心縱慾，居安忘危，有良言而不見納，有嘉謨而不肯從，甚至冤戮王豹，杜塞眾口，孔聖謂言莫予違，必致喪邦，況冏為人臣乎？本回於鄭方孫惠諸諫牘，俱皆從略，而獨錄豹二箋，並及冏奏，所以表豹之忠義，且嫉冏之暴鰲云。

第十三回　迎惠帝反正除奸　殺王豹擅權拒諫

第十四回
操同室戈齊王畢命　中詐降計李特敗亡

　　卻說王豹受戮，中外稱冤，與豹同事的官僚，各有戒心。掾屬張翰，見秋風徐來，憶及江南家景，有菰菜蓴羹鱸魚膾諸風味，便慨然自嘆道：「人生貴適意，何必戀情富貴呢？」遂上箋辭官，飄然引去。僚友顧榮，故意酣飲，不省府事。冏長史葛旟，說他嗜酒廢職，被徙為中書侍郎。潁川處士庾袞，聞冏期年不朝，亦不禁唏噓道：「晉室將從此衰微了。看來禍亂不遠，我不便在此久居。」乃挈妻子逃入林盧山中。冏溺志宴安，終不自悟，且因河間王顒，前曾依附趙王倫，很不滿意，任令還鎮，並加意設防。顒長史李含，嘗被徵為翊軍校尉，與梁州刺史皇甫商有嫌，商得參翊軍事。含以此不安，冏右司馬趙驤，又與含有積怨，含益恐罹禍，竟匹馬出都，奔還關中。顒見含回來，當然驚問。含詐稱傳達密詔，令顒誅冏，顒將信將疑，含遂說顒道：「成都王為皇室至親，且有大功，今委政歸藩，甚得眾心。齊王冏越親專政，朝野側目，為大王計，可檄長沙王討齊，齊王必誅長沙王，我得藉此興師，歸罪齊王，師出有名，不患不勝。若除去齊王，使成都王輔政，除逼建親，永安社稷，豈不是一番大功勞麼？」播弄是非，圖害二王，如此刁滑，最堪痛恨。顒貪立大功，居然依議，便抗表陳請道：

　　王室多故，禍難罔已。大司馬冏雖曾倡義，有興復皇位之功，而安定都邑，克寧社稷，皆成都王之勳力也，而冏不能固守臣節，實乖眾望。自

第十四回　操同室戈齊王畢命　中詐降計李特敗亡

京城大定，篡逆誅夷，乃率百萬之眾，來繞洛城，阻兵經年，不一朝覲，百官拜伏，晏然南面，壞樂官市署，用自增廣，取武庫祕仗，嚴列不解。故東萊王蕤，知其逆節，表陳事狀，橫遭誣陷，加罪黜徙。彼益樹植私黨，僭立官屬，幸妻嬖妾，名號比之中宮，寵豎頑僮，官爵儗同勳戚，密署心腹，實為貨謀，斥罪忠良，窺竊神器，逆倫始謀，固猶是也。臣受重任，蕃衛方岳，見問所行，實懷激憤。即日翊軍校尉李含，乘馹密來，宣騰詔書，臣伏讀感切，五情若灼，《春秋》之義，君親無將。冏擁強兵，置黨羽，權宦要職，莫非私人，雖加重責之誅，恐不義服。今特勒精卒十萬，與州郡並協忠義，共會洛陽。驃騎將軍長沙王乂，同奮忠誠，廢冏還第，成都王穎，明德茂親，功高勳重，往歲去就，允合眾望，宜為宰輔，代冏阿衡之任。臣志安社稷，未敢營私，為此拜表擴誠，急切上聞！

顒既上表，即令李含為都督，出次陰盤，張方為前鋒，進逼新安，距洛陽百二十里，一面遣使邀結成都王穎，新野王歆，並范陽王虓。音哮。虓系宣帝從孫，父綏嘗封范陽王。綏死由虓襲封，拜安南將軍，都督豫州軍事，就鎮許昌。諸王接到顒使，尚各按兵不動，坐觀成敗。也是中立政策。那齊王冏得了顒表，事出意外，不免驚惶，忙召百官，會議府中。冏首先開口道：「孤首倡義兵，掃除元惡，區區臣心，可質神明。今二王聽信讒言，忽構大難，究應如何對待，方保萬全？」尚書令王戎應聲道：「如公勳業，原足蓋世，但賞不及勞，故人懷貳心。今二王相結，恐不可當，公何不委權崇讓，潔身就第？使二王無從藉口，自然得安。」司空東海王越，也如戎議。忽有一人趨入，怒目厲聲道：「趙庶人聽任孫秀，移天易日，當時袞袞諸公，無一倡義，賴我王犯矢石，貫甲冑，攻圍陷陣，事乃得濟。今日計功行封，未遍三臺，這是賞報稽遲，責不在府。今讒言肆逆，理應一致同心，共圖誅討，乃虛承偽書，令王就第，試想漢魏以來，

王侯就第有能保全妻子否？誰主此議，實可斬首！」你想討滅二王，果可保全妻子麼？王戎聞言，大吃一驚，慌忙審視，乃是冏門下中郎將葛旟。再顧齊王冏面色，也覺有異，更惶恐的了不得。眉頭一皺，計上心來，託言腹脹如廁，裝出龍鍾狀態，才至廁所，跌了一交，弄得滿身糞穢，臭不可聞，乃踉蹌逃去。虧他裝做得出。百官莫敢置議，也陸續溜了出來。

　　冏恐長沙王乂為內應，忙遣心腹將董艾，引兵襲乂。偏乂已走了先著，率左右百餘人，馳入中宮，闔住諸門，挾了惠帝，號召衛士，出攻大司馬府。董艾陳兵宮西，縱火焚千秋神武諸門，又亦遣部將宋洪，往燒冏第。兩下裡喊聲大震，火光燭天。冏使黃門令王湖盜出騶虞幡，麾示大眾，宣言長沙王矯詔為亂。乂卻擁惠帝至上東門，御樓傳旨，說是大司馬謀反。董艾不顧利害，望見天子麾蓋，竟令部眾仰射，矢集御前，侍駕諸臣，多被射傷，或即倒斃。都下各軍，見董艾如此無禮，遂疑冏謀反是實，於是相率攻冏，接連戰了三日三夜，冏眾大敗。大司馬長史趙淵，執冏請降，當由乂牽冏上殿，面見惠帝。冏自陳枉屈情形，伏地涕泣。惠帝不覺心動，意欲赦冏。乂亟叱左右推冏出外，一刀殺死，梟示六軍。同黨如董艾葛旟等，皆夷三族，戮至二千餘人。冏子冰英超，一併褫爵，幽禁金墉城。冏弟北海王寔，連坐被廢，乃復請惠帝登殿，下詔大赦，改元太安。進長沙王乂為太尉，都督中外諸軍事。封廢王覃子炤為齊王，奉齊獻王攸遺祀，且遙諭河間王顒等罷兵。顒乃召還李含張方，含怏怏退歸。原來含為顒計，檄乂討冏，本意是借乂為餌，總道乂非冏敵，必為所殺，待冏殺乂後，勢必具敝，正好乘釁入都，除冏廢帝，迎立成都王穎，由顒為相，自己好佐顒預政，偏偏不如所料，乂得一舉殺冏，反把朝廷大權，平白地為乂取去，真是替人作嫁，毫無益處。含因此失望，又想設法挑釁，勸顒除乂。適值巴氏李特，倡亂成都，顒有西顧憂，遣督護衙博出屯梓

第十四回　操同室戈齊王畢命　中詐降計李特敗亡

潼，與特相持，不得不將內政問題，暫且擱起。小子也只好將李特亂事，隨筆敘明。

　　自從李特兄弟，與流民西行入都，見前文。益州刺史趙廞，見特材武，引為己用。特弟庠流，當然同處。特恃勢掠民，為蜀人患。成都內史耿滕，密奏晉廷，略言「流民剽悍，蜀民懦弱，喧賓奪主，必為亂階。刺史趙廞，不能控馭，反假權寵，應如何防患未然，酌量調遣」云云。晉廷遂徵還趙廞，用滕為益州刺史。廞本賈后姻親，接到朝旨，愈覺悚惶，自思晉廷衰亂，不如抗命據蜀，獨霸一方。乃大發倉廩，遍賑流民，更厚待李特兄弟，倚作爪牙。待耿滕入州，竟發兵出攻，把滕擊死。又誘殺西夷校尉陳總，自稱大都督大將軍益州牧，建置僚屬，改易守令，分遣李特兄弟，屯守要害。庠招集各郡壯勇，得萬餘人，堵塞北道，受廞封為威寇將軍。廞長史杜淑張粲，謂廞倒戈授人，恐為庠噬，廞從此忌庠。庠未曾聞知，反入勸廞速稱尊號，語尚未畢，即被淑粲兩人，左右突出，把庠拿下，責他大逆不道，推出斬首。特與流在外握兵，乃驟斬一庠，豈非冒昧？一面遣人慰撫特流，但言庠罪應死，兄弟不相連坐，儘可安心戍守。特與流那裡肯從？便引眾趨歸綿竹。廞恐二人報怨，擬遣將加防，適牙門將許弇，求為巴東監軍，杜淑張粲，固執不許。弇怒殺淑粲，淑粲左右復殺弇。三人皆廞心腹，同時斃命，廞如失左右手，不得已遣長史費遠，蜀郡太守李苾，督護常俊，率領萬餘人，往戍綿竹附近的石亭。李特欲為弟報仇，潛募徒眾，得七千餘人，夜襲費遠等軍營。遠等駭走，奔還成都。特乘勝進攻，日夜不休。遠苾與軍祭酒張微，復斬關夜遁，文武盡散。廞孤立無助，只好帶了妻孥，混出城門，駕著扁舟，走向廣都。手下親丁數名，見廞失勢，頓時圖變殺廞，函首送特。特已趨入成都，大掠三日。既得廞首，懸示城門，且遣使入都，表陳廞罪，佇待朝命。先是梁州刺史羅

尚，聞廞逆命，曾上言廞非雄才，不久必斃，已而果如尚言。晉廷以尚為能，即授尚平西將軍，領益州刺史。尚率牙門將王敦，廣漢太守辛冉，及新任蜀郡太守徐儉等入蜀。特聞尚來，且憂且懼，使季弟驤繞道出迎，賂貽珍玩，統是五光六色，價值連城。尚不禁大喜，見利即喜，貪鄙可知，烏足濟事？立命驤為騎督，特與弟流復率部眾牽牛擔酒，馳至綿竹，為尚接風。王敦辛冉語尚道：「特等統是盜賊，可乘他來會，拿住斬首，方免後患。」尚不肯依議。厚撫特流，偕入成都，更保舉特為宣威將軍，流為奮武將軍。會秦雍二州，接奉朝旨，令召還入蜀流民。又由御史馮該，往蜀督遣，流民多不願行。特尚有兄輔，留居略陽，此時赴蜀，語特謂中國方亂，不宜遣還流民。特乃再致賂羅尚，並及馮該，請展緩流民歸期。兩人得了貨賂，許令寬限半年。

　　時方春季，轉瞬間即到新秋，流民多為人傭工，無資可行，且因水潦方盛，五穀未登，更不便就道，復乞特再為緩頰。特因申稟羅尚，更請延期。尚頗欲允許，廣漢太守辛冉，向尚力阻，堅持前約。就中還有一段隱情，乃是冉暗中舞弊，隻手瞞天，當特流二人受官時，詔書迭下，令冉等調查流民，果與特等同討趙廞，亦應按功加賞等語，冉昧下朝命，並未照辦，且欲殺流民首領，劫取資財。流民相率怨冉，復相率感特。特欲收結眾心，便在綿竹連置大營，安處流民，並移文至冉，請他法外施仁，毋使流民失所。冉閱特文，勃然大怒，索性懸賞通衢，募李特兄弟頭顱。特聞冉懸賞購已，令人潛往揭榜，令弟驤添寫數語，謂能斬送流民首級，每一頭賞布百匹，於是流民大憤，奔投特營，旬日間至二萬餘人。冉復立柵衝要，謀掩流民，且遣廣漢都尉曾元，牙門張顯率步騎三萬人，夜襲特營。羅尚亦遣督護田佐為助。特正分部眾為二壘，自居東營，令弟流居西營，繕甲厲兵，設伏以待。曾元張顯田佐等，到了特營，見營中燈火無光，寂

無聲響，總道特未曾防備，放膽直入。不料號炮一聲，伏兵四出，特自營內殺出，流從營外殺入，一陣亂剁，把曾元張顯田佐三人，一古腦兒了結性命，餘眾多死，逃脫的不過數千人。流民喜躍異常，共推特行鎮北大將軍，承制封拜。流行鎮東大將軍，兼號東督護。輔與驤亦俱為將軍，進兵攻冉。冉督兵出戰，屢為所敗，遂潰圍出走德陽。既不能戰，又不能守，還想什麼大富貴？特入據廣漢，令李超為太守，再率眾往攻成都。沿途曉示蜀民，與他約法三章，施捨賑貸，禮賢拔滯，軍律肅然，秋毫無犯，蜀民大悅。是謂強盜發善心。羅尚出兵拒特，統被擊退，不得已在城外築壘，連營自固，一面貽書梁州，及南夷校尉等處，乞請援師。

　　河間王顒，得成都被困消息，乃遣衙博帶領兵士，往援成都。晉廷亦授張微為廣漢太守，進軍德陽，羅尚又遣督護張龜，出次繁城。三路人馬，遙相呼應，為夾攻計。特使次子蕩引兵襲博，自統部眾擊破張龜，再至德陽堵御張微。博引兵至梓潼，列營陽沔，突聞李蕩掩至，倉猝出戰，被他殺敗，退保葭萌。梓潼太守張演，棄城遁去。巴西丞毛植迎降蕩軍。蕩再攻衙博，博又怯走，麾下兵悉數降蕩。蕩向特報捷，特遂自稱大將軍益州牧，都督梁益二州軍事。改年建初，大發兵攻張微。微依高據險，與特相持，連日不決。待至特眾憊弛，乃遣步兵循出而下，突入特營。特抵擋不住，且戰且走。途中七高八低，險些兒為微所乘，幾至全軍覆沒。忽見一少年將軍，身穿重鎧，手持長矛，大呼直前，讓過李特，竟向微軍中殺入，左挑右撥，無人敢當，接連刺死數十人，方將微軍殺退。特瞧將過去，那少年不是別人，正是次子李蕩，不由的喜出望外，復驅眾返追微軍。微見特追至，整陣再戰，不料蕩餘勇可賈，仗著一桿蛇矛，摧鋒陷陣，辟易千人。微軍已膽弱氣衰，不敢與鬥，微只得逃回德陽。特既得勝仗，便欲引還，蕩進言道：「微已戰敗，士卒傷殘，智勇俱竭。我軍正可

乘他勞敝，一鼓擒微，若失此機會，待微休養瘡痍，再得振奮，恐未易圖謀了。」特乃令蕩進圍德陽。微潰圍出走，由蕩驅眾追殺，竟得將微刺死，並生擒微子存，旋師報特。特召存入見，存跪伏乞命。特樂得施恩釋存使歸，發還微屍。也知權詐。遣部將騫碩為德陽太守，正擬再攻成都。

忽聞河間王顒，又遣梁州刺史許雄，率兵前來，乃留眾守候。俟雄軍一到，便殺將過去。雄軍遠來睏乏，怎敵得李特的生力軍？戰不數合，便即敗退。越宿又戰，雄軍覆敗，遁回梁州。特乃得移兵西進，復攻羅尚。尚自特東去後，曾在郫水岸上，增成加防，且因李流李驤，未曾隨特他去，仍然分駐毗橋，因此不敢遠出，但遣兵出擾驤營。驤再戰再勝，三戰失利，奔入流營，與流併力回攻，又大破尚軍。尚軍真不耐戰。尚急得沒法，偏李特又潛軍渡江，擊退郫水戍卒，會集流驤兩營，直逼城下，聲震山谷，直使尚叫苦不迭，寢食難安。尚嘗謂歆無雄才，試問自己有雄才否？成都尚有內外二城，內城叫做太城，外城叫做少城，蜀郡太守徐儉，見李特勢盛，竟將少城降特，尚只孤守太城，越覺洶懼，不得已向特求和。特未肯遽許，入據少城。是時，蜀人危懼，皆結塢自保，特遣使安撫，眾皆聽命。唯特嘗申行禁令，不准侵掠，部下流民，趨集如蟻，免不得人多糧少，乃分遣流民，自向諸塢就食。李流入告道：「諸塢新附，人心未固，宜令大姓子弟，入城為質，方保無虞。」特怒答道：「大事已定，但當安民，奈何迫令入質，使他離叛呢？」徒知小惠，亦屬不合。既而晉廷遣荊州刺史宗岱，建平太守孫阜，帶領水軍三萬人，西援成都。岱令阜為前鋒，進逼德陽。特亟遣李蕩等往禦阜軍，一戰失利，入守德陽。益州從事任睿，向尚獻議道：「特散眾就食，驕怠無備，朝廷援軍大至，將入德陽，這正是天意誅逆的時候了。乘此密結諸塢，約期同發，內外夾擊，定可破賊。」尚乃令睿夜縋出城，往告諸塢。諸塢人民，正得阜軍入

第十四回　操同室戈齊王畢命　中詐降計李特敗亡

境消息，便即從命，願如睿約。睿還城報尚，又自請往特詐降。尚悉依睿計，睿又出城詣特。特問及城中虛實，睿答道：「糧儲將盡，只有貨帛，不久便可破滅了。鄙意不甘同盡，故來投降。」特信為真言，留諸麾下。睿在特營二日，備悉特軍情狀，乃求還省家，特仍不以為疑，聽令自去。睿復入內城，部署兵馬，如期出發，直薄特營。諸塢亦遵約四應，表裡合擊，殺得特眾走投無路，東倒西歪。睿領著銳卒，衝至特前，特見睿到來，還疑他糾眾來援，當拍馬相迎，不防睿劈面一刀，立即送命，倒斃馬下。李輔急上前相救，又被睿順手殺死。唯李流李驤，及特少子李雄，挈領家屬及所有殘眾，拚命殺出，遁往赤祖去了。羅尚出城安民，把李特李輔屍身，一併焚骨揚灰，唯先時將兩首梟下，遣使傳送洛陽。小子因有詩嘆道：

挺身百戰逞強梁，一敗偏遭馬上亡。
莫笑當年劉後主，興衰得喪本無常。

特既敗死，蕩在德陽，聞報即還，欲知後來情形，待至下回再表。

長沙王乂，隨冏起兵，未嘗親臨一戰，而因人成事，得復故封，此未始非一時之幸遇，為乂計，亦可以知足矣。乃與穎謁陵，即有乘間挑撥之言，小人得志，為鬼為蜮，誠哉其靡所底止也。李含之為顒設謀，比乂尤狡，又欲借穎以除冏，含且借顒以除冏乂。假令當日者，冏乂果得併除，含計得逞，安知含之不再除穎顒也？然木必朽而後蟲生，堤必裂而後蟻入，冏穎乂顒，能知同族之不宜相戕，推誠相與，雖有百含，何能為哉？彼李特兄弟與流民同入成都，得良吏以駕馭之，未始不可收為爪牙，乃前有趙廞，後有羅尚，貪慾無藝，反使李特等乘怨行私，挾眾為亂，至特誅而亂似可止矣，然羅尚猶存，民怨未已，蜀豈能有寧日乎？此貪夫之所以終為國禍也。

第十五回
討逆蠻力平荊土　拒君命冤殺陸機

卻說李流遁至赤祖，收集殘眾，尚不下數萬人。李蕩亦自德陽奔還，助流拒守。流與蕩雄各為一營，流居北，蕩雄居西。部眾以軍中無主，無所適從，因復推流為大將軍，領益州牧，秣馬厲兵，再圖一戰。是時，德陽已為孫阜所破，守將騫碩等被擒，阜退屯涪陵，羅尚卻遣督護何衝常深等，分道攻流。還有涪陵民藥紳，亦起兵相助。流與李驤拒深，使蕩與雄拒紳，何衝卻乘虛攻北營。流已外出，只留部將符成隗伯等，居守營中，兩將忽生變志，與衝為應，衝趁勢殺入，不意營內出來一個女將軍，擐甲執矛，麾動部眾，拚命抵住。女將為誰，請看官掩卷一猜。衝不禁詫異，但令軍士困住女將，與她廝殺。那女將毫不畏懼，反抖擻精神，當先衝突，好幾次被她蕩決，直使衝無可下手，目眙心驚。忽從刺斜裡閃出一人，手執利刃，直奔女將，女將連忙閃避，那刀鋒已到眉尖，傷及左目，頓時血淚交迸，點滴不休，衝總道這女將受傷，必致敗遁，偏女將仍復酣戰，反覺得裂眦揚眉，拚個你死我活。看官欲知女將來歷，乃是特妻羅氏。刃傷羅氏左目，便是隗伯。羅氏已有死志，始終不肯退去，那營內卻已被攪亂，眼見得危巢將覆，猛聽得營門外面一聲呼嘯，有兩大頭目，率眾殺到，一是李流，一是李蕩。原來流往拒常深，得破深壘，深已遁去；蕩往拒藥紳，紳聞深敗，不戰自退，所以流與蕩得收兵馳還，來救北營。何衝只一支孤軍，怎禁得兩路來攻。只好衝開一條血路，沒命似的亂跑。

第十五回　討逆蠻力平荊土　拒君命冤殺陸機

苻成隗伯，也潰圍突出，隨衝同詣成都。流與蕩尚不肯舍，在後力追。蕩自恃勇力，持矛先驅，將到成都城下，不防苻成隗伯翻身猛鬥，苻執矛，隗執刀，雙戰李蕩。蕩格過了矛，又要防刀，格過了刀，又要防矛，略略一個失手，被苻成刺中腰脅，墜落馬下。是亦與養由基之死藝相類。苻成正要梟取蕩首，適值李流馳到，部眾甚盛，料知不遑下手，亟與隗伯掉頭入城。何衝已在城闉守候，見二人得入，立將城門闔住，阻遏外兵。流搶得蕩屍，涕淚並下，再擬鼓眾攻城，忽有急足馳到，報稱孫阜將至，沒奈何長嘆一聲，載屍引還。既返北營，檢點營中士卒，也被何衝一戰，傷斃多人。自思兄姪俱亡，孫阜又至，不由的悲懼交併。姊夫李含，曾由特任為西夷校尉。此李含與顒長史同姓同名，但不同人，唯含與特同姓結婚，究不脫蠻俗。至是勸流乞降阜軍。流無可奈何，因遣子世及含子胡，至阜軍為質，一意求和。李驤李雄，交諫不從，胡兄離為梓潼太守，聞信馳還，欲諫不及，退與雄謀襲阜軍。雄很是贊成，但慮流不肯發兵。離答道：「事若得濟，何妨擅行。」雄大喜過望，便語部眾道：「我等前已殘虐蜀民，今一旦束手，便為魚肉，為今日計，唯有同心襲阜，尚可死中求生。」眾皆踴躍從命。雄與離遂不復白流，率眾徑襲阜軍。阜因流已求和，不復設備，竟被雄等搗入營壘，殺得一個落花流水。阜但率數騎遁去。宗岱駐軍墊江，得病身亡，荊州軍遂退。雄始向流報捷，流不禁愧服，嗣是一切軍事，委雄主持。雄更出兵攻殺汶山太守陳圖，奪踞郫城。相傳雄為羅氏所生，與蕩同出一母，羅氏嘗夢見大蛇繞身，方致懷妊，閱十四月乃生。羅氏知非常人，告諸李特。特因取名為雄，表字仲俊。術士劉化，見雄有奇姿，嘗語人道：「關隴士人，皆當南移，李氏子中，唯仲俊有奇表，將來終為人主呢。」後果如劉化言，這且慢表。為下文李雄僭號張本。

且說晉廷聞蜀亂未平，再遣侍中劉沈，出統羅尚許雄等軍，申討李流。沈行過長安，河間王顒慕沈才學，留為軍司，表請易人。顒已有無君之心，故得截留軍師。詔授沈為雍州刺史，使得與顒相處。另由顒派出一人，叫做席薳，也是有名無實，不聞西行。廷議欲再簡良帥，驀由新野王歆，遞入急奏，乃是義陽蠻酋張昌，聚眾為逆，鋒不可當，請朝廷急速發兵，分道進援。又起一波。當時荊州東南，蠻民伏處，尚知歸服王化，自歆出鎮荊州，政尚嚴急，失蠻人心。義陽蠻張昌，聚眾數千人，乘隙思亂，適晉廷徵發荊州丁壯，往討李流，大眾俱不願遠行，詔書一再督促，並責令地方官隨地查察，不準役夫逗留。郡縣有司，依詔辦理，不敢違慢。被役兵民，急不暇擇，索性相聚為盜。還有饑民趨集，約數千口。於是張昌四處煽誘，即就安陸縣石巖山中，作為巢穴，自己移名改姓，叫做李辰，諸戍役及眾饑民，多往趨附，眾至萬餘。江夏太守弓欽，遣兵往討，反為所敗。昌遂出巢攻江夏郡，欽督眾迎戰，又復失利，竟與部將朱伺奔往武昌。昌得入據江夏，又造出一種妖言，謂當有聖人出世，為萬民主。已而得山都縣吏邱沈，使改姓名曰劉尼，詐稱漢後，奉為天子，且向眾誑言道：「這便是聖人呢。」昌自為相國，指野鳥為鳳凰，充作符瑞，居然擁著邱沈，郊天祭地，號為神鳳元年，徽章服色，一依漢朝故事，如有人民不肯應募，便即族誅。並捏稱「江淮以南，統已造反，官軍大起，悉加誅戮，唯得真主保護，方可免難」等語。為此種種訛傳，煽動遠近，遂致亂徒四起，與昌相應，旬月間多至三萬人，皆首著絳帽，用馬尾作髦，幾與戲子演劇，彷彿相同。天下事莫非幻戲，何怪張昌。

　　新野王歆，聞江夏失守，乃遣騎督靳滿往剿。滿至江夏，與昌交鋒，不到半日，殺得大敗虧輸，慌忙奔還。歆因乞請濟師，詔遣監軍華宏往討，又不是張昌的對手，敗績障山。廷議乃如歆所請，發兵三道：一是命

第十五回　討逆蠻力平荊土　拒君命冤殺陸機

屯騎校尉劉喬為豫州刺史，攻昌東面；一是命寧朔將軍劉弘為荊州刺史，攻昌西面；一是詔河間王顒，使遣雍州刺史劉沈，率州兵萬人，並徵西府五千人，出藍田關，攻昌北面。哪知顒不肯奉詔，止沈不遣。叛形已露。沈自領州兵至藍田，又被顒遣使追還，北路兵完全無效。唯劉喬出屯汝南，劉弘及前將軍趙驤，平南將軍羊伊，出屯宛城。昌遣黨羽黃林，率二萬人向豫州，自統眾攻樊城。新野王歆，因亂黨逼近，不得已親自出馬，督兵往禦。兩下相值，彼此列陣，歆方麾兵接仗，不防部下一聲譁噪，竟爾四散。那亂黨竟搖旗吶喊，好似狂風猛雨，一齊撲來。歆心慌意亂，正思拍馬逃奔，偏亂黨已突至馬前，把他圍裹，你刀我槊，四面殺入，霎時間把一位晉室藩王，收拾性命，送往冥途。還算是為國而死，死尚值得。

敗報傳到洛陽，一道急詔，令劉弘代歆為鎮南將軍，都督荊州諸軍事。弘，相州人，頗有才略，御下有律，寬嚴相濟，昌黨黃林，進薄弘營，被弘一鼓擊退。及接朝廷詔敕，星夜就道，即向荊州出發。昌意圖南擾，別遣悍黨石冰，東寇揚州，擊敗刺史陳徽，諸郡盡被陷沒。又攻破江州，連陷武陵、零陵、豫章、武昌、長沙諸州郡，沿江大震。臨淮人封雲，復起應石冰，騷擾徐州，遂致荊江揚豫徐五州境地，多為賊據。官吏或逃或降，由張昌另易牧守，專用部下一班盜賊。蕞蒲小醜，何知撫字，一味的恃強行凶，到處掠奪，人民不堪暴虐，才思把盜賊驅除，蓄謀待變；再加劉弘禦寇有方，一入荊州境內，便將司馬歆的苛政，盡行蠲除，然後遣南蠻長史陶侃為大都護，牙門將皮初為都戰帥，進據襄陽，扼守要害。昌屢攻不克，退處竟陵。侃留皮初居守，自率兵攻竟陵城，與昌前後數十戰，盡得勝仗，斬賊首至數萬級，昌棄城遁去。侃號令賊中，降者免死，賊黨遂棄戈拋甲，悉數投誠。劉喬亦遣部將李楊等進取江夏，誅死劉尼，荊土遂平。弘至荊州城下，望見城門四閉，城上遍列官軍，似與弘相

仇敵。弘很是詫異，便呼城上人答話，叫他開門。守卒答道：「我等奉范陽王令，到此守城。無論何人，概不放入。」弘答道：「我受詔前來，督轄此土，豈范陽王尚未聞知麼？究竟由何將監守，請出來相會，說個明白。」言畢停轡相待，好一歇才見開城，一將帶兵出門，躍馬當先，勢甚凶猛。弘料他不懷好意，揚起馬鞭，向後一招，將士等已一齊向前，截住來將，來將無從突入，始自報姓名職銜，說是長水校尉張奕，由范陽王嫚差遣到此。弘出詔相示，奕仍不服，舞刀欲鬥，經弘一聲喝令，將士即將奕圍住，好似群虎攢羊，不到半時，已把奕斫死了事。奕真該死。弘乃得入城安眾，並將奕首送入闕廷，說奕興兵拒詔，所以梟首，且自請擅殺的處分。有詔慰撫劉弘，不復問罪。倒還明白。弘因再發陶侃等剿捕張昌，昌竄入下俊山，由侃軍入山搜緝，連鬥數次，昌眾盡死，只剩昌一人一騎，逃往清水，嗣被侃軍追及，眼見是不能脫逃，身首兩分。侃軍回城報命，弘起座迎侃，歡顏與語道：「我昔為羊公參軍，蒙羊公器重，謂我他日必鎮此地，今果得驗。我看卿亦非凡器，他日亦必繼老夫了。」羊公指羊祜。錄入弘語，為陶侃都督荊州伏案。侃當然遜謝，不消細敘。侃字士行，鄱陽人氏，少孤身貧，及長乃為縣吏。鄱陽孝廉范逵，嘗過訪侃家，侃母湛氏，截髮為雙髲，假髮。易錢市酒餚，款待范逵，暢飲盡歡。敘截髮事，以表陶母。及逵別去，侃送逵至百里外，逵知侃微意，便語侃道：「君是否欲為郡曹？」侃答道：「正苦無人薦引，公能為我吹噓否？」逵滿口答應，方與侃握別。逵至廬江，見太守張夔，極稱侃才，夔因召侃為督郵，領樅陽令，始有能名。夔又舉侃為孝廉，侃乃得入為郎中，尋調吏部令史。弘受命出鎮，闢侃為南蠻長史，令他從軍，果然一戰成功，更由弘敘勞上奏，封東鄉侯，授江夏太守。又舉皮初為襄陽太守，晉廷以襄陽名郡，恐皮初未能勝任，改令前東平太守夏侯涉補授。涉系弘婿，弘又表稱

第十五回　討逆蠻力平荊土　拒君命冤殺陸機

涉系姻親，例須避嫌，皮初有功，宜見酬報，詔乃從弘。弘復語人道：「為政須秉大公，若必用親戚，試想荊州十郡，莫非有十女婿不成？」知此方可致治。當下勸課農桑，寬刑省賦，公私交濟，萬姓騰歡。

唯叛黨石冰，與臨淮亂徒封雲相結，攻陷臨淮，寇焰尚盛。議郎周玘等，起兵江東，推前吳興太守顧祕，都督揚州軍事，傳檄州郡，仗義討賊。周玘系故將軍周處子，頗有聞望，一經起義，四處響應。前侍御史賀循，起自會稽，廬江內史華譚及丹陽人葛洪甘卓，均集眾應玘。玘得連破石冰，斬首萬級。冰自臨淮退趨壽春，征東將軍劉準，方戍廣陵，聞冰將至，不禁惶駭，獨度支陳敏，願出擊石冰，乃成軍前往，與冰屢戰屢勝。冰眾十倍陳敏，統是烏合，故敏能用少勝多。冰奔往建康，敏再與周玘合師進擊，冰覆敗走。冰黨封雲正留擾徐州，冰乃北竄就雲，雲部下張統，料二人不能成事，殺冰及雲，獻首軍前，揚徐二州乃平。玘與賀循，散眾還家，不求封賞，唯陳敏得為廣陵相，敏自是恃勇生驕，漸漸的發生出異志來了。比諸周玘賀循，相去何如。是時，洛陽都中，已鬧得一塌糊塗，不可收拾，庸愚無識的晉惠帝，任人播弄，忽東忽西，幾至身家不保，顛危得很，說來不但可恨，也覺可憐。河間王顒，不服朝命，日夕思逞，再加長史李含，從旁挑撥，越覺跋扈不臣。應第十四回。還有成都王穎，恃功驕弛，差不多與顒相似。長沙王乂，在都專政，雖事事就穎函商，穎尚未饜所欲，因此與顒交通，共圖除乂。適皇甫商復為乂參軍，商兄重出任秦州刺史，李含懷有宿忿，聞商兄弟俱得邀寵，不得不設計驅除，亦回應十四回。乃向顒進言道：「商為乂所任重，重又出刺秦州，二人為乂爪牙，必為我患，今可表遷重為內職，誘令還過長安，順便拘戮，也得除卻一患了。」顒如言上表，晉廷亦準如所議。偏重已猜透含計，露檄上聞，竟發隴上兵討含。乂因兵患方紓，決意和解，既徵含為河南尹，又敕重罷兵息

爭。含喜得美缺，即日就徵，重卻不肯奉詔。顒遣金城太守遊楷，隴西太守韓稚等，合兵攻重，復密遣人授意李含，使與侍中馮蓀，中書令卞粹，共謀殺乂。偏又被皇甫商料著，向乂報聞，乂即捕殺李含，害人適以自害，何苦為此鬼蜮。便將馮蓀卞粹，也即收戮。含黨驃騎從事諸葛玫等，恐遭連坐，都逃赴長安，往報河間王顒。顒不聞猶可，既已聞知，哪得不怒氣直衝？便飛使鄴城，約穎會師討乂。穎即欲如約，左司馬盧志入諫道：「公前有大功，乃委權謝寵，甘心就藩，所以物望同歸，交口稱美。今因輔政非人，欲加整頓，何必帶兵入闕，但教文服入朝，從容論治，自足服人。志料長沙王必未敢反抗呢。」穎本來深信盧志，及驕心一起，前後判若兩人，所以良言進規，拒絕勿納。又有參軍邵續，亦謂兄弟如左右手，不應自去一臂，穎亦不從，遂許從顒約，與顒聯名上表。劾「乂論功不平，且與右僕射羊玄之，左將軍皇甫商，共擅朝政，殺戮忠良，請誅玄之皇甫商，遣乂還鎮」云云。不意朝廷下詔，親出征顒，特命乂為太尉，都督中外諸軍事。於是顒令張方為都督，統率精兵七萬，自函谷東趨洛陽，穎亦出屯朝歌，令平原內史陸機，為前將軍都督，統率北中郎將王粹，冠軍將軍牽秀，中護軍石超等，領兵二十萬，南向洛陽。

　　惠帝出都至十三里橋，由乂下令，遣皇甫商督兵萬人，往拒張方。商至宜陽，被方掩擊一陣，竟至敗還。惠帝返駐芒山，轉往緱氏，羊玄之憂懼成疾，數日告終。還是死得便宜。成都王穎進屯河南，使石超進逼緱氏，惠帝又走歸洛陽。陸機等直薄都下，乂陳兵東陽門，擊退機軍。穎復遣將軍馬咸，為機臂助，機本文士，未嫻軍旅，且驟握重任，不能服人，王粹等多有異言，遂致全軍生貳。為穎逼君，乂亦未安。機名為讀書，奈何不明此義。乂奉惠帝御建春門，麾兵再戰。司馬王瑚，率數千騎為前驅，馬上各系大戟，衝突機軍。機軍前隊，由馬咸督領，驟為王瑚所乘，

第十五回　討逆蠻力平荊土　拒君命冤殺陸機

頓時潰亂，咸馬撲被擒，當即梟斬。牽秀石超，率部曲先遁，王粹亦去，機軍大敗，各赴七裡澗逃生，多半溺死，澗水為之不流。偏將賈崇等十六人，悉遭陷沒。尚有小督孟超，同時敗死。孟超兄叫做孟玖，系是成都王寵奴，嘗乞簡乃父為邯鄲令，為機所阻，遂與機有隙。超雖隨機出行，不受節制，自領萬人為一隊，到處大掠。機收逮超麾下將弁，超立率騎士百餘名，入機帳中，竟把部將奪去，且悍然語機道：「看你蠻奴能作督否？」機司馬孫拯，勸機殺超，機不能決。便是沒有將才。超且出語大眾道：「陸機將反。」又寄書與玖，誣機陰持兩端。玖早欲進讒，會聞弟又敗沒，便訴諸穎前道：「機已私通長沙王，不可不除。」牽秀素來媚玖，又恐敗還見責，便將失敗情由，統委諸陸機身上，證成機罪。穎當即大怒，使秀率兵收機，參軍王彰諫道：「今日戰事，強弱異勢，愚人猶知必勝，今乃反是，實因機為吳人，北土舊將，不肯服從，所以有此挫失呢。還乞殿下赦機！」穎不肯聽，促秀使去。機聞秀至，釋戎服，著白袷，與秀相見，並作箋辭穎，隨即長嘆道：「華亭鶴唳，可再聞否？」誰叫你不聽忠告。秀竟殺機。又收機弟清河內史雲，平東祭酒耽及司馬孫拯，一併下獄。記室江統蔡克等，先後營救，統被孟玖阻住，且催令速殺雲耽，夷及三族。獄吏拷掠孫拯，甚至兩髁露骨，仍言機冤。吏知拯義烈，乃語拯道：「二陸沉冤，人已盡知，君奈何不自愛身呢？」拯仰天嘆道：「陸君兄弟，為當世奇才，我既蒙知遇，不能相救，難道還好忍心相誣麼？」拯有門人費慈宰意，詣獄省拯。拯與語道：「我不負二陸，死亦甘心，汝等何必來此？」二人答道：「先生不負二陸，我等怎敢負先生？」遂為拯上書，謂拯無罪。孟玖已令獄吏詐為拯供，亦夷三族，並將費慈宰意二人，一律處斬。小子有詩嘆道：

才高班馬露英華，一跌喪身並復家。

何若當年先引去，好隨雲鶴隱天涯。

究竟戰事如何結局，待至下回敘明。

新野王歆，亦一狡詐徒，前隨齊王冏起義，冒功受爵，謁陵時，即有離間成都之言，假使無張昌之亂，速死戰場，則後此顒穎為逆，彼必不肯袖手，其與顒穎輩並受惡名，同歸死絕，亦勢所必至者耳。故歆之得死於張昌，議者咎歆之無能，吾謂歆固無能，死於寇，視死於逆者猶較勝也。劉弘代歆，選陶侃為大都督，便得平逆，得人之效，固如此其彰著哉。河間王顒，跋扈不臣，原不足道。穎頗負時望，乃亦一變至此，甚至信用嬖人，枉殺機雲，宜其終遭人噬，死且不容也。夫陸機附逆逼君，死本自取，但不死於朝廷之大法，而獨死於逆黨之讒言，則不得不為之呼冤，實則亦非真冤也。良禽擇木而棲，良臣擇主而事，誰令彼甘心事逆，自蹈死地？冤乎否乎，讀史者自能辨之。

第十五回　討逆蠻力平荊土　拒君命冤殺陸機

第十六回
劉刺史抗忠盡節　皇太弟挾駕還都

　　卻說長沙王乂，既擊敗穎軍，復轉攻顒軍，惠帝仍親出督戰。顒軍都督張方，率眾近城，眾見乘輿麾蓋，不禁氣沮，便即退走。方亦禁遏不住，只好卻還。乂竟驅兵殺來，把方軍前隊的兵士，多半殺斃，共約五千餘人。方退屯十三裡橋，眾心未定，尚擬夜遁。方下令道：「勝敗乃兵家常事，古來良將用兵，往往能因敗為勝，今我更向前營壘，出其不意，也是一兵家奇策呢。」遂乘夜前進數里，築壘數重，為持久計。乂得戰勝方軍，總道是方不足憂。到了翌晨，接得偵報，才悉方又復進逼，連忙引兵往攻，那方已倚壘為固，無隙可乘。乂軍上前挑戰，方按兵不發，及見乂軍欲退，乃開壘出戰，一盈一竭，眼見是方軍得勢，乂軍失利了。

　　乂敗回都城，未免心慌，因與群臣集議軍情，大眾多面面相覷，你推我諉，結果是想出一個調停法子，擬先與穎和，然後併力拒顒。乂與穎本是兄弟，總望他顧及本支，罷兵息怨，乃使中書令王衍，光祿勳石陋等，同往說穎，令與乂分陝而居，穎竟不從。越親越勿親。衍等歸報，乂再致書與穎，為陳利害，勸使還鎮。穎覆書請斬皇甫商等，方可退兵，乂亦不納。穎又進兵薄京師，兩鎮兵士，齊逼都下，皇命所行，僅及一城，米石萬錢，公私俱困。驃騎主簿祖逖，為乂設策道：「雍州刺史劉沈，忠勇果毅，足制河間，今宜奏請遣沈，使襲顒後，顒欲顧全根本，必召還張方，一路退去，穎亦無能為了。」計非不善，奈肘腋間尚有一患，奈何？乂當

第十六回　劉刺史抗忠盡節　皇太弟挾駕還都

然稱善，便即奏聞。惠帝無不依從，頒詔去訖。又又申請一敕，令皇甫商齎敕西行，飭金城太守遊楷等罷兵，且使皇甫重進軍討顒。這又是一大失著，徒斷送皇甫兄弟性命。商行至新平，與從甥相遇，述及密計，從甥與商有隙，馳往告顒。顒遣眾往追，將商擒歸，當即殺死，並遙令遊楷等速攻秦州。幸皇甫重堅壁固守，部下亦願為死戰。好容易又過一年，長沙王乂，鼓眾誓師，出與穎軍決戰，屢得勝仗，斬俘至六七萬人，穎軍大沮。張方見穎軍失敗，亦欲退還，唯探得都城乏食，或有內亂可乘，所以留兵待變。果然不到數日，左衛將軍朱默，與東海王越通謀，竟勾通殿中將士，把乂拿下，入啟惠帝，且免乂官，錮置金墉城中，一面大赦天下，改元永安，開城與穎顒二軍議和。穎顒二軍，無詞可駁，勉強從命，獨乂在金墉城上表道：

陛下篤睦，委臣朝事，臣小心忠孝，神祇所鑑，諸王承謬，率眾見責，朝臣無正，各慮私困，收臣別省，幽臣私宮，臣不惜軀命。但念大晉衰微，枝黨將盡，陛下孤危，若臣死國，寧亦家之利，但恐快凶人之心，無益於陛下耳。幸陛下察之！

原來乂居圍城，侍奉惠帝，未嘗失禮。城中糧食日窘，乂與士卒同食粗糲，甘苦共嘗，所以出御兩軍，勝多敗少。偏出了一個東海王越，忌乂成功，潛下毒手。越罪更甚於乂，故語帶抑揚。將士等初為所誑，因致盲從，及見外兵不盛，乂表可哀，乃隱起悔心，復欲迎乂拒越。越察得眾情，不禁著忙，便召黃門侍郎潘滔入議道：「眾心將變，看來只有殺乂一法，省得人心懸懸。」滔應聲道：「不可，不可！殺乂終負惡名，何勿讓與別人。」滔更凶狡。越已會意，乃使滔密告張方。方系殺人不眨眼的魔星，得滔通報，立即派兵至金墉城，取乂入營，鎖諸柱上，剝去衣服，四圍用炭火焙著，好像燒烤一般。可憐乂身被火炙，號聲震地，到了烏焦巴

弓，才見畢命。方營中大小將士，睹此慘狀，俱為流涕。唯方猙獰上坐，反露笑容。毒愈虎狼。又死時只二十八歲，遺屍由故橡劉佑收埋，步持喪車，悲慟行路。方卻目為義士，不復過問。這卻如何曉得？先時洛下有謠言云：「草木萌芽殺長沙。」又死時適當正月二十七日，謠言果驗。

　　成都王穎，得入京師，使部將石超等，率兵五萬，分屯十二城門。殿中宿衛，平時為穎所忌，概皆處死。穎自為丞相，增封二十郡，加東海王越為尚書令，乃出都返鎮，表盧志為中書監，參署丞相府事。雍州刺史劉沈，尚未聞都中情事，自得密詔後，即糾合七郡兵旅，徑向長安出發。河間王顒，尚屯兵關外，為方聲援，驚聞劉沈起兵到來，慌忙退守渭城，並遣人飛召張方。方大掠洛中，擄得官私奴婢萬餘人，向西馳去，未及入關，顒已與沈軍交戰，敗還長安。沈使安定太守衙博，功曹皇甫淡領著精甲五千，掩入長安城門，直逼顒帳。不意旁面殺出一彪人馬，銳厲無前，把衙博等軍，衝作兩段。博等專望沈軍來援，偏偏沈軍遲至，致博等孤軍失繼，相率戰死。這一路援顒的兵馬，乃是馮翊太守張輔帶來，他見博軍無繼，便來橫擊一陣，及劉沈馳至，前軍已經覆沒，只好收拾敗卒，漸漸退去。適值張方西歸，亟遣部將敦偉夜襲沈營，沈軍驚潰，沈與麾下南走，被偉追及，射沈落馬，活捉回來。當下押沈見顒，顒責他負德，沈朗聲道：「知己恩輕，君臣義重，沈奉天子詔命，不敢苟免，明知強弱異形，乃投袂起兵，期在致死，雖遭葅醢，甘亦如薺。」聲可裂地。顒頓時怒起，鞭沈至百，方令腰斬，一道忠魂，上升天界去了。穎與顒既相連接，顒上書稱穎有大功，宜為儲副。又言羊玄之怙寵為非，該女不宜為后，穎亦表稱玄之已歿，未降明罰，宜廢后以暴父罪。惠帝雖然愚鈍，但對著如花似玉的羊皇后，卻也不忍相離，因將兩王表文，出示廷臣，商決可否。朝右百官，個個是貪生怕死，哪裡還敢衝撞二王？再加東海王越，

第十六回　劉刺史抗忠盡節　皇太弟挾駕還都

是與二王表裡為奸，當然贊同二議。惠帝沒法，乃將羊后廢為庶人，徙居金墉城。皇太子覃，仍黜為清河王，立穎為皇太弟，都督中外諸軍事，兼職丞相。乘輿服御，皆遷往鄴中，進顒為太宰大都督，領雍州牧，起前太傅劉寔為太尉，寔自稱老疾，固辭不拜。高尚可風。看官閱過前文，如汝南王亮，如楚王瑋，如趙王倫，如齊王冏，如長沙王乂，沒一個不是爭權奪利，叢怨亡身。偏穎顒越三王，不思借鑑前車，也想挾權求逞，結果是凶終隙末，同室操戈，終落得蚌鷸相持，漁人得利，這豈不是司馬家兒的大病麼？標明八王亂本，且為後世大聲疾呼，苦衷如揭。

成都王穎，既得為皇太弟，越加驕恣，不知有君。嬖人孟玖等，倚勢橫行，大失眾望。右衛將軍陳眕，殿中中郎褪媛成輔及長沙王故將上官巳等，慫恿東海王越，謀共討穎。越樂得轉風，藉著眾怒為名，好奪朝柄，便與陳眕勒兵入雲龍門，稱制召三公百僚，相率戒嚴，收捕穎將石超。超突出都門，奔往鄴城，隨即迎還庶人羊氏，仍立為后，就是清河王覃，亦復入東宮，再為太子。越奉惠帝北征，自為大都督，召前侍中嵇紹，扈蹕同行。侍中秦準語紹道：「今日隨駕出征，安危難料，君可有佳馬否？」紹正色道：「臣子扈衛乘輿，遑計生死，要什麼佳馬呢？」準嘆息而退。紹從惠帝出抵安陽，沿途由大都督越檄召兵士，陸續趨集，得十萬餘人。鄴中震恐。穎召群僚問計，議論不一，東安王繇，新遭母喪，留居鄴中，獨入帳宣言道：「天子親征，臣下宣釋甲縞素，出迎請罪。」穎聞言動怒道：「莫非自去尋死麼？」折衝將軍喬智明，亦勸穎奉迎乘輿，穎復怒說道：「卿名為曉事，投身事孤，今主上為群小所逼，勉強北來，卿奈何亦為此說，使孤束手就刑哩？」遂叱退繇喬二人，立遣石超率兵五萬，前往迎戰。越駐軍蕩陰，探得鄴中人心不固，以為無患，竟不加嚴備，哪知石超驅兵殺來，勢甚洶湧，立將越營攻破。越倉皇逃命，不暇顧及惠帝，一

溜煙的走往東海。以惠帝作孤注，真好良心。惠帝猝不及避，被超軍飛矢射來，頰中三箭，痛苦的了不得。百官侍御，有幾個也遭射傷，紛紛竄去。獨侍中嵇紹，朝服下馬，登輦衛帝，超軍一擁上前，將紹拖落，惠帝忙牽住紹裾，惶遽大呼道：「這是忠臣嵇侍中，殺不得！殺不得！」但聽超軍回答道：「奉太弟命，但不犯陛下一人。」兩語才畢，已將紹一刀斫死，碧血狂噴，濺及帝衣，嚇得惠帝渾身亂顫，兀坐不穩，一個倒栽蔥，墮落車下，僵臥草中。隨身所帶的六璽，悉數拋脫，盡被超軍拾去。還算超有些天良，見帝墮下，喝令部眾不得侵犯，自己下馬相救，叫醒惠帝，扶他上車，擁入本營，且問惠帝有無痛楚。惠帝道：「痛楚尚可忍耐，只腹已久餒了。」超乃親自進水，令左右奉上秋桃。惠帝吃了數枚，聊充飢渴。超向穎報捷，並言奉帝留營。穎乃逍盧志迎駕，同入鄴城。穎率群僚迎謁道左，惠帝下車慰勞，涕泣交併。及入城以後，復下詔大赦，改永安元年為建武元年。一年兩紀元，有何益處？皇弟豫章王熾，司徒王戎，僕射荀藩，相繼至鄴，見惠帝衣上有血，請令洗浣。惠帝黯然道：「這是嵇侍中血，何必浣去。」戎等亦皆嘆息。唯穎卻請帝召越，頒詔東海，越怎肯赴鄴？卻還詔使。前奮威將軍孫惠，詣越上書，勸越邀結藩方，同獎王室。越遂令惠為記室參軍，與參謀議。北軍中侯苟晞，往投范陽王嫚，嫚令為兗州刺史。陳眕上官巳等，走還洛陽，奉太子清河王覃，保守都城，偏又來了一個魔賊張方，仗著一般蠻力，擅將都城占住。原來越出討穎，顒曾遣張方救鄴，及越已敗走，惠帝被穎劫去，顒即令方折回中道，往踞洛陽。方至洛陽城下，上官巳與別將苗願，出擔方軍，為方所敗，便即遁去，方遂入洛都。太子覃至廣陽門，迎方下拜，方下馬扶住，偕覃入闕，派兵分戍城門。才越兩日，復把羊皇后太子覃廢去，居然皇帝無二，自作威福，獨斷獨行，這真叫做天下無道，政及陪臣呢。

第十六回　劉刺史抗忠盡節　皇太弟挾駕還都

先是安北將軍王浚，即故尚書令王沈子。都督幽州。穎顗又三王，入討趙王倫時，曾檄令起兵為助，浚不應命。穎常欲討浚，遷延未果。嗣令右司馬和演為幽州刺史，密使殺浚，演與烏桓單于審登連謀，邀浚同遊薊城南泉清，為刺浚計。會天雨驟下，兵器沾溼，苦不得行。審登胡人，最迷信鬼神，疑浚陰得天助，因將演謀告浚。浚即與審登連兵殺演，自領幽州營兵。穎既劫入惠帝，欲為和演報仇，乃傳詔徵浚入朝。浚料穎不懷好意，索性糾合外兵，馳檄討穎。烏桓單于遣部酋大飄滑弟羯朱，引兵助浚，還有浚婿段務勿塵，系是鮮卑支部頭目，也率眾相從。浚既得兩部番兵，勢焰已盛，復約同并州刺史東贏公騰，聯兵攻鄴。騰係東海王越親弟，正接越書，令他聯繫幽州，攻穎後路。湊巧浚使亦到，自然答書如約。於是幽並二州的將士及烏桓鮮卑的胡騎，合得十萬人，直向鄴城殺來。綱目予浚討穎，故本編亦寫出聲勢。穎遣北中郎將王斌及石超等出兵往禦，復因東安王繇，前有迎駕請罪的議論，恐他密應外兵，立即拿斬了事。繇兄子琅琊王睿，懼禍出奔，自鄴還鎮。穎先敕關津嚴行檢察，毋得輕放貴人。睿奔至河陽，適被津吏阻住，可巧有從吏宋典，自後繼至，用鞭拂睿，佯作笑語道：「舍長官，禁貴人，汝何故亦被拘住呢？」津吏與睿，不甚相識，驚聞典言，疑是誤拘，便向典問個明白。典又偽稱睿是小吏，並非貴人，更兼睿微服出奔，容易混過，當由津吏放睿渡河。睿潛至洛陽，迎了太妃夏侯氏，匆匆歸國去了。是為元帝中興張本，故特敘明。

穎因外兵壓境，也無心追問，但與僚屬日議軍事。王戎等謂胡騎勢盛，不如與和。穎卻欲挾帝還洛，暫避敵鋒。忽有一相貌堂堂、威風凜凜的大元戎，趨入會議廳中，與大眾行過了軍禮，就座語穎道：「今二鎮跋扈，有眾十餘萬，恐非宿衛將士及近郡兵馬，所能抵制呢！愚意卻有一計，可為殿下解憂。」穎見是冠軍將軍劉淵，便問他有何妙策？淵答道：

「淵曾奉詔為五部都督，今願為殿下還說五部，同赴國難。」穎半晌才答道：「五部果可調發麼？就使發遣前來，亦未必能禦鮮卑烏桓。我欲奉乘輿還洛陽，再傳檄天下，以順制逆，未知將軍意見如何？」淵駁說道：「殿下為武皇帝親子，有功皇室，恩威遠著，四海以內，何人不願為殿下效死？況匈奴五部，受撫已久，一經調發，無患不來，王浚豎子，東瀛疏屬，怎能與殿下爭衡？若殿下一出鄴城，向人示弱，恐洛陽亦不能到了。就使得到洛陽，威權亦被人奪去，未必再如今日。不如撫勉士眾，靜鎮此城，待淵為殿下召入五部，驅除外寇，二部摧東瀛，三部梟王浚，二豎頭顱，指日可致，有什麼可慮呢？」劉淵此言，雖為歸國自主起見，但勸穎鎮鄴，未始非策。穎聽了淵言，不禁心喜，遂拜淵為北單于，參丞相軍事，即令刻日就道。縱虎歸巢。

淵辭穎出發，行至左國城，匈奴右賢王劉宣等，早欲推淵為大單于，至是與部眾聯名，奉書致淵，願上大單于位號。淵先讓後受，旬日間得眾五萬，定都離石，封子聰為鹿蠡王。遣部將劉宏率鐵騎五千，往援鄴城。是時王浚與東瀛公騰，已擊敗穎將王斌，長驅直進。穎將石超，收兵堵禦，平棘一戰，又為浚先鋒祁弘所敗，退還鄴城，鄴中大駭，百僚奔走，士卒離散。中書監盧志，勸穎速奉惠帝還洛陽，穎乃令志部署軍士，翌日出發。軍士尚有萬五千人，均倉猝備裝，忙亂一宵，越宿待命啟行，守候半日，並無音響。大眾當然動疑，及探悉情由，方知穎母程太妃，不願離鄴，因此延宕不決。俄而警報迭至，譁傳外兵將到，大眾由疑生貳，霎時潰散。穎驚愕失措，只得帶同帳下數十騎，與盧志同奉惠帝，南走洛陽。惠帝乘一犢車，倉皇出城，途中不及齎糧，且無財物，只有中黃門被囊中，藏著私蓄三千文，當由惠帝面諭，暫時告貸，向道旁購買飯食，供給從人。夜間留宿旅舍，有宮人持升餘糠米飯及燥蒜鹽豉，進供御前。惠帝

連忙啖食，才得一飽。庸主之苦，一至於此。睡時無被，即將中黃門被囊展開，席地而臥。越日又復登程，市上購得粗米飯，盛以瓦盆，惠帝啖得兩盂，有老叟獻上蒸雞，由惠帝順手取嘗，比那御廚珍饈，鮮美十倍。自愧無物可酬，乃諭令免賦一年，作為酬賞。老叟拜謝而去。行至溫縣，過武帝陵，下車拜謁，右足已失去一履，幸有從吏脫履奉上，方得納履趨謁。拜了數拜，不由的悲感交集，潸然淚下。兒女子態，不配為帝。左右亦相率唏噓。及渡過了河，始由張方子熊，帶著騎士三千，前來奉迎。熊乘的青蓋車，讓與惠帝，自己易馬相從。至芒山下，張方自領萬餘騎迎帝，見了御駕，欲行拜跪禮儀。惠帝下車攙扶，方不復謙遜，便即上馬，引帝還都。散眾陸續踵至，百官粗備，乃升殿受朝，頒賞從臣，並下赦書。旋聞鄴城探報，已被王浚各軍，擄掠一空。烏桓部長羯朱，追穎不及，已與王浚等一同北歸。唯鮮卑部掠得婦女，約八千人，因浚不許帶歸，均推入易水中，向河伯處當差去了。河伯何幸，得此眾婦。小子有詩嘆道：

　　無端軍閥起紛爭，禍國殃民罪不輕。
　　更恨狼心招外寇，八千婦女斷殘生。

　　鄴中已經殘破，劉淵所遣部將王宏，馳援不及，也即引歸，報達劉淵。究竟劉淵能否踐約，且至下回再詳。

　　劉沈發兵討顒，雖為乂所遣，然所奉之詔敕，固明明皇言也。況顒固有可討之罪乎？乂為張方所殺，死狀甚慘，綱目不稱其死義，而獨予沈以死節，誠以乂受顒使，甘為亂首，當其殺齊王冏時，僥倖得志，代握大權，彼方欣欣然感顒之惠，不知助己者顒，殺己者亦顒，方為顒將，方殺乂，猶顒殺乂也。我殺人，人亦殺我，互相殺而國愈亂，乂死不得為枉，

唯如劉沈之見危授命，不屑乞憐，乃真所謂氣節士耳。本回以劉沈盡節為標目，良有以也。惠帝昏愚，聽人播弄，忽西忽東，狼狽萬狀，愚夫不可與治家，遑言治國？讀《晉書》者，所由不能無憾於武帝歟。

第十六回　劉刺史抗忠盡節　皇太弟挾駕還都

第十七回
劉淵擁眾稱漢王　張方恃強劫惠帝

　　卻說劉淵得王宏歸報，慨然語道：「穎不用我言，棄鄴南奔，真是奴才，但我嘗受他知遇，保薦為冠軍將軍，寓鄴以來，他總算待我不薄，我既與約相援，不可不救。」穎保薦劉淵，從淵口中敘出，筆不滲漏。說畢，即命右於陸王劉景，左獨鹿王劉延年，率步騎兵二萬，將討鮮卑。劉宣等入阻道：「晉人不道，待我如奴隸，我正恨無力報復，今彼骨肉相殘，自相魚肉，乃是天厭晉德，授我重興的機會。鮮卑烏桓，與我同類，可倚以為援，奈何反發兵攻擊？況大單于威德方隆，名震遠邇，誠使懷柔外部，控制中原，就是呼韓邪基業，也好從此恢復了。」淵笑答道：「卿言亦頗有見識，但尚是器小，未足喻大。試想禹出西戎，文王生東夷，帝王有何常種？今我眾已至十餘萬，人人矯健，若鼓行而南，與晉爭鋒，一可當十，勢若摧枯，上為漢高，下亦不失為魏武，呼韓邪亦何足道哩？」確是梟雄。劉宣等皆叩首道：「大單于英武過人，明見萬里，原非庸眾所能企及，請即乘勢稱尊，慰我眾望。」淵徐徐答道：「眾志果已從同，我亦何必援穎，且遷居左國城，再作計較。」宣等遵令起身，各整行裝，隨淵徙至左國城。遠近依次歸附，又達數萬人，正擬擁眾稱尊，雄長北方，不料西方巴蜀，已有人先他稱王，遂令野心勃勃的劉元海，急不暇待，便樹起大漢的旗幟來了。

　　小子按時敘事，不得不先將蜀事表明，再述劉淵開國情形。李雄稱成

第十七回　劉淵擁眾稱漢王　張方恃強劫惠帝

都王，比劉淵略早，本回雖以淵為主，但稱王實始於雄，且正可就此帶敘，故隨筆插入。自李雄得取成都，遂奉叔父李流，一同居住。應十五回。蜀民相率避亂，或南入寧州，或東下荊州，城邑皆空，野無煙火。唯涪陵人范長生，挈千餘家依青城山，依險自固。流無從掠食，部眾飢困。平西參軍徐轝，求為汶山太守，特向益州刺史羅尚獻謀，謂「流已乏食，正好進討，且可邀范長生為犄角，併力合攻」云云。偏尚不肯依議，惹動轝怒，反出城附流，併為流往說長生，運糧濟困，尚固失策，轝亦不忠。流軍復振。既而流病將死，囑部將等協力事雄，部將共願遵囑，俟流死後，即推雄為益州牧。雄使將校樸泰，通書羅尚，偽言願為內應。尚遽令降氐隗伯攻郫城，陷伏被擒。雄赦免隗伯，使李驤帶領降卒，夜至成都，詐稱已得郫城，還兵報捷。守卒不知有詐，開門納入。驤即殺死守吏，據住外城。唯內城還是關著，未曾失手。羅尚急登陴抵禦，堵住外兵，驤留兵攻撲，自往截尚糧道，適值犍為太守襲恢，運糧前來，被驤麾兵掩擊，將恢殺死，盡把糧車奪去。尚困守孤城，無糧可食，再經驤還軍攻擊，更由雄添兵相助，眼見得朝不保暮，危如累卵，三十六策，走為上策，乃留牙將張羅居守，自率左右開門夜遁。張羅以尚為鎮將，還且棄城逃生，自己位居偏裨，何苦為國殉難，便即插起降旗，納入驤軍。驤迎雄入成都，兵不血刃，坐得了西蜀雄藩。梁州刺史許雄，坐視不救，由晉廷召還治罪。羅尚逃至江陽，遣使表聞，適晉廷大亂，無暇加譴，但令他權統巴東巴郡涪陵諸郡，收取軍賦。尚又遣別駕李興，赴荊州乞糧，鎮南將軍劉弘，撥給糧米三萬斛，尚乃得自存，但苦兵力衰殘，不能再覆成都。

　　李雄占據成都數月，因范長生素有德望，見重蜀民，乃欲迎立為君，自願臣事長生。長生不肯應命，雄乃自即成都王位，大赦境內，號為建興元年。除晉弊制，約法七章，令叔父驤為太傅，兄始為太保，折衝將軍李

離為太尉，建威將軍李雲為司徒，翊軍將軍李璜為司空，材官李國為太宰，尊母羅氏為王太后，追號父特為景王，又遣使往迎范長生。長生自青城山登輿，布衣應徵，及抵成都，甫入城闉，即見雄下馬相迎，握手引進，延他上坐，稱為范賢，詳詢政治。長生約略對答，甚愜雄心。雄即親遞板冊，拜為丞相。長生也樂得受命，坐享安榮，嗣復勸雄稱帝，便是這位范賢人了。句中有刺。看官！試想李雄是個流民子弟，還能據地稱雄，何況五部大都督劉淵，才兼文武，識邁華夷，怎尚肯蜷伏一隅，不思自主呢？當下由劉宣等奉書勸進，請他築壇即位，立國紀元。淵笑語道：「昔漢有天下，歷世久長，恩結人心，所以昭烈帝僅據益州，尚能與吳魏抗衡，相持至數十年。我本漢甥，約為兄弟，兄亡弟繼，有何不可？我就稱為漢王便了。」乃命就南郊築壇，也是告天祭地，仿行漢制。登壇這一日，五部胡人，統來謁賀。劉淵令豎起大漢旗幟，居然祖述漢朝，下令諭眾道：

昔我太祖高皇帝，以神武應期，廓開大業，太宗孝文皇帝，重以明德，昇平漢道，世宗孝武皇帝，拓土攘夷，咸傾中外，中宗孝宣皇帝，搜揚俊義，多士盈朝，是我祖宗道邁三王，功高五帝，故卜年倍於夏商，卜世過於姬氏。而元成多僻，哀平短祚，賊臣王莽，滔天篡逆。我世祖光武皇帝，誕資聖武，恢復鴻基，祀漢配天，不失舊物。顯宗孝明皇帝，肅宗孝章皇帝，累葉重輝，炎光再闡。自和安以後，皇嗣漸頹，天步艱難，國統瀕絕。黃巾海沸於九州，群閹毒流於四海，董卓因之，肆其猖獗，曹操父子，凶逆相尋，故孝愍委棄萬國，昭烈播越岷蜀，冀否終有泰，旋軫舊京，何圖天未悔禍，後帝窘辱？自社稷淪喪，宗廟之不血食，四十年於茲矣。今天誘其衷，悔禍皇漢，使司馬氏父子兄弟，迭相殘滅，黎庶塗炭，靡所控告。孤今猥為群公所推，紹修三祖之業，顧茲尪暗，戰惶靡屆。但

第十七回　劉淵擁眾稱漢王　張方恃強劫惠帝

以大恥未雪,社稷無主,衝膽棲冰,勉從群議,特此令知。錄入此文,見得張冠李戴,可發一噱。

　　此令下後,即改易正朔,稱為元熙元年。國仍號漢,立漢高祖以下三祖五宗神主,築廟祭祀,漢祖漢宗,不意有此賢子孫。追尊安樂公劉禪為孝懷皇帝。禪若有知,更樂不思蜀了。一切開國制度,皆依兩漢故例。立妻呼延氏為王后,長子和為世子,鹿蠡王聰守職如故。族子矅生有白眉,目炯炯有赤光,兩手過膝,身長九尺三寸,少時失怙,由淵撫養,成人後既長騎射,尤工文字,淵嘗稱為千里駒,因亦授為建武將軍。命劉宣為丞相,召上黨人崔遊為御史大夫,後部人陳元達為黃門侍郎,崔遊為上黨耆碩。淵曾從受業,至是固辭不受。不愧醇儒。陳元達亦嘗躬耕讀書,淵為左賢王時,曾招為僚屬,元達不答,此次驛書往徵,卻欣然就道,願為淵臣。見利忘義,怎得善終。他如劉宏劉景劉延年等,皆淵族人,並授要職,不消細說。淵僭號旬日,即率眾往攻東瀛公騰。騰遣將軍聶玄率兵出拒,行次大陵,與淵軍相值。兩下交鋒,勇怯懸殊,才及數合,玄軍大敗,狼狽遁歸。騰聞敗大懼,亟領并州二萬餘戶,避往山東,淵乃四處寇掠,入居蒲子。是為五胡亂華之首。復遣矅進寇太原。矅兵鋒甚銳,連陷泫氏屯留長子諸縣。別將喬晞,往攻介休。介休縣令賈渾,登城死守,約歷旬日,內無糧草,外無救兵,鬥大孤城,怎能支持得住,便被喬晞陷入。渾尚率兵巷戰,力竭被擒,晞勒令投降,渾正色道:「我為大晉守令,不能保全城池,已失臣道,若再苟且求活,屈事賊虜,還有什麼面目,得見人民?要殺便殺,斷不降汝!」晞聽著賊虜兩字,當然發怒,即喝令推出斬首。裨將尹崧進諫道:「將軍何不捨渾,也好勸人盡忠。」晞怒答道:「他為晉盡節,與我大漢何涉?」遂不從崧言,促使牽出。忽有一青年婦人,號哭來前,與渾訣別。晞聞聲喝問道:「何人敢來慟哭?快與我拿

來！」左右奉令，便出帳拘住婦人，牽至晞前，且報明婦人來歷，乃是賈渾妻宗氏。晞見她散髮垂青，淚皆變赤，顰眉似鎖，嬌喘如絲，不由的憐惜起來，便易怒為喜道：「汝何必多哭，我正少一佳人呢。」語猶未了，外面已將渾首呈入，宗氏瞧著，越覺狂號。晞尚獰笑道：「休得如此，好好至帳後休息，我當替你壓驚。」宗氏聽了，反停住了哭，戟指罵晞道：「胡狗！天下有害死人夫，還想汙辱人婦麼？我首可斷，我身不可辱，快快殺我，不必妄想！」斬釘截鐵之語，得諸巾幗，尤屬可敬。晞尚不忍加害，再經宗氏詈罵不休，激動野性，竟自拔佩刀，起身下手。宗氏引頸就戮，渺渺貞魂，隨夫俱逝，年才二十餘歲。敘入此段，特為忠臣義婦寫照。當有消息傳報劉淵，淵不禁大怒道：「喬晞敢殺忠臣，並害義婦，假使天道有知，他還望有遺種麼？」遂命厚葬賈渾夫婦，且將喬晞追還鐫秩四等。已而東嬴公騰，又遣部將司馬瑜周良石鮮等，分統部曲，往攻離石，與淵將劉欽交鋒，四戰皆敗，一併逃歸。淵更得橫行北方，無人敢攖。晉廷又內亂未休，還顧著什麼邊防？就是一座洛陽城中，也弄得亂七八糟，迄無寧日。張方迎帝入都，專制朝政，不但公卿百僚，無權無勢，連太弟穎亦削盡權力。都下人士，統憚方凶威，莫敢發言。唯豫州都督范陽王虓，徐州都督東平王楙，從外上表道：

　　自愍懷被害，皇儲不建，委重前相，輒失臣節，是以前年太宰顒與臣永維社稷之貳，不可久虛，特共啟成都王穎，以為國副。受重之後，弗克負荷，小人勿用而以為心腹，骨肉宜敦而猜嫌薦至，險詖宜遠而讒說殄行，此皆臣等不聰不明，失所宗賴，遂令陛下謬於降授，雖戮臣等，不足以謝天下。今大駕還宮，文武空曠，制度荒廢，靡有孑遺。臣等雖劣，足匡王室，而道路流言，謂張方與臣等不同，悠悠之口，非儘可憑。臣等以為太宰憘德元元，著於具瞻，每當義節，輒為社稷宗盟之先。張方受其指

第十七回　劉淵擁眾稱漢王　張方恃強劫惠帝

教，為國效勞，此即太宰之良將，陛下之忠臣；但以秉性強毅，未達變通，且慮事翻之後，為天下所罪，故不即西還耳。臣聞先代明主，未嘗不全護功臣，令福流子孫。自中葉以來，陛下功臣，初無全者，非必人才皆劣，實由朝廷駕馭失宜，不相容恕，以一旦之咎，喪其積年之勳，既違周禮議親之典，且使天下人臣，莫敢復為陛下致節者。臣等此言，豈獨為一張方？實為社稷遠計，欲令功臣身守富貴。臣愚以為宜委太宰以關右之任，自州郡以下，選舉受任，一皆仰成，若朝之大事，廢興損益，每輒疇諮，此則二伯述職，周召分陝之義，陛下復行於今時。遣方還郡，令群後申志，時定王室，所加方官，請悉如舊，則忠臣義士有勸，功臣必全矣。司徒戎異姓之賢，司空越公族之望，並忠國愛主，小心翼翼，宜幹機事，委以朝政。安北將軍王浚，率身履道，遠近所推，如今日之大舉，實有定社稷之勳，此臣等所以嘆息歸功也。浚宜特崇重之以副眾望，使撫幽朔，長為北藩。臣等竭力捍城，屏藩皇家，則陛下垂拱，而四海自正矣。乞垂三思，察臣所言。

　　未幾，又再上一疏，略言：「成都王弗克負荷，實為奸邪所誤，不足深責，可降封一邑，保全生命」云云，張方得見二表，不禁忿恚道：「我奉迎車駕，保全都城，明明是自守臣節，乃反譏我未識變通，促我西還。王戎庸駕，怎得稱賢？東海專擅，怎能愜望？王浚稱兵犯駕還，說他有功社稷，這等妄談，不值一辯。我亦無意留此，就變通一著，免致小覷，看他如何對付呢？」原來方久留洛陽，部兵逐日剽掠，十室九空，群情擾擾，俱有歸志。方正思擁帝西去，適為二表所激，乃決意一行，但恐帝及百官，未肯照從，只得借謁廟為名，誘帝出宮，才好劫駕登程。當下使人白帝，請出主廟祀，偏惠帝不肯親出，答言須遣派諸王。惠帝未必有是聰明，當是有人教導。方頓時盛怒道：「他不出謁廟，難道我不能使他西

遷麼？」當下傳令部兵，齊集殿門，自率親卒數百人，跨馬入宮，脅迫乘輿。惠帝聞變，慌忙趨避，馳匿後園的竹林中。方令士卒搜尋，當即覓著，硬將惠帝擁出。惠帝面色如土，託稱乘輿未備，須備就乃行。士卒譁聲道：「張將軍已駕好坐車，來迎陛下，陛下不必多慮。」惠帝無奈，垂涕出殿，由士卒扶掖登車。又要蒙塵，何命苦至此？方在宮門前候著，見惠帝駕車出來，才在馬上叩首道：「今寇賊縱橫，宿衛單少，願陛下親倖臣壘，臣當竭盡死力，備禦不虞。」何必要你這般費心？惠帝無詞可答，四顧左右，也沒有一個公卿，只中書監盧志在側，恐是張方黨羽，欲言不言。志啟奏道：「陛下今日，當概從張將軍。」惠帝乃馳入方營，令方多具車輛，裝載宮人寶物。方即令部卒入宮載運。部卒貪饞得很，遇著這個美差，正是意外飛來，當下擁入宮中，見有姿色的宮人，便任情調笑，逼令為妻，所有庫中的寶藏，值錢的都藏入私囊，單剩那破敗雜物，搬置車上，甚至你搶我奪，分配不勻，好好一頂流蘇寶帳，被割至數十百塊，取作馬韉。經此一番劫掠，把魏晉以來百餘年積蓄，盪滌無遺。

　　窮凶極惡的張方，還想將宗廟宮室，一概毀去，免得使人返顧。盧志亟向方諫阻道：「董卓不道，焚燒洛陽，怨毒至今，尚未有已，將軍奈何效此凶人？」方乃罷議。過了三日，方遂擁帝及太弟穎豫章王熾等，西往長安。時適仲冬，天降大雪，途次非常寒冷，行到新安，惠帝忍凍欲僵，手足麻木，突然間墮落車下，傷及右足。尚書高光，正在帝後，忙下馬攙扶，仍令登輦。惠帝始知足痛，捫傷垂淚。光自裂衣襟，代為裹創。惠帝且泣且語道：「朕實不聰，累卿至此。」不經此苦，何能自覺？光亦為泣下。好容易到了霸上，遙見有一簇人馬，站住道旁。惠帝似驚弓之鳥，又嚇得冷汗淋漓。張方下馬啟奏道：「太宰來迎車駕了。」惠帝才稍稍放心。已而太宰顒趨至駕前，拱手拜謁。惠帝依著老例，下車止拜，遂由顒匯入

第十七回　劉淵擁眾稱漢王　張方恃強劫惠帝

長安，就借徵西府為行宮，休息數日，再議大政。那時僕射荀藩，司隸劉暾，太常鄭球，河南尹周馥等，尚在洛陽，號為留臺，承制行事，複稱年號為永安。羊皇后為張方所廢，仍居金墉城，未嘗隨駕。見前回。留臺諸官，仍復迎她入宮，奉為皇后。於是關洛各設政府，時成、顒已立定主意，決計廢穎立熾。惠帝有兄弟二十五人，相繼死亡，唯穎熾及吳王晏尚存。晏材質庸下，熾卻早年好學，故顒推立為皇太弟，且因四方分裂，禍難未已，並請下詔調停，期得少安。小子有詩嘆道：

擾擾江山已半傾，如何翻欲作干城？
狂瀾一決難重挽，大錯由誰誤鑄成。

欲知詔命如何，且看下回錄敘。

劉淵為亂華之首，故本回敘述，特別加詳。至插入李雄一段，因五胡十六國中，雄首先僭號，比劉淵尚早旬月。敘劉淵，不得不夾敘李雄，志禍始也。賈渾夫婦，忠烈絕倫，渾入《忠義傳》，渾妻宗氏，入《列女傳》，本回敘述無遺，意寓褒揚，為忠臣義婦作一榜樣。典午之季，綱常墜地，得此二人以激勵之，寧非一髮千鈞之所繫耶？張方之惡，較諸王為尤甚，后可廢，太子可黜，而車駕何不可西遷？獨怪滿朝文武，行屍走肉，毫無生氣，一任惡人之肆行無忌，播弄朝綱。哀莫大於心死，而身死次之，晉臣固皆心死者也，何怪五胡之乘間亂華乎？而惠帝更不足責焉。

第十八回
作盟主東海起兵　誅惡賊河間失勢

卻說惠帝到了長安，政權為太宰顒所把持，顒議立豫章王熾為太弟，並及一切調停的法度，入白惠帝，當然依議頒詔。詔云：

天禍晉邦，塚嗣莫繼，成都王穎，自在儲貳，政績虧損，四海失望，不可承重，其以王還第！豫章王熾，先帝愛子，令聞日新，四海注意，今以為皇太弟，以隆我晉邦。司空越可進任太傅，與太宰顒夾輔朕躬，司徒王戎，參錄朝政，光祿大夫王衍為尚書左僕射，安南將軍虓，即范陽王。平東將軍楙，即東平王。平北將軍騰，即東嬴公。各守本鎮。高密王略為鎮南將軍，領司隸校尉，權鎮洛陽。東中郎將模，為寧北將軍，都督冀州，鎮於鄴。略模皆司空越弟。鎮南大將軍劉弘，領荊州以鎮南土。其餘百官，皆復舊職。齊王冏前應還第，長沙王乂輕陷重刑，可封其子紹為樂平縣王，以奉其祀。自項戎車屢徵，勞費人力，供御之物，三分減二，戶調田租，三分減一，蠲除苛政，愛人務本，清通之後，當還東京。此詔。

詔書既下，又大赦天下，改元永興。命太宰顒都督中外諸軍事，張方為中領軍，錄尚書事，領京兆太守，一切軍國要政，迺顒為主，方為副。無論如何和解，要想輯睦宗室，慎固封疆，哪裡有這般容易呢？東海王越，先表辭太傅職任，不願入關，高密王略，擬奉詔赴洛，偏被東萊亂民，相聚攻略，連臨淄都不能守，走保聊城。司徒王戎，當張方劫駕時，已潛奔郟縣，避地安身，且年逾七十，怎肯再出冒險？當下稱疾辭官，不

第十八回　作盟主東海起兵　誅惡賊河間失勢

到數月，果然病死。王衍素來狡猾，名為受職，未嘗西行。只北中郎將模，往鎮鄴中，收拾餘燼，募兵保守。越年為永興二年，張方又逼令惠帝，頒詔洛陽，仍飭廢去羊皇后，幽居金墉城。不知彼與后何仇？留臺各官，不得已依詔奉行。會秦州刺史皇甫重，累年被困，遣養子昌馳赴東海，向越乞援。越因東西遙隔，不願出兵，昌徑詣洛陽。詐傳越命，迎還羊后入宮，即用后令，發兵討張方，奉迎大駕。事起倉猝，百官不暇考察，相率依議。俄而察悉詐謀，便即殺昌，傳首關中。顒方主和平行事，不欲久勞兵戎，因請遣御史齎詔宣重，敕令入朝行在。重又不肯奉命。秦州自遭圍以後，內外隔絕，音信不通，即如長沙王遇害，皇甫商被殺等情，亦全未聞知。重問諸御史騶人，謂我弟早欲來援，如何至今未到？騶人答道：「汝弟早為河間王所殺，怎得再生？」重聞言失色，也將騶人殺死。城中守卒，始知外援已斷，群起殺重，函首乞降。顒調馮翊太守張輔為秦州刺史。輔蒞任後，與金城太守遊楷，隴西太守韓稚等有隙，互起戰爭，終至敗死。了結皇甫重，並了結張輔，無非找足前文。這且擱過不提。且說東海王越，既不願入關受職，當然與太宰顒有隙，中尉劉洽，勸越往討張方，為迎駕計。越已補卒蒐乘，整繕戎行，遂從劉洽言，傳檄山東各州郡，謂當糾率義旅，西向討罪，奉迎天子，還復舊都。東平王楙，先舉徐州讓越，自為兗州都督。范陽王虓與幽州都督王浚，亦與越相應，推為盟主，聯兵勤王。越二弟騰模。並任方鎮，均歸乃兄節度。越託名承制，改選各州郡刺史，朝士多赴東海，乘便梯榮。如此亂世，何必定要做官？偏趙魏交界，又出了一個公師藩，獨樹一幟，往攻鄴郡。師藩系成都王穎故將，聞穎被廢，心甚不平，遂自稱將軍，聲言為穎報怨，糾眾至數萬人，無論悍賊黠胡，並皆收用。當時有個羯人石勒，原名㔨义，音佩。先世為匈奴別部小帥，因號為羯。羯亦五胡之一。勒寄居上黨，年方

十四，隨邑人行販洛陽，倚嘯上東門，適為王衍所見，不禁詫異。嗣復顧語左右道：「小小胡雛，便有這般長嘯，將來必有異圖，為天下患，不如早除為是。」乃遣人捕勒，勒已先機逃歸，無從追獲。過了數年，勒強壯絕倫，好騎善射，相士嘗稱他狀貌奇異，不可限量。邑人嗤為妄言。

會并州大飢，刺史東嬴公騰，用建威將軍閻粹計議，掠賣胡人，充作軍費。勒亦為所掠，賣與茌平人師歡為奴。歡令他耕作，身旁嘗有鼓角聲，並耕諸人，屢有所聞，歸告師歡。歡頗以為奇，別加優待，聽令自由。牧師汲桑，與歡家毗鄰，勒得往來過從，互相投契，且糾合壯士，作為朋侶，聞師藩起兵，竟與汲桑挈領牧人，並黨與數百騎，投入師藩部下。桑始令他以石為姓，以勒為名。勒驍勇敢戰，願作前驅，連破陽平汲郡，殺害太守李志張延，轉戰至鄴。鄴中都督司馬模，見上。亟遣將軍趙驤出御，並向鄰郡乞援。廣平太守丁邵，引兵救模。范陽王嫪，亦命兗州刺史苟晞往救。兩路兵到了鄴城，與趙驤合軍禦寇，師藩自然怯退，就是膽豪力大的石勒，也只得隨眾引歸。石勒為晉後患，即十六國中之一寇，故詳敘來歷。

模為越弟，向越告捷。越因鄴中無恙，使發兵西行，授劉洽為司馬，尚書曹馥為軍司，督軍前進。留琅琊王睿屯守下邳，接濟軍需。睿請留東海參軍王導為司馬，越亦許諾。導字茂弘，係前光祿大夫王覽孫，少有風鑑，識量清遠，素與睿相親善，故睿引入帷幄，使參軍謀。導亦傾心推奉，知無不言。後來為中興名相，此處乃是伏筆。越留此二人，放心西向，出次蕭縣，麾下約三萬餘人。范陽王嫪，亦自許昌出屯滎陽，為越聲援。越命嫪領豫州刺史，調原任豫州刺史劉喬，移刺冀州，並使劉蕃為淮北護軍，劉興為潁川太守。嫪亦令興弟琨為司馬，獨劉喬不受越命，發兵拒嫪，且上書行在，歷陳劉興兄弟罪惡，並說他協嫪為逆，應加討伐等

第十八回　作盟主東海起兵　誅惡賊河間失勢

語。究竟劉輿兄弟，是何等人物？小子尚未曾敘及，應該就此說明。看官閱過前文，當知賈謐二十四友中，輿琨亦嘗列入。輿字慶孫，琨字越石，乃父就是劉蕃，系漢朝中山靖王勝後裔。世居中山，兄弟並有才名，京都曾相傳云：「洛中奕奕，慶孫越石。」兩人相繼為尚書郎，只因他黨附賈謐，已受時譏。輿妹又適趙王倫世子荂，倫篡位時，輿為散騎侍郎，琨為從事中郎，父蕃為光祿大夫，一門皆受偽職，益致失名。及倫被誅，齊王冏輔政，器重二人，特從宥免，仍授輿為中書郎，琨為尚書左丞，轉司徒左長史。琨後來頗有奇節，敘及前行，隱為改過者勸。至此由越派遣，不足服喬。喬因歸罪二人，藉以動眾。太宰河間王顒，正慮師藩為亂，越又起兵，中夜徬徨。籌出二策，一面起成都王穎為鎮軍大將軍，都督河北軍事，給兵千人，授盧志為魏郡太守，隨穎鎮鄴，撫慰師藩。一面請惠帝下詔，令東海王越等，各皆還國，不得構兵。其實乃是弄巧成拙，毫無益處。穎為顒所廢，未免怨顒，怎肯再為顒盡力？越既出兵，自然不從詔命，仍使顒無法可施。

　　會接到劉喬書，喜得一助，便令喬討嫚，分越兵勢，且使鎮南大將軍劉弘，征東大將軍劉準等，助喬進攻。又遣張方為大都督，率領建威將軍呂郎，北地太守刁默，集兵十萬，討輿兄弟，同會許昌。還要成都王穎，邀同故將石超，出屯河橋，為喬繼援。范陽王嫚，得知消息，忙向越告急。越即移師靈璧，援嫚拒喬。喬令長子祐率兵御越，自引輕騎進擊許昌。最可怪的是東平王楙，據住兗州，不發一兵，專事括賦，累得州縣奔命。兗州刺史苟晞，前由嫚遣往援鄴，此時引軍還鎮，又為楙所拒。嫚使楙徙鎮青州，楙不願移節，索性變易初志，與嫚為敵，負了越約，竟同劉喬聯盟去了。一班反覆小人，那得不亂。獨鎮南大將軍劉弘，志在息爭，不欲偏袒，特分繕兩書，一書寄喬，一書寄越，無非勸他們釋怨罷兵，同

扶王室。越與喬已勢不兩立,哪裡還肯聽從?弘因無法,乃馳錶行在,申述意見,略云:

范陽王虓,欲代豫州刺史劉喬,喬舉兵逐虓,司空東海王越,以喬不從命,討之。臣以為喬忝受殊恩,顯居州司,自欲立功於時,以殉國難,無他罪闕,而范陽代之,代之為非,然喬亦不得以虓之非,專威輒討,誠應顯戮,以懲不恪。自頃兵戈紛亂,猜禍鋒生,疑隙構於群王,災難延於宗子,今夕為忠,明日為逆,翩其反而,互為戎首,載籍以來,骨肉之禍,未有甚於今日者也,臣竊悲之。今邊陲無預備之儲,中華有杼軸之困,而股肱之臣,不維國體,職競尋常,自相楚剝,為害轉深。萬一四夷乘虛為變,此亦猛獸交鬥,自效於卞莊者矣。臣以為宜速發明詔,令越等兩釋猜疑,各保分局。自今以後,其有不被詔書,擅興兵馬者,天下共伐之。詩云:「誰能執熱,逝不以濯。」若誠濯之,必無灼爛之患,永有泰山之固矣。謹陳鄙悃,伏乞採行!

顒得弘書,意亦少動,但自思山東連兵,方為己患,賴有劉喬為助,如何反加罪名?因此拒絕不納。那劉喬已倍道前進,徑至許昌城下,乘夜登城。虓不及備禦,奪門出奔,渡河北去。司馬劉琨,方往說汝南太守杜育,引兵還救,見許昌已為喬所奪,也與兄輿俱奔河北。唯琨父蕃為喬所執,琨思親念重,戀主情深,由急生智,憑著那三寸妙舌,往說冀州刺史溫羨,勸他讓位與虓。羨卻也慷慨得很,竟將刺史的印信,付琨帶回,掛冠去職。樂得離開險路。虓得入冀州,再遣琨至幽州乞師,幽州都督王浚,見琨詞氣忠憤,涕淚交併,也慨然顧念同袍,特選突騎八百人,隨琨返報。琨又招募冀州健卒,得數千人,鼓行南下,到了河上,見有數營紮住,便即攻入。營中守將,叫做王闡,是由石超遣來,防戍河濱。他在河上逍遙自在,並不防有戰事,哪知琨引兵掩至,一時不及措手,立被琨突

第十八回　作盟主東海起兵　誅惡賊河間失勢

破營寨，欲逃無路，斷命送終。嫚聞琨得勝，也傾巢出來，為琨後應，相繼渡河。

時成都王穎，因洛陽有變，乘隙進都，不在河橋，事見後文。只留石超把守。超見琨兵殺到，倉猝逆戰，兩下裡殺了半日，未分勝負，不防嫚又驅兵繼至，以眾臨寡，頓時支持不住，奔往西南。嫚與琨如何肯舍，策騎窮追，超眾逃命要緊，沿途四散。單剩親卒百餘騎，保超飛奔。偏偏幽州突騎，趕得甚快，與風馳電掣相似，不多時被他追及，便將超圍住，再加琨從後馳到，一聲喊殺，千手並舉，即將超砍死了事。砍得好。琨志在救父，不遑休息，復領健騎五千人，乘夜攻喬。喬正因住琨父，進據考城，夜間闔城安睡。驀被喊聲驚醒，起視城上，已是火炬齊明，外兵猝上，喬料不可敵，慌忙遁去。琨父蓄囚住檻車，無人昇取，幸得留下，琨一入城，當然將蓄釋出，父子重逢，不勝歡忻。越宿，嫚亦趨到，開宴相賀，酒後議及軍情，琨進議道：「劉喬敗去，必往靈壁，與伊子合兵，我軍正宜往迎東海，夾擊劉喬父子。喬如可滅，便好乘勝入關了。」嫚鼓掌稱善。正擬撥兵迎越，忽有探卒入帳，報稱東平王楙，已出屯廩邱，嫚勃然道：「楙乃反覆小人，此來必接應劉喬，我當自去擊他。」琨起身道：「不勞大王親往，琨願當此任。」嫚答道：「卿去甚佳，再令田督護助卿，可好麼？」琨應聲如命。嫚即令督護田徽，與琨同行，步騎兵各數千人，將到廩邱，已接偵騎走報，楙怯戰東歸，仍還兗州去了。貪夫怎禁一戰。

琨乃遣使報嫚，自與田徽徑趨靈壁。一日，行至靈壁附近，又由偵騎報明，劉喬父子，合兵殺敗東海軍，追往譙州。琨即顧語田徽道：「果不出我所料，我等快往救東海王。」說畢，麾兵急進。到了譙州，正值劉喬父子，耀武揚威，驅殺越軍。琨大喝一聲，當先殺去。喬子祐見有來兵，持刀返鬥，琨仗劍相迎，約有數十回合，未見勝敗。田徽揮眾上前，突入

喬軍，那東海王越，聽得後面有戰鬥聲，回頭一顧，見有劉字旗號，料知劉琨等來援，也即返兵來戰。兩路軍夾攻劉喬，喬攔阻不住，正在著忙，祐恐乃父有失，舍了劉琨，回馬保父，忽斜刺裡戳入一槊，適中祐脅，祐負痛伏鞍，兜頭又劈下一劍，削去腦袋，墜死馬下。這一槊是被田徽從旁刺入，一劍是由劉琨順手劈下，兩人結果祐命，越覺精神煥發，同往殺喬。喬哪裡還敢招架，奪路飛跑。部眾或死或潰，單剩得五百騎兵，奔投平氏縣中，才得倖免。不聽弘言，枉送長子性命。

　　劉琨出徽，與越相會，越慰勞備至，遂進屯陽武，直指關中。幽州都督王浚，復遣部將祁弘，率領鮮卑烏桓騎卒，前來助越，願為先驅。於是兵威大盛，浩浩蕩蕩，殺奔長安。張方屯兵霸上，但遣呂郎往據滎陽，自己逗留不進。劉弘以張方殘暴，料顒必敗，因通書與越，願歸節制。劉準也按兵不動，眼見得關中大震，風鶴皆兵。顒聞劉喬敗還，還想成都王穎，由洛拒越，阻他西行。穎既入洛都，當然不受顒命，究竟穎如何入洛，待小子表明原因。當時留洛諸官，尚與關中傳達消息，所有詔旨，多半遵行。忽有玄節將軍周權，詐稱被詔，復立羊后，自稱平西將軍，意圖討顒。洛陽令何喬，探悉詐謀，引兵殺權，又將羊后廢錮，報告行在。顒因羊后忽廢忽立，終為後患，索性遣尚書田淑，持了一道偽敕，賜后自盡。留臺校尉劉暾等，不肯照行，即使田淑奉還表章，力保羊后，大致說是：

　　奉被詔書，伏讀惶悚，臣按古今書籍，亡國破家，毀喪宗祊，皆由犯眾違人之所致也。自陛下遷幸，舊京廓然，眾庶悠悠，罔所依倚。家有跋踵之心，人想鑾輿之聲，思望大德，釋兵歸農，而兵纏不解，處處互起，豈非善者不至，人情猜隔故耶？今宮闕摧頹，百姓喧駭，正宜鎮之以靜，而大使忽至，赫然執藥，當詣金墉，內外震動，謂非聖意。羊庶人門戶殘

破，廢放空宮，門禁峻密，若絕天地，無緣得與奸人構亂。眾無智愚，皆謂不然，刑書猥至，罪不值辜。人心一憤，易致興動。夫殺一人而天下喜悅者，宗廟社稷之福也。今殺一枯窮之人，而令天下傷慘，臣慮凶豎乘間，妄生變故。臣忝司京輦，觀察眾心，實已憂深，宜當含忍。謹密奏聞，願陛下更深與太宰參詳，勿令遠近疑惑，取謗天下，國家幸甚！臣民幸甚！

顒覽表大怒，命呂郎自滎陽帶兵，入洛收暾。暾自恐得禍，已先機遁往青州。成都王穎，適至河橋，趁著這個機會，徑入洛陽，閉城拒郎。郎只好退去，羊后才得免死。不如死得乾淨，省得後來出醜。顒不能逞志，又因越軍逼近，屢次傳詔，促穎擊越，穎終不報。顒急得沒法，沒奈何想出一策，欲與越議和。顒有妻舅繆胤，嘗為太子右衛軍，胤從兄播，又為中庶子，當東海起兵時，兩人擬為穎調停，詣越進言令顒奉帝遷洛，約與越分陝為伯。越素重二人才望，倒也屈志相從，使二人報顒立約。顒亦欲依議，偏張方硬加阻撓，厲聲語顒道：「關中為形勝地，國富兵強。王挾天子以令諸侯，誰敢不從？奈何拱手讓人，甘為人制呢？」顒因此中止。

顒有參軍畢垣，常為方所侮，唧恨不休，屢思設法害方，至越軍相迫，得乘間語顒道：「張方久屯霸上，盤桓不進，必有異謀。聞他帳下督郅輔，屢與密議，何不召入訊明，首先除患？」繆播繆胤，尚留關中，時亦在側，也湊機插入道：「山東起兵，無非為了張方一人，王誠斬方首以謝山東，東軍自然退去了。」顒不禁耳軟，便令人往召郅輔。輔本長安富人，方微時嘗得輔資助，故引為心腹，此次應召入帳，畢垣在帳外候著，即握住輔手，引至密室，附耳與語道：「張方欲反，有人謂君實知謀，所以王特召問，君來見王，將如何對答？」輔愕然道：「我實不聞方有反謀，如何是好？」垣又佯驚道：「休得欺我！」輔指天誓日，自明無欺。垣說

道：「平素知君真誠，故特相告，方謀反是實，君果不聞，倒也罷了，但王今問君，君但當應聲稱是，休得取禍。」輔點首入帳，向顒謁見。顒便啟問道：「張方謀反，卿可知否？」輔答了一個「是」字。顒又說道：「即遣卿取方首級，卿可能行否？」輔又答了一個「是」字。顒乃付一手書，使輔送達張方，順手取方首級。輔連答三個「是」字，退出見桓。桓複道：「君欲取大富貴，便在此舉，莫再誤事。」輔匆匆還入方營，時已黃昏，輔佩刀入帳，帳下守卒，因輔是張方心腹，毫不動疑。方見輔回來，問為何事？輔遞過顒書，方在燈下啟函，正要詳閱，不圖輔拔刀砍方，砉然一聲，方首落地。輔拾起方首，搶步趨出，竟向顒覆命去了。小子有詩詠道：

挾眾橫行已有年，刀光一閃首離肩。
從知天道無私枉，惡報到頭不再延。

顒得方首，進輔為安定太守，並將方首傳送越軍，與越議和。畢竟越肯否允議，待至下回表明。

本回事實，最為繁雜，要之不外乎顒越爭權，張方煽亂，遂致生出許多糾纏。公師藩之起兵，名為助穎，實拒顒越，嫚與模之起兵，助越而拒顒也，劉喬之起兵，助顒而拒越也，東平王楙，忽而助越拒顒，忽而助顒拒越，尤為離奇。劉弘本不助越，亦不助顒，厥後復轉而助越拒顒者，非嫉顒，實嫉張方耳。凶惡如方，人人以為可殺，而顒獨信之，故越之討方，實為正理，與顒相較，固有彼善於此者在耳。及顒殺方求和，為時已晚，況又非出自本心乎？平心論之，顒之惡實不亞於方云。

第十八回　作盟主東海起兵　誅惡賊河間失勢

第十九回
偽都督敗回江左　呆皇帝暴斃宮中

卻說太宰河間王顒，把張方首送與越軍，總道是越肯允和，兵可立解，偏越將方首收下，不允和議，叱還去使，即遣幽州將領祁弘為前鋒，西迎車駕，一面令部將宋冑往徇洛陽，劉琨往取滎陽。琨持方首，徑至滎陽城下，揭示守將呂朗，朗即開城迎降，冑行至中途，又遇鄴中軍將馮嵩，奉遣來助，遂偕往洛都。成都王穎，兵單勢寡，料不能守，便由洛陽出奔，西赴長安。到了華陰，聞顒已與越議和，且前次不受顒命，恐顒挾嫌謀害，不敢西進。顒因越軍未退，復悔殺張方，窮詰郅輔，才察出虛情，把輔斬首。不及二繆，究是妻舅。遂遣弘農太守彭隨與刁默等，統兵拒越，更令他將馬瞻郭偉為後應。隨與默行至關外，正與祁弘相遇，弘麾下多鮮卑兵，縱橫馳突，銳厲無前，一陣衝擊，把隨默所領的部眾，裂作數段。隨不能顧默，默不能顧隨，便即駭散，被弘殺退數里，傷斃多人。弘進至霸水，又遇穎將馬瞻郭偉，一邊是轉戰直前，勢如潮湧，一邊是臨敵先怯，隱兆土崩。戰不多時，馬郭兩將，又逃得不知去向，只晦氣了許多士卒，冤冤枉枉，做了胡馬腳下的墊底泥。造語新穎。敗報連達關中，嚇得顒魂馳魄散，不知所為。俄又有人入報導：「敵軍已經入關，猖獗的了不得，大王須亟自為計。」顒至此也顧不得別人，忙自上馬，揚鞭急走。僥倖逃出城外，旁顧並無隨兵，只有坐騎還算親暱，負他飛奔，自思孤身隻影，不能遠避，還是竄入山谷，免得露眼，遂向太白山中，策騎馳

第十九回　偽都督敗回江左　呆皇帝暴斃宮中

去。軍閥失勢，如此如此。

　　祁弘殺入長安，無人敢當，一任鮮卑兵淫殺擄掠，傷亡至二萬餘人。百官都奔往山間，無處覓食，虧得橡實盈山，大家採拾若干，充作口糧。惠帝尚在行宮，無人保護，只好生死由命。幸司空越隨後踵至，禁住淫掠，入宮謁見，又召集百官，即日東歸，命太弟太保梁柳為鎮西將軍，留成關中，自率各軍奉帝還都，倉猝中不及備輦，便用牛車載著惠帝，及左右宮人，趨還洛陽，何必這般急急。途中還算安穩。及入洛城，由惠帝登御舊殿，朝見官僚，但覺得兩階積穢，四壁生塵，所有一切儀仗，統是七零八落，不由得悲感叢生，唏噓下涕。愚夫亦解此苦楚。越率扈駕諸臣，草草拜謁，便算禮畢，轉謁太廟，也是蠨蛸在戶，廟貌不華，及返至宮中，虛若無人，不過有三五個老宮婢及六七個窮太監，充當服役。惠帝寂寞得很，忙草了一道詔書，使宮監持至金墉城，迎還故后羊氏。羊皇后又驚又喜，略略梳裹，便與來使乘車入宮，桃花無恙，人面重逢，惠帝好生喜歡，自然令她仍主中宮，頒詔內外。看官聽著！這羊皇后也算命薄，一為繼后，便遇著趙王倫的亂禍，後來五廢五復，真是死裡逃生，哪知磨蠍重重，還是未了，請看官續閱下去，便見分曉哩。

　　是年為永興三年六月，復改為光熙元年，詔賞迎駕諸臣，進司空越為太傅，錄尚書事，范陽王嫚為司空，仍令鎮鄴，寧北將軍模為鎮東大將軍，守平昌公封爵，模前時已封平昌公。仍鎮許昌，幽州都督王浚為驃騎大將軍，都督東夷河北諸軍事兼領幽州刺史。此外如皇太弟以下，各仍舊職。唯穎與顒不復提敘，但下了一道赦書罷了。

　　說也奇怪，當惠帝在長安時，江東卻出了一個假皇太弟，居然承制封官，占踞一方。這假皇太弟，究是何人？原來是丹陽人甘卓。卓本為吳王常侍，曾與陳敏等同討石冰，冰被陳敏窮追，為下所殺，事見十五回。卓

亦得敘功受封，列爵都亭侯。嗣由東海王越引為參軍，出補離狐令，因見天下大亂，棄官東歸。行抵歷陽，巧與陳敏相遇，數年闊別，一旦相逢，當然有一番敘談。但敏卻有特別祕謀，急切不便明說。唯與卓格外歡暱，願訂婚姻。卓有一女，正與敏子景年貌相當，敏求卓女為子婦，卓亦便即允從，不消數旬，男婚女嫁，當即成禮。不料敏與卓密議，竟要他假充皇太弟，立幟江東。煞是奇聞。原來敏攻克石冰，自謂無敵，便想占據江左，敏父屢次呵阻，謂此子必滅我門，旋即憂死，敏丁艱去職。及東海起兵，越起敏為右將軍前鋒都督，乃易服從戎。靈璧一戰，敏先敗挫，得劉琨等助攻，方轉敗為勝。見前回。敏遂請東歸，還次歷陽，召集將士，意在圖亂。適遇甘卓回來，想他作一幫手，於是先締婚約，繼與密謀。卓已中敏計，沒奈何將錯便錯，就把皇太弟三字，作為頭銜，拜敏為揚州刺史。敏因遣次弟恢及部將錢端等，南略江州，季弟斌東略諸郡，江州刺史應邈，揚州刺史劉機，丹陽太守王曠，俱聞風遁去。敏得據有江東，遍徵名士，召顧榮為右將軍，賀循為丹陽內史，周玘為安豐太守。顧榮見第四回，賀循周玘見十五回。循佯狂自免。玘亦稱疾，不肯赴郡。榮前為中書侍郎，避亂家居，恐不從敏召，反觸彼怒，乃從容前往，單騎見敏。敏正恨江東名士，多半卻聘，擬盡加捕戮，聞榮肯來應召，怒氣卻消了一半，當即迎入。寒暄已畢，便與榮談及恨事。榮答說道：「中國喪亂，胡夷內侮，司馬氏恐難復振，百姓不得安全，江南半壁，雖被石冰擾亂，人物尚稱無恙，榮正慮無孫劉諸王，保撫人民，今得將軍神武蓋世，帶甲數萬，連下各州，先聲已振，誠使委任君子，推誠相與，不記小忿，不聽讒言。將見名流趨集，大事可圖，上流各州郡，便傳檄可定了。否則刑罰一加，人皆裹足，怎能濟事？」幸有顧榮數語，方得保全江東名士。敏不禁心喜，起座謝教。遂使榮領丹陽內史，事輒與商。又復大會僚佐，囑令大眾

推為楚公,都督江東諸軍事,兼大司馬,加九錫禮。偽言密授中詔,令自己溯江入漢,奉迎車駕。當下率兵出發,鼓棹前行。

　　鎮南將軍劉弘,亟遣江夏太守陶侃,與武陵太守苗亮,出堵夏口,又令南平太守應詹,調集水師,策應陶侃等軍。是時,太宰顒尚在關中,亦命順陽太守張光,帶著步騎五千,至荊州協助劉弘,弘即使他前往復口,與侃合兵,侃與陳敏同郡,又與敏同年舉吏。隨郡內史扈懷,恐侃與敏相結,為荊州患,乃密白劉弘道:「侃居大郡,握強兵,倘有異圖,荊州便無東門了。」以小人腹,度君子心。弘笑答道:「忠勤如侃,必無他慮,儘可放心。」懷乃退去。當有人傳入侃耳,侃即令子洪及兄子臻,往荊為質,自明無貳。弘引為參軍,且給資遣臻歸省,臨行與語道:「賢叔出外禦寇,君祖母年高,應該前去侍奉,匹夫交友,尚不負心,況身為大丈夫呢?」及臻歸去,又加侃為督護,使他安心拒敏。馭將者固當如是。侃自然感激,整軍待敵。適敏弟恢受乃兄偽命,掛了荊州刺史的頭銜,充作前驅,進逼武昌。侃用運船為戰艦,載兵擊恢。或謂運船不便行軍,侃怡然道:「用官船擊官賊,有何不便?但教統兵得人,無可無不可呢。」遂與恢交鋒,連戰皆捷。敏遣錢端繼進,侃邀同張光苗亮二軍,共擊錢端。端又敗卻,荊州兵威,震響江淮。敏只好收兵回去,不敢再窺江漢。

　　劉弘乃遣張光西歸,且表敘諸將戰功,列光為首。南陽太守衛展語弘道:「張光係太宰腹心,公既與東海連盟,何不把光斬首,自明向背?」弘搖首道:「宰輔得失,與光無涉,危人自安,豈是君子所為?」說著,竟遣光西去。及光入關,東海軍亦至長安,弘遣參軍劉盤為督護,往會越兵。越奉駕東歸,加弘車騎將軍,餘官如故。弘積勞成疾,年亦邁衰,方擬申請辭職,草表未上,病勢遽劇,竟在任所告終。弘專督江漢,威行南服,事成嘗歸功他人,事敗輒歸咎自己,遇有興廢,致書守相,必叮嚀款

密，所以人皆感悅，無不效命。僚屬私相語道：「得劉公一紙書，遠勝十部從事。」弘歿後統皆下淚。就是荊州士女，亦相率悲慟，若喪所親，這可見劉公的惠澤及民了。朝議諡弘為元，追贈新城郡公。亂世有弘，可稱一鶚。獨弘司馬郭勱，因弘已病歿，欲奉成都王穎入襄陽，奉為鎮帥。弘子璠追述弘志，墨絰從戎，率府兵斬勱首，襄沔復安。太傅越手書致璠，甚加讚美，一面調高密王略代鎮荊州。璠俟略涖任，奔喪還裡。略行政未能如弘，寇盜又盛，有詔起璠為順陽內史，使為略助。璠再出受職，江漢間翕然畏服，仍然安堵，父子濟美，作述重光，卻是晉史上的美談。

　　還有南方的寧州，得了李氏兄妹二人，易危為安，也是出類拔萃的人材。寧州頻年飢疫，邊疆有一種五苓夷，逐漸強橫，乘飢大掠，甚至圍逼州城，刺史李毅，正患重病，又聞夷人進攻，急上加急，遽致氣絕，州民大恐。忽有一位年甫及笄的女英雄，滿身縞素，趨至府舍，號召兵民，涕泣宣誓，無非說是「父歿身存，當與全城共同生死，力拒夷虜」等語。大眾瞧著，乃是刺史的愛女，芳名是一秀字，鄭重出名，極寫李女。不由的肅然起敬，齊聲應命。李秀復說道：「我是一女子身，恐難制虜，還仗諸位舉一主帥，專司軍政，方保萬全。」大眾見她氣概不凡，聲容並壯，料知不是個弱女子，竟同心一德，願推李秀權領州事。秀又朗聲道：「諸位推我暫為州主，試想全城責任，何等重大？敢問大眾肯聽我號令麼？」眾又齊聲道：「願聽指揮！」秀乃部署兵士，分隊守城，並手定賞罰數條，揭示城門。條文皆井井不亂，令人畏服。夷人圍攻兼旬，晝夜不休。秀身穿銀鎧，足踏蠻靴，左持寶劍，右執令旗，鎮日裡登城巡閱，未嘗少輟；每伺夷人懈弛，即出兵掩擊，屢有斬獲。夷人卻也中餒，只一時不肯解圍。既而城中糧盡，無米可炊，不得已燻鼠拔草，聊充口食。秀堅忍如故，士卒亦皆感奮，誓死不貳。可巧毅子釗自洛中馳至，手下卻帶有數百兵馬，

第十九回　偽都督敗回江左　呆皇帝暴斃宮中

來救州城，秀亦從城中殺出，內外合攻，竟把夷虜殺退，得將州城保全。原來釗在洛陽就官，未曾隨侍，此次毅得病身亡，當然由李秀報喪，並將夷人猖獗情形，一併告達，所以釗招募勇士，星夜南行，得與秀併力退敵。兄妹相見，如同隔世，秀即將州事讓與乃兄，眾亦願奉釗為主。釗暫允維持，一面遣使入都，乞簡刺史。晉廷選王遜為南夷校尉，兼刺寧州。遜既蒞任，撫輯饑民，擊平叛夷，那李釗兄妹，卻早已扶櫬回籍，居家守制去了。《晉書》不載此事，《列女傳》亦不列李秀，唯《通鑑》於光熙元年三月，略敘其事，特表出之，以志女豪。

且說成都王穎，自洛陽奔至華陰，逗留數日，聞關中已破，車駕還洛，乃復折回南行，竟至新野。荊州司馬郭勱，與穎勾通，為劉璠所殺，見上。穎知棲身無所，復渡河北向，欲走依公師藩。偏被頓邱太守馮嵩，要截途中，執穎送鄴。范陽王虓，遂把穎拘禁起來，公師藩自白馬渡河，前來寇鄴。虓飛檄兗州刺史苟晞，統兵迎擊，一戰敗師藩，再戰斬師藩，獨汲桑石勒等遁去，為後文伏線。晞仍還原鎮，虓旋病死鄴中。長史劉輿，恐鄴人釋穎圖亂，因令人假充朝使，逼穎自盡，然後為虓發喪，上報朝廷。穎二子皆被殺死。舊有僚屬，統已散盡，唯盧志自洛隨奔，始終不離，並收殮穎屍，購棺暫厝。貴為皇太弟乃如此收場，爭權利者其鑑諸！太傅越得知底細，嘉志信義，特召為軍諮祭酒。又因劉輿防變未然，亦有殊勞，並徵令入洛。越左右卻先入白道：「輿猶膩物，近即害人。」越即記入胸中，待輿到來，即淡漠相遇，不甚加禮。輿密視天下兵簿及倉庫牛馬器械等，一一詳記，至會議時，他人不能猝答，輿獨應對如流。越不禁傾倒，嘆為奇才，立命為左長史，寵任無比，並與商及鎮鄴事宜。輿請調東嬴公騰鎮鄴中，所有并州刺史遺缺，薦了一個胞弟劉琨，謂可委鎮北方。薦人之弟，亦薦己之弟，可謂兩面顧到。越無不依議，便表琨為并州刺

史，且進東嬴公騰為東燕王，領車騎將軍，移督鄴城諸軍事。雙方交代，事見後文。

　　唯河間王顒，逃入太白山中，匿居多日，不敢出頭。會故將馬瞻等，收集散卒，混入長安，殺斃關中留守梁柳，更偪始平太守梁邁，至太白山迎顒入城。偏弘農太守裴廙，秦國內史賈龕，安定太守賈疋等，疋即古文雅字。復起兵擊顒。馬瞻梁邁，為顒效力，立即率兵三千，前往攔阻。終因寡不敵眾，一同戰死。顒惶急無措，還幸有平北將軍牽秀，鎮守馮翊，特來援顒，得將三鎮兵擊退。太傅越聞顒又入關，忙遣督護麋晃，引兵西討，途次接得三軍敗耗，憚不敢進。怎料到顒復內變，長史楊騰，欲叛顒歸越，詐傳顒命，至秀軍前，飭秀罷兵。秀出營相迎，兜頭遇著一刀，竟爾斃命。這一刀不必細猜，便可知是楊騰下手了。秀本為穎將，隨穎入關，乃為顒用，前時曾枉殺陸機，此次也遭人枉殺，天道好還，畢竟不爽。應十五回。騰既斬牽秀，又誆秀軍，但說是奉令而行。兵士以秀無辜遭誅，益不服顒，相率散去。騰持秀首送入晃營，晃正擬進關，適都中傳出急詔，乃是惠帝暴崩，太弟登基，循例大赦，眼見得是不必討罪，樂得守候中途，靜俟後命。

　　看官道惠帝何故暴亡？相傳為被太傅越鴆死，惠帝並無疾病，一夕在顯陽殿中，食餅數枚，才逾片刻，腹中忽然攪痛，不可名狀，但臥倒床上，輾轉呼號，當由內侍飛召御醫。至御醫入宮，見惠帝眼白口開，已不省人事，診視六脈，已如散絲，便接連搖首道：「罷了！罷了！不可救藥了！」宮人問他是何病症，他尚未敢說明，及窮詰底細，方輕輕說出「中毒」二字，一溜煙似的出宮去了。究竟毒為何人所置，也無從查考，不過太傅越身秉國政，眼睜睜的視主暴崩，一些兒不加追究，便遣侍中華混等，急召太弟熾嗣位，顯見得無私有弊呢。尚有一層可疑的情由，皇后羊

氏，恐太弟得立，自己只做了一個皇嫂，不得為太后，已密召清河王覃，入尚書閣，有推立意。偏太弟熾同時進來，又由太傅越從旁擁護，一時情見勢絀，沒奈何閉口無言，任熾即位。照此看來，內外早生暗鬥，後欲立覃，越欲立熾，呆皇帝做了磨心，平白地被人毒死，十有其九，是越進毒，羊后恐無此膽量呢。若使羊后進毒，應該先召清河王入宮了。統計惠帝在位十六年，改元七次，享年四十八歲。

太弟熾係武帝幼子，入承兄祚，大赦天下，是謂懷帝。尊諡先帝為孝惠皇帝，即號羊后為惠皇后，移居弘訓宮，追尊所生太妃王氏為皇太后，立妃梁氏為皇后，命太傅越輔政。越請出詔書，徵河間王顒為司徒。明明有詐。顒但困守長安一城，長安以外，統是附越，自知不能孤立，不如應詔赴洛，還可自解。這叫做拚死吃河豚。當下挈眷登車，出關東行，路過新安，忽來了一班赳赳武夫，手持利刃，攔住去路，且大聲喝道：「快留下頭顱，放你過去！」頭顱留下，怎能過去，這是作者調侃語，並非不通。顒出一大驚，但至此已逃無可逃，不得不硬著頭皮，顫聲問道：「你等從何處差來，敢阻我車？」那來人反唇相詰，顒答道：「我是河間王，現奉詔入洛，受職司徒，你等是大晉臣民，應該拜謁，怎得無禮？」來人一齊譁笑道：「你死在眼前，還要稱王說帝，豈不可笑？」說至此，便有數人躍登車上，把顒撳倒，扼住顒喉。顒有三子，都上前相救，怎禁得這班悍黨，拳打足踢，把三子陸續擊死。顒被扼多時，氣不能達，兩手一抖，雙足一伸，嗚呼哀哉！小子有詩嘆道：

　　豆釜相煎何太急？瓜臺屢摘自然稀。
　　試看骨肉摧殘盡，典午從茲慨式微。

　　究竟是何人殺顒，且至下回再表。

帝室相殘，內訌四起，即如江東陳敏，不度德，不量力，妄思占踞半壁，稱雄南方，意者其亦張昌邱沈之流亞歟？父怒滅門，竟致憂死，不忠不孝，安能有成？觀其劫持甘卓，使充太弟，指鹿為馬，掩耳盜鈴，尤覺可笑。及溯江西上，有劉弘以坐鎮之，有陶侃以出禦之，兩戰皆敗，奔還揚州，非不幸也，宜也。弘父子以保境成名，尚有李氏兄妹，亦力捍寧州，亂世未嘗無人，在朝廷之用與不用耳。但李秀一女子身，竟能誓眾御夷，食盡不變，七尺鬚眉，能無愧死，此本回之所以大書特書也。至若穎顒之死，皆由自取，而惠帝遇毒，戚亦自詒，以天下之大愚，致天下之大亂，其得在位十餘年者，猶幸事耳，與東海何尤哉？然東海之敢行鴆主，罪固不可逭矣。

第十九回　偽都督敗回江左　呆皇帝暴斃宮中

第二十回
戰陽平苟晞破賊壘　佐琅琊王導集名流

　　卻說新安殺顒的武夫，似盜非盜，實是由許昌將軍梁臣，領著健卒數百名，扮做強盜模樣，截路殺顒。許昌鎮帥，是太傅越弟模，梁臣為許昌將，當然為模所遣。模殺顒後，就加封南陽王，可知主動力出越一人，自無疑義。前冀州刺史溫羨，已起為中書監，得進官司徒，尚書僕射王衍，升授司空。羨與衍均見十八回。待惠帝安葬太陽陵，已是臘殘春至，元日由懷帝御殿受朝，改元永嘉，頒詔大赦，除三族刑。族誅本是虐政，但懷帝詔令革除，亦特別施仁，乃是太傅越所陳請，就中也有一段原因。自從清河王覃，不得入嗣，仍然退居外邸，覃舅吏部郎周穆與妹夫御史中丞諸葛玫，尚欲立覃，共向越進言道：「今上得為太弟，全出張方私意，不洽眾情。清河王本為太子，無端見廢，先帝暴崩，多疑太弟，公何不效伊霍盛事，安寧社稷呢？」語尚未終，越不禁瞋目道：「大位已定，汝等尚敢亂言？罪當斬首！」兩人嚇得魂不附體，還想哀詞辯訴，偏越毫不容情，即命左右驅出兩人，賞他兩刀。穆與玫貿然進言，真是該死，但越未嘗拷問，便即處斬，隱情亦可知了。穆為越姑子，本應援大逆不道的故例，罪及三族，越總演算法外行仁，表稱玫穆世家，身外不應連坐，且因此請除三族舊刑。於是懷帝得下此詔，名為仁政，仍然由太傅越暗中營私呢。

　　越又請追復廢太后楊氏尊號，依禮改葬，諡為武悼。懷帝年二十四，尚無子嗣，越因清河王未絕眾望，不能無慮，乃倡議建立儲君，即以清河

第二十回　戰陽平苟晞破賊壘　佐琅琊王導集名流

王弟詮為太子。詮曾受封豫章王，尚在髫齡，越主張立詮，也是一番調停的苦心。懷帝踐阼未久，不得不勉從越議，但因立儲一事，免不得心下怏怏，乃援武帝舊制，聽政東堂，每日朝見百官，輒留意庶政，勤詣不倦。黃門侍郎傅宣，嘆為復見武帝盛事。怎曉得懷帝隱衷，是欲親攬萬機，免得軍國大權，常落越手，越亦暗中窺透，自願就藩。一再奉表，得邀俞允，許以原官出鎮許昌，即調南陽王模為徵西大將軍，都督秦雍梁益四州軍事，鎮守長安。改封東燕王騰為新蔡王，都督司冀二州軍事，乃居鄴中。騰前鎮并州，屢遇饑年，又嘗為漢劉淵部眾所掠，自劉琨出刺并州，移騰鎮鄴。騰喜出望外，不待琨至，便即東下。吏民萬餘人，統隨騰就食冀州，號為乞活，所遺人口，不滿二萬家，寇賊縱橫，道路梗塞。騰移鎮鄴中，琨出刺并州，均見前回。琨至上黨，探得前途多阻，乃募兵得五百人，且鬥且前，得至晉陽。晉陽境內，也是蕭條不堪，經琨撫循勞徠，流民漸集，才得粗安。騰至鄴城，總道是出險入夷，可以無恐，那知汲桑石勒，復來相擾，好好一條性命，被兩寇催索了去。人有旦夕禍福。

桑自公師藩敗沒，仍逃入牧馬苑中，勒亦相隨未散，回應前回。兩人仍糾集亡命，劫掠郡縣，桑自稱大將軍，署勒為討虜將軍，又聲言為成都王報仇，轉戰至鄴。騰倉猝聞警，亟調頓邱太守馮嵩，移守魏郡，堵禦寇盜。嵩出兵迎擊，禁不住寇勢凶橫，竟至敗績。石勒為桑前鋒，長驅至鄴，騰素來慳吝，更因鄴中府庫空虛，格外鄙嗇，待遇軍士，務從剋扣，部下皆有怨言。至石勒兵至城下，不得已犒賜將士，促令守城。但每人不過給米數升，帛數尺，將士未愜所望，當然不願盡力，一鬨而散。死不放鬆，亦何愚蠢。騰支撐不住，輕騎出奔。桑將李豐，窺悉騰蹤，從後追躡，約至數十里外，與騰相及。騰無可逃生，只得拔出佩刀，撥馬交戰，才經數合，被李豐刺中要害，跌落馬下。從吏或死或逃，一個不留。豐斬

了騰首,返報汲桑。桑與石勒已入鄴城,放火殺人,無惡不作。鄴宮室盡被毀去,煙焰蔽霄,旬日不滅。復發出成都王穎棺木,載諸車上,呼嘯而去。再從南津渡河,將擊兗州。太傅越得知消息,飛調兗州刺史苟晞,及將軍王贊等,往討桑勒。兩下裡相遇陽平,卻是旗鼓相當,大小三十餘戰,互有殺傷,歷久未決。太傅越乃出屯官渡,為晞聲援,晞頗善用兵,見桑與勒銳氣未衰,連戰不下,索性不與交鋒,固壘自守,以逸待勞。流寇最怕此策,既不得進,又不得退,坐至糧盡卒疲,各有散志。晞連日坐守,任令挑戰,不發一兵,及見寇壘懈弛,始督軍殺出,連破桑營,毀去八壘,斃賊萬餘。桑與勒收拾餘眾,渡河北走,又被冀州刺史丁紹,邀擊赤橋,殺死無數。桑奔還馬牧,勒逃往樂平。桑與勒從此分途。太傅越連接捷報,方還屯許昌,加丁紹為寧北將軍,監督冀州軍事,仍檄苟晞還鎮兗州,加官撫軍將軍,都督青兗軍事。王贊亦從優加賞,不消細述。唯東平王楙,前經劉琨田徽等出兵,怯走還鎮,不敢與苟晞相抗,又經越調還洛陽,在京就第,懷帝即位,改封為竟陵王,拜光祿大夫,也不過循例議敘,不假事機,所以晞久鎮兗州,訓練士卒,累戰不疲,威名稱盛。敘入東平王,找足十八迴文字。汲桑逃回牧苑後,乞活人田甄田蘭等,聚眾同仇,為騰報怨,入攻馬牧。桑不能拒,竄往樂陵,被甄蘭等追上殺死,且將成都王穎遺棺,投入眢井中。枯骨尚遭此劫,生前何可不仁?嗣經穎舊日僚佐,再為收瘞及東萊王蕤子遵,奉懷帝詔,繼承穎祀,乃得遷葬洛陽。東萊王蕤,系齊王攸子。

　　獨石勒自樂平還鄉,正值胡部大張㔨督等,入據上黨,胡人呼部長為部大,姓張名㔨督。遂趨往求見。㔨督本無智略,徒靠著一身蠻力,做了頭目,勒能言善辯,見了㔨督,說出一番絕大的議論,頓使㔨督心服,唯命是從。原來勒欲往投劉淵,因恐孑身奔往,轉為所輕,乃特向㔨督遊

第二十回　戰陽平苟晞破賊壘　佐琅琊王導集名流

說，勸令歸漢。見面時先恭維數語，引起乂督歡心，旋即迎機引入道：「劉單于舉兵擊晉，所向無敵，獨部大拒絕不從，如果得長久獨立，原是最佳，但究竟有此能力否？」乂督沈吟道：「這卻不能。」勒又道：「部大自思，不能獨立，何不早附劉單于？倘遲延不決，部下或受單于賞募，叛了部大，自往趨附，反恐不妙。」乂督瞿然道：「當如君言。」說著，即令部眾守候上黨，自與勒謁劉淵。淵正招致梟桀，當然延納，授勒為輔漢軍，封平晉王，命乂督為親漢王，使勒至上黨召入胡人，即歸勒統帶，作為親軍。烏桓長伏利度，有眾二千，出沒樂平。淵嘗遣人招徠，屢為所拒。勒卻為淵設策，佯與淵忤，出奔伏利度。伏利度大喜，與勒結為弟兄，使勒率眾回掠，勇敢絕倫，眾皆畏服。勒復買動眾心，益得眾歡，遂返報伏利度。伏利度出帳迎勒，被勒握住兩手，呼令部眾將他縛住，且遍語眾人道：「今欲起大事，我與伏利度，何人配做主帥？」大眾願推勒為主。勒即笑顧伏利度道：「眾願奉我，我尚不能自立，只好往從劉大單于，試問兄究有何恃，能反抗劉單于呢？」伏利度已被勒縛住，且思自己果不及勒，乃願從勒教。勒遂親為釋縛，併為道歉，使伏利度死心塌地，始從勒歸漢。勒弄伏利度如小兒，確是有些智術。劉淵大喜，復加勒都督山東征討諸軍事，並將伏利度舊有部眾，統付勒節制調遣。勒遂得如虎生翼，不可複製了。

　　話分兩頭，且說偽楚公陳敏，占據江左，已歷年餘，刑政無章，民不堪命，又縱令子弟行凶，不加督責。顧榮等引以為憂，常欲圖敏。適廬江內史華譚，遺榮等密書，且諷且嘲，略云：

　　陳敏盜據吳會，命危朝露，諸君或剖符名郡，或列為近臣，而更辱身奸人之朝，降節叛逆之黨，不亦羞乎？吳武烈孫堅。父子，皆以英傑之才，繼承大業，今以陳敏凶狡，七弟頑穴，欲躡桓王孫策。之高蹤，蹈大

皇之絕軌，遠度諸賢，猶當未許也。皇輿東返，俊彥盈朝，將舉六師以清建業，即金陵。諸賢何顏復見中州之士耶？幸諸賢圖之！榮得書，且愧且奮，因即密遣使人，往約征東大將軍劉準，使發兵臨江，自為內應，剪髮明信。準乃遣揚州刺史劉機，出向歷陽，領兵討敏。敏亟召榮入議，榮答道：「公弟廣武將軍昶，歷陽太守宏，均有智力，若使昶出屯烏江，宏出屯牛渚，據守要害，雖有強敵十萬，也不敢入窺了。」敏即依榮議，分兵與二弟昶宏，令他去迄。尚有弟處在敏側，待榮退出，便密語敏道：「弟恐榮不懷好意，欲遣開我等兄弟，使彼得居中行事，一或生變，患且不測，不如先殺榮等為是。」敏瞋目道：「榮係江東名士，相從年餘，並未聞有異志，今遣我二弟，正恐別人未必可恃，故有此議，汝奈何叫我殺榮？榮一冤死，士皆離心，我兄弟尚得生活麼？」殺榮原未必能生，不殺榮，愈覺速死。昶司馬錢廣與周玘同為安豐人民，玘因遞與密緘，勸令殺昶，協圖反正。廣復稱如命，待昶至中途安營，熟睡帳中，即持刀突入，把昶刺死，即將昶首持示大眾，謂已受密詔誅逆，如敢抗旨，夷及三族。眾唯唯從命，遂由廣勒兵回來，駐紮朱雀橋南，傳檄討敏。

敏聞廣殺昶為變，驚惶得很，便遣甘卓拒廣，所有堅甲精兵，盡付卓帶去。顧榮恐敏動疑，忙馳入白敏道：「廣為大逆，義當速討，但恐城內或有廣黨，意外構變，所以榮特來衛公。」敏愕然道：「卿當四出鎮衛，怎得就我？」榮乃辭出，竟往說甘卓道：「江東事如果有成，我等理應努力，但看今日情勢，可得望成功否？敏本庸才，政令反覆，計畫不一，子弟又各極驕矜，不敗何待？我等尚安然受他偽命，與彼同盡？使江西諸軍，函首送洛，指為逆賊顧榮甘卓首級，這豈非萬世奇辱麼？請君三思後行！」卓躊躇道：「我本意原不願出此，只因女為敏媳，墮入詭計，勉強相從，今若背敏，未始不是正理，只我女不免慘死了。」榮慨然道：「以一女害三族，智士不為，且今日何嘗不可救女呢？」卓造膝問計，榮與附耳數言，

第二十回　戰陽平苟晞破賊壘　佐琅琊王導集名流

卓乃轉憂為喜，俟榮退去，即出至朱雀橋，與廣對壘，詰旦偽稱有疾，高臥不起，亟遣使報敏，令女出視。敏尚不知有詐，竟遣卓女往省。卓得見愛女，麾兵渡橋，將橋拆斷，與廣合兵，並把北岸船隻，一古腦兒撐至南岸。於是顧榮周圯及丹陽太守紀瞻等，統與甘卓錢廣，聯合一氣，同聲討敏。敏聞報大懼，沒奈何召集親兵，得萬五千人，出城禦卓。兩軍隔水列陣，卓遙語敏軍道：「本欲與汝等同事陳公，奈顧丹陽周安豐等名士，已皆變志，我亦不能支持，汝等亦宜早思變計。」敏眾聞言，尚是狐疑未決，俄見顧榮躍馬而出，攬轡遙語道：「陳敏為逆，上幹天怒，今新主當朝，派兵來討，早晚將至，我等亦受密詔討逆，汝等何嘗不去，難道自甘滅族麼？」說著，將手中所執的白羽扇，向敵一麾，敵眾讙散，只剩下陳處一人，餘皆潰去。一扇賢於十萬軍。敏亦只好回頭北走，處隨後同奔。顧榮復把白羽扇向後一招，部眾即下舟渡江，登岸追敏。行不數里，便將敏兄弟擒住，解回建業。榮與甘卓等人，已盡入建業城，當即將敏兄弟處斬。敏長嘆道：「諸人誤我，致有今日！」還要怨人。又顧弟處道：「我負卿，卿不負我。」就使聽了弟言，亦未必不致死。霎時間雙首盡落，昆季歸陰，所有敏弟及子，一併捕誅。只卓女不免守孀。

　　是時，征東大將軍劉準，已經調任，繼任為平東將軍周馥。建業諸軍，函著敏首，送交馥處，馥又傳敏首至京師。有詔敘討逆功，徵顧榮為侍中，紀瞻為尚書郎太傅，太傅越闢周圯為參軍。榮等奉命北行，到了徐州，聞北方未靖，仍復折回，朝廷特派琅琊王睿為安東將軍，都督揚州諸軍事，使鎮建業。睿由下邳啟行，仍用王導為司馬，同至江東，每事必嚮導諮謀，非常親信。導勸睿優禮名賢，收攬豪俊，睿當然依從。但睿尚無重望，為吳人所輕，所以睿雖加意旁求，總覺乏人應命。導為睿設策，從睿臨江觀禊，睿但乘肩輿，導與掾屬，皆跨著駿馬，安轡徐行。吳中人

士，望見儀從雍容，始知睿真心愛士，相率稱揚。可巧顧榮紀瞻等，亦在江乘修禊，得睹豐采，也覺傾心，不由的望塵下拜。睿下輿答禮，毫無驕容，益令榮等悅服。及睿已回城，導因語睿道：「吳中物望，莫如顧榮賀循，宜首先汲引，維繫人心，二人肯來，外此無慮不至了。」睿乃使導往聘循榮。循榮各歡喜應命，隨導見睿。睿起座相迎，殷勤款接，立授循為吳國內史，榮為軍司，兼散騎常侍，所有軍府政事，無不與謀。榮與循轉相薦引，名流踵至。紀瞻入為軍祭酒，周玘進為倉曹屬，外如濟陰人卞壺，為從事中郎，琅琊人劉超為舍人，吳人張闓及魯人孔衍，併為參軍，端的是英才濟濟，會聚一堂。吳中幕府，於斯為盛。為政在人，觀此益信。睿頗好酒，或致廢事。導婉言進規，睿即引觴覆地，不復再飲。導又嘗語睿道：「謙以接士，儉以足用，清靜為政，撫綏新舊，這便是創成大業的根本呢。」睿一一依議，見諸施行。果然吳會風靡，一體歸誠。相傳睿初生時，神光滿室，戶牖盡明，及年漸長成，日角上忽生長毫，皚白有光，隆準龍顏，目有精采，顧盼燁然。十五歲嗣父覲遺封，得為琅琊王，侍中嵇紹，見睿狀貌，便語人道：「琅琊王毛骨非常，前途難量，當不至終身為臣，就是天子儀表，亦不過如是罷了。」既而太妃夏侯氏，病歿琅琊，睿表請奔喪，葬畢還鎮，加封鎮東大將軍，開府儀同三司。

　　唯尚有一條異聞，載諸稗史，流傳今古，當非盡誣。睿名為覲子，實為小吏牛金所生。覲妃夏侯氏，貌賽王嬙，性同夏姬，因小吏牛金入值，見是美貌少年，就與他眉挑目逗，竟成苟合，未幾即身懷六甲，產下一男，覲頗有所疑，因愛妃貌美，生子又有異徵，遂含忍不發，認為己子。從前司馬懿執政時候，聞玄石圖記中，有牛繼馬後的讖文，嘗隱忌牛氏，把將校牛金鴆死。哪知後來復出一牛金與他孫婦勾引成奸，居然生下一睿，為司馬氏後繼，保住江東半壁，即位稱帝，號為中興，這大約是天數

第二十回　戰陽平苟晞破賊壘　佐琅琊王導集名流

已定，人事難逃，憑你司馬懿足智多謀，也不能顧及子孫，防閒終古呢。我說還是司馬氏幸運，別人替他生子，多傳了百餘年。小子有詩詠道：

中冓遺聞不可詳，但留一脈保殘疆。
若非當日牛金力，懷愍沉淪晉已亡。

江東得睿鎮守，差幸少安，唯江東以外，亂勢方熾，不可收拾，欲知詳情，試看下回接敘。

東嬴公騰，借兄之力，晉受王封，且調鎮鄴中，得避胡寇，可謂躊躇滿志，不意有汲桑石勒之乘其後，攻鄴而追戕之。塞翁得馬，安知非禍？騰亦猶是耳。苟晞用深溝固壘之謀，卒敗桑勒，桑竄死而勒北走，奔降劉淵，天不祚晉，欲留一癰以為晉患，此勒之所以終得逃生也。彼陳敏之盜據江東，智不若勒，乃欲收攬名士，而卒為名士所傾，夫豈名士之無良？正以見名士之有識耳。況琅琊王睿，移鎮建業，得王導之忠告，招名士而禮用之。卒以成中興之業，名士之有益於國，豈淺鮮哉？本回於琅琊王事，特別從詳，正為後來中興寫照，不用賢則亡，削何可得，子輿氏固不我欺也。

第二十一回
北宮純力破群盜　太傅越擅殺諸臣

　　卻說江南既平，河北一帶，尚是未靖，太傅越雖出鎮許昌，朝政一切，仍然由他主持，懷帝統未得專行。越以鄴中空虛，特請簡尚書右僕射和鬱為征北將軍，往守鄴城，且令王衍為司徒，懷帝自然準議。衍因往說越道：「朝廷危亂，當賴方伯，須得文武兼全的人材，方可任用。」越問何人可使？衍卻援舉不避親的古例，即將二弟面薦，一是親弟王澄，一是族弟王敦。越便允諾，奏請授澄為荊州刺史，敦為青州刺史。有詔令二人任職，二人當然不辭。衍喜語二弟道：「荊州內江外漢，形勢雄固，青州面負東海，亦踞險要，二弟在外，我在都中，正好算作三窟了。」老天不由你料奈何？看官記著！荊州自高密王略出鎮，虧得劉璠出為內史，才得安堵，見十九回。略未幾即死，後任為山濤子山簡，因璠得眾心，未免加忌，特奏請遷調。不及乃父遠識。晉廷徙璠為越騎校尉，荊湘遂從此多事。澄雖有虛名，無非是王夷甫一流人物，衍字夷甫。徒尚空談，不務實踐，要他去鎮守荊州，眼見是不能勝任呢。王敦眉目疏朗，神情灑脫，少時即號稱奇童，得尚武帝女襄城公主，拜駙馬都尉，兼太子舍人，聲名尤盛。但素性殘忍，不惜人死，從弟王導，曾說他不能令終，太子洗馬潘滔，亦嘗譏他豺聲未振，蜂目已露，人不噬彼，彼將噬人。如此剛暴不仁，衍卻替他薦引，恃作護符，這也是知人不明，徒增妄想罷了。為澄敦二人後來伏案。

第二十一回　北宮純力破群盜　太傅越擅殺諸臣

　　敦甫經蒞鎮，即由太傅越徵令還朝，授中書監，敦不免失望，但也只好奉召入都。青州刺史一缺，由兗州刺史苟晞調任，晞屢破巨寇，為越所重，常引晞升堂，結為異姓兄弟。此時潘滔為越長史，屏人語越道：「兗州為東方衝要，魏武嘗藉此創業，現由苟晞居守有年，若晞有大志，便非純臣，今不若移鎮青州，厚加名號，晞必欣然徙去，公乃自牧兗州，經緯諸夏，藩衛本朝，這才叫做防患未然哩。」越頗以為然，自為丞相，領兗州牧，都督兗豫司冀幽並諸州軍事，加苟晞為征東大將軍，都督青州諸軍事，領青州刺史，封東平郡公。晞雖奉調東去，卻已是猜透越意，暗暗生嫌。他本來嚴刑好殺，不肯少寬，在兗州時，迎養從母，頗加敬禮。從母為子求將，晞搖首道：「王法無親，若一犯法，我不能顧及從弟了，不如不做為妙。」從母固請如初，晞乃說道：「不要後悔。」因令為督護。後來果然犯法，晞即令處斬。從母叩頭籲請，乞貸一死，晞終不從。及斬訖返報，乃素服臨哀，且哭且語道：「斬卿是兗州刺史，哭弟是苟道將。」晞字道將。部下見他情法兼盡，很是懾服。實是一種權詐手段。至移鎮青州，復思以嚴刑示威，日加殺戮，血流成川，州人號為屠伯。

　　晞弟名純，亦頗知兵，由晞遣討盜目王彌，得獲勝仗。彌為惤音堅，縣名。令劉伯根長史，伯根嘗糾眾作亂，為幽州都督王浚討平，獨彌亡命為盜，再集伯根遺眾，出沒青徐。陽平人劉靈，少時貧賤，力大無窮，能手挽奔牛，足及快馬，嘗恨無人舉引；又見晉室凌衰，不由的撫膺太息道：「老天！老天！我一貧至此，莫非令我造反不成？」及聞王彌為亂，也招致盜賊，揭竿起事，乃自稱大將軍，寇掠趙魏。已而彌為苟晞所敗，靈為別將王贊所敗，兩人俱奉書降漢，斂跡不出。忽頓邱太守魏植，為流民所迫，有眾五六萬，大掠兗州。太傅越急檄苟晞進援，晞出屯無鹽，留弟純居守青州。純嗜殺行威，比晞還要利害，州民生謠道：「一苟不如一苟，

小苟毒過大苟。」如此凶殘，安望有後。未幾晞得誅植，乃仍還青州。偏王彌又復蠢動，黨羽集至數萬人，分掠青徐兗豫四州，所過殘戮，郡邑為墟。苟晞再奉詔出征，連戰未克，太傅亦下令戒嚴，移鎮鄄城。

會聞前北軍中侯呂雍與度支校尉陳顏等，謀立清河王覃為太子，便由越一道矯詔，遣將收覃，幽錮金墉城。過了旬月，索性命人齎鴆，把覃逼死。擁立者，也屬無謂；加害者，抑何太毒？但越只能制內，不能制外，那王彌竟從間道突入許昌，且自許昌進逼洛陽，越亟遣司馬王斌，率甲士五千人入衛京師。還有涼州刺史張軌，亦遣督護北宮純等，領兵入援。軌系漢張耳十七世孫，家住安定，才華明敏，姿儀秀雅，與同郡皇甫謐友善，隱居宜陽女兒山。泰始初年叔父錫入京為官，軌亦隨侍，得授五品祿秩，嗣復進官太子舍人，累遷散騎常侍徵西軍司。他見國家多難，謀據河西，筮得《周易》中泰與觀卦，投筴大喜道：「這是霸兆，得未曾有哩。」遂求為涼州刺史。天下無難事，總教有心人，果然得如所願，一麾出守，及至涼州，適鮮卑為寇，盜賊縱橫，便即調兵出討，斬首萬餘級。嗣是威著西州，化行河右。張軌後嗣建國稱涼，號為前涼，故特從詳敘。至是聞王彌寇洛，因遣將勤王。晉廷方命司徒王衍，都督征討諸軍事，發兵出禦輾轅，被王彌一陣殺敗，兵皆潰歸，京師大震，宮城晝閉，彌竟進攻津陽門。可巧涼州兵馳至，統將北宮純，入城見衍，與東海司馬王斌會師，相約出戰。純願為前驅，選得勇士百餘人，作為衝鋒，疾馳而出，與彌對壘，才經交鋒，由純颭動令旗，便突出一隊身長力大的壯士，跨著鐵騎，持著利刃，不管那槍林箭雨，只硬著頭衝將進去。涼州兵也不肯落後，既有勇士為導，當然拚了性命，一齊跟入，任他王彌黨羽，是百戰劇盜，都落得心慌意亂，紛紛倒退。北宮純趁勢殺上，王斌亦領兵繼進，殺得盜黨血流漂杵，屍積成山。王彌大敗，抱頭東竄。

第二十一回　北宮純力破群盜　太傅越擅殺諸臣

　　都中又驅出一支生力軍，系是王衍所遣，軍官是左衛將軍王秉，來應北宮純王斌兩軍。兩軍正追殺數里，稍覺疲乏，因即讓過王秉一路人馬，聽令追去。秉追至七裡澗，王彌見來軍服飾，與前略殊，還道是強弱不同，復思轉身一戰，當下勒馬橫刀，令盜眾一律返顧，與秉接仗。盜眾勉強應命，但已是膽怯得很，不耐久鬥，略略交手，又復潰散。彌始知不能再戰，只得與部下盜目王桑，逃出軹關，竟去投漢。漢主劉淵，與彌本有舊交，當即遣使郊迎，且傳令語彌道：「孤已親至客館，拂席洗爵，敬待將軍。」彌聞令大喜，便隨入見淵。淵即面授彌為司隸校尉，加官侍中，且命王桑為散騎侍郎。劉靈得王彌歸漢消息，也親往謁淵，受封平北將軍。淵收了兩個大盜，便用為嚮導，使子聰帶兵數千，同襲河東。

　　可巧北宮純自洛陽旋師，途次與聰兵相值，即殺將過去。聰不意官軍掩至，頓時忙亂，且疑此外尚有伏兵，不敢戀戰，匆匆的收兵遁回，麾下已死了數百人，純乃歸涼州，稟明張軌，申表奏聞。有詔封軌為西平郡公，軌辭不受命，且屢貢方物，藩臣中推為首忠，也是確評。

　　唯劉淵聞聰敗還，未免失望，且因并州一帶，由劉琨據守晉陽，無隙可乘，前遣將軍劉景往攻，亦遭一挫，兩方面統是敗仗，尤覺得憂悔交併。侍中劉殷王育進議道：「殿下起兵以來，年已一週，乃專守偏方，王威未振，甚屬可惜。誠使命將四出，決機大舉，梟劉琨，定河東，建帝號，鼓行南下，攻克長安，作為都城，再用關中士馬，席捲洛陽，易如反掌。從前高皇帝建豎鴻基，蕩平強楚，便是這番謀畫，殿下何不仿行呢？」淵不禁鼓掌道：「這正是孤的初心呢！」遂號召大眾，親自督領，趁著秋高馬肥的時候，禡纛起行。到了平陽，太守宋抽，驚惶的了不得，棄城南奔。淵得拔平陽城，再入河東。太守路述，卻是有些烈性，募集兵民數千，出城搦戰，怎奈眾寡不敵，傷亡多人，沒奈何退守城中。淵督眾猛

攻，相持數日，城垣被毀去數丈，一時搶堵不及，竟為胡馬所陷。述還是死戰，力竭捐軀。淵連得數郡，遂移居蒲子。上郡四部鮮卑陸逐延，氐酋單徵，並向淵請降。淵又遣王彌石勒，分兵寇鄴，征北將軍和鬱，也是貪生怕死，走得飛快，把一座河北險要的鄴城，讓與強胡。於是淵得逞雄心，公然稱帝，大赦境內，改元永鳳。命嫡子和為大司馬，加封梁王，尚書令劉歡樂為大司徒，加封陳留王，御史大夫呼延翼為大司空，加封雁門郡公；同姓以親疏為等差，各封郡縣王；異姓以勳謀為等差，各封郡縣公侯，就把這蒲子城，號為漢都。看官記著！當時氐酋李雄，與劉淵同時稱王，此次淵僭號稱尊，比李雄還遲二年。李雄稱帝，國號成，改元晏平，且在晉惠帝末年六月中。劉淵稱帝，是在晉懷帝二年十月中。小子屬辭比事，前文未及西陲，無復插敘，此次為劉淵稱帝，不能不補敘李雄。五胡十六國開始，就是李雄劉淵兩酋長，最早僭號，看官幸勿責我漏落呢。補筆說得明白，更足令閱者醒目。淵既僭號，兩河大震。晉廷遣豫州刺史裴憲，出屯白馬，車騎將軍王堪，出屯東燕，平北將軍曹武，出屯大陽，無非為防漢起見。偏劉淵得步進步，不肯少休，復遣石勒劉靈率眾三萬，進寇魏汲頓邱三郡，百姓望塵降附，多至五十餘壘。勒與聰請諸劉淵，各給壘主將軍都尉印綬，並挑選壯丁五萬為軍士，老弱仍令安居。魏郡太守王粹，領兵抵禦，一戰即敗，被勒活捉了去，押至三臺，一刀畢命。越年為晉懷帝永嘉三年，正月朔日，熒惑星入犯紫微，漢太史令鮮於複姓。修之，入白劉淵道：「陛下雖龍興鳳翔，奄受大命，但遺晉未滅，皇居逼仄，紫宮星變，猶應晉室。不出三年，必克洛陽。蒲子崎嶇，不可久安，平陽近有紫氣，且是陶唐舊都，願陛下上迎乾象，下協坤祥。」淵當然大喜，便即遷都平陽。會汾水濱有人得璽篆，文為「有新保之」四字，乃是王莽後投失，他卻聰明得很，增刻淵海光三字，獻與劉淵。淵表字元海，便稱

第二十一回　北宮純力破群盜　太傅越擅殺諸臣

為己瑞，又復改元，即以河瑞二字為年號，封子裕為齊王，子隆為魯王，聰為楚王，南向窺晉。

晉廷專靠太傅越為主腦，越不務防外，專務防內，真正可嘆。他本已移鎮鄄城，因鄄城無故自壞，心滋疑忌，乃徙屯濮陽。未幾，又遷居滎陽，忽自滎陽帶兵入朝，都下人士，相率驚疑。中書監王敦語人道：「太傅專執威權，選用僚屬，還算依例申請，尚書不察，動以舊制相繩，他必積嫌已久，來此一洩，不識朝臣有幾個晦氣，要遭他毒手呢。」及越既入都，盛氣詣闕，見了懷帝，便忿然道：「老臣出守外藩，盡心報主，不意陛下左右，多指臣為不忠，捏造蜚言，意圖作亂，臣所以入清君側，不敢袖手呢。」懷帝聽了，大是驚惶，便問何人謀亂。越並未說明，即向外大呼道：「甲士何在？」聲尚未絕，外面已跑入一員大將，乃是平東將軍王景，一作王秉，今從《晉書》。領著甲士三千人，魚貫入宮，形勢甚是洶湧，差不多與虎狼相似。越隨手指揮，竟命將帝舅散騎常侍王延，尚書何綏，太史令高堂衝，中書令繆播，太僕卿繆胤等，一古腦兒拿至御前，請旨施刑。懷帝不敢不從，又不忍遽從，遲疑了好多時，未發一言。越卻暴躁起來，厲聲語王景道：「我不慣久伺顏色，汝可取得帝旨，把此等亂臣，交付廷尉便了。」說著，掉頭徑去。跋扈極了。懷帝不禁長嘆道：「奸臣賊子，無代不有，何不自我先，不自我後，真令人可痛呢。」當下起座離案，握住播手，涕泣交下。播前在關中，隨惠帝還都，應第十九回。與太弟很是親善，所以懷帝即位，便令他兄弟入侍，各授內職，委以心膂。偏由越誣為亂黨，勒令處死，叫懷帝如何不悲？王景在旁相迫，一再請旨，懷帝慘然道：「卿且帶去，為朕寄語太傅，可赦即赦，幸勿過虐，否則憑太傅處斷罷。」景乃將播等一併牽出，付與廷尉，向越報命。越即囑廷尉殺死諸人，一個不留。

何綏為前太傅何曾孫，曾嘗侍武帝宴，退語諸子道：「主上開創大業，我每宴見，未聞經國遠圖，但說生平常事，這豈是貽謀大道？後嗣子孫，如何免禍，我已年老，當不及難。汝等尚可無憂。」說到「憂」字，忽然噎住，好一歇才指諸孫道：「此輩可惜，必遭亂亡。」你既知諸孫難免，何不囑諸子辭官，乃日食萬錢，尚云無下箸處，子劭尚日食二萬錢，如此奢侈，怎得裕後？及綏被戮，綏兄嵩泣語道：「我祖想是聖人，所以言有奇驗哩。」後來洛陽陷沒，何氏竟無遺種，這雖是因亂覆宗，但如何曾父子的驕奢無度，多藏厚亡，怎能保全後裔？怪不得一跌赤族了。至理名言。

　　越自解兗州牧，改領司徒，使東海國將軍何倫，與王景值宿宮廷，各帶部兵百餘人，即以兩將為左右衛將軍，所有舊封侯爵的宿衛，一律撤罷。散騎侍郎高韜，見越跋扈，略有違言，便被越斥為訕上，逼令自殺。嗣是朝野側目，上下痛心。越留居都中，監制懷帝，無論大小政令，統須由越認可，才得施行。

　　那漢大將軍石勒，已率眾十餘萬，進攻鉅鹿常山，用張賓為謀主，刁膺張敬為股肱，夔安孔萇支雄桃豹逯明為爪牙，除兵營外，另立一個君子營，專納豪俊，使參軍謀。張賓系趙郡中邱人，少好讀書，闊達有大志，常自比為張子房。及石勒寇掠山東，賓語親友道：「我歷觀諸將，無如此胡將軍，可與共成大業，我當屈志相從便了。」張子房為韓復仇，賓奈何顏顏事胡？乃提劍至勒營門，大呼求見。勒召入後，略與問答，亦不以為奇。嗣由賓屢次獻策，無不合宜，因為勒所親信，置為軍功曹，動靜必資，格外契合。正擬進略郡縣，忽接劉淵命令，使率部眾為前鋒，移攻壺關，另授王彌為征東大將軍，領青州牧，與楚王聰一同出兵，為勒後援，勒當然前往。并州刺史劉琨，急遣將軍黃肅韓述赴援。肅至封田，與勒相遇，一戰敗死。述至西澗，與聰爭鋒，亦為聰所殺。

第二十一回　北宮純力破群盜　太傅越擅殺諸臣

警報傳達洛陽，太傅越又令淮南內史王曠，將軍施融曹超，往禦漢兵。曠渡河亟進，融諫阻道：「寇眾乘險間出，不可不防。我兵雖有數萬，勢難分禦，不如阻水自固，見可乃進，方無他患。」曠怒道：「汝敢阻撓眾心麼？」融退語道：「寇善用兵，我等冒險輕進，必死無疑了。」遂長驅北上，逾太行山，次長平坂。正值劉聰王彌，兩路殺來，搗入晉軍陣內，晉軍大亂，曠先戰死，融超亦亡。曠是該死，只枉屈了融超。聰乘勝進兵，破屯留，陷長子，斬獲至萬九千級，上黨太守龐淳，舉壺關降漢，漢勢大熾。劉淵連得捷報，更命聰等進攻洛陽，晉廷命平北將軍曹武，集眾抵禦，連戰皆敗。聰入寇宜陽，藐視晉軍，總道是迎刃立解，不必加防。弘農太守垣延，探得漢兵驕弛，用了一條詐降計，自謁聰營，假意投誠。聰沿路納降，毫不動疑，哪知到了夜半，營外喊聲連天，營內亦呼聲動地，外殺進，裡殺出，立將聰營踏平。聰慌忙上馬，引眾宵遁，僥倖得全性命。諸君不必細問，便可知是垣延的兵謀了。垣延上表告捷，廷臣稱慶，不料隔了兩旬，那劉聰等復到宜陽，前有精騎，後有銳卒，差不多有七八萬人，比前次猖獗得多了。小子有詩嘆道：

外患都從內訌生，金湯自壞寇橫行。
亂華戎首劉元海，典午河山一半傾。

畢竟劉聰能否深入，待至下回表明。

晉初八王之亂，越最後亡，觀前文之害死長沙，已太無宗族情，顧猶得日又不死，都下之戰禍，終難弭也。及糾合約盟，迎駕還洛，義聞不亞桓文，幾若八王之中，莫賢於越矣。惠帝之歿，謂越進毒，猶為疑案，至清河王之被鴆，而越之罪乃彰焉。王彌攻陷許昌，不聞速討，徒遣王斌等五千人入衛，借非北宮純之自西入援，前驅突陳，其能破百戰之劇盜乎？

張軌地位疏遠，尚遣良將以勤王，越固宗親，猶未肯親自討賊，其居心之險詐，不問可知。至其後帶甲入朝，擅殺王延繆播諸人，冤及無辜，氣凌天子，設非外寇迭興，幾何而不為趙王倫也。要之有八王而後有五胡，八王猶甘心亡晉，於五胡何尤哉？

第二十一回　北宮純力破群盜　太傅越擅殺諸臣

第二十二回
乘內亂劉聰據國　借外援猗盧受封

　　卻說劉聰復至宜陽，同行諸將，乃是劉矅劉景王彌呼延翼，騎兵五萬，步卒三萬，大有氣吞河洛的勢焰，都中大震。聰率輕騎先進，連敗戍兵，直達都下，屯兵西明門，涼州刺史張軌，再遣北宮純等入援，純至洛陽，與漢兵對面紮營，待至夜半，方率勇士千餘人，直攻漢壘。聰亦預先防著，即令徵虜將軍呼延顥，開營抵敵。顥甫出營門，正與純撞個滿懷。純眼明手快，一刀劈下，正中顥首，腦漿迸流，倒斃地上。漢兵見顥被殺死，頓時駭退，純即踹入營中，左斫右劈，殺死漢兵數十人。聰喝令各軍，上前攔阻，還是招抵不上，虧得隊伍尚齊，且戰且行，退至洛水濱下寨。純因夜色昏皇，也恐有失，便收兵回營。
　　越日，呼延翼營內自亂，步卒不服翼令，將翼殺死，竟自潰歸。劉淵聞敗，飛飭聰等還師。聰不肯遽退，表稱「晉兵微弱，可以力取，不得以翼顥死亡，自挫銳氣，遽爾班師」云云。淵乃聽令留攻，聰復分兵進逼，自攻宣陽門，令矅攻上東門，彌攻廣陽門，景攻大夏門，四面猛撲，聲震山谷。太傅越嬰城拒守，且調入北宮純等，一齊登陴，隨方抵禦。聰攻了數日，竟不能入，不由的想入非非，要至嵩嶽中去禱山神，求他保佑，速下洛城，嵩嶽有靈，豈容汝蹂躪中原？當下留平晉將軍劉厲及冠軍將軍呼延朗，暫攝軍事，自己竟帶著千騎，跨馬而去。太傅越參軍孫詢，探得聰不在營中，謂可乘虛出擊，越即令詢挑選勁卒，得三千人，由將軍邱光樓

第二十二回　乘內亂劉聰據國　借外援猗盧受封

衷等帶領，潛開宣陽門，吶一聲喊，衝將出去。呼延朗身不及甲，馬不及鞍，冒冒失失，前來搦戰。邱光樓衷，雙械並舉，殺得朗手法散亂，一個疏忽，被邱光挑落馬下，樓衷再加一槊，結果性命，此次漢將死亡，都出呼延氏，想是呼延家運已衰。劉厲忙麾兵相救，已是不及。且邱樓二將，越加膽壯，領著三千健卒，橫衝直撞，辟易萬人。厲亦只好卻走。聰在半途聞變，忙即折回，方得招架一陣，邱樓亦即收兵入城。劉厲恐為聰所責，竟投水自盡，聰不覺嘆息。

王彌趨至聰營，向聰進言道：「今既失利，洛陽猶固，殿下不如還師，再圖後舉，下官當立兗豫二州間，收兵積穀，守候師期。」聰皺眉答道：「前曾表請留攻，此時不待命令，便即還師，未免不合。」彌笑道：「這有何慮，下官為殿下設法便了。」遂即致書宣於修之，託他解說。修之已料知聰軍不利，既得彌書，便入白劉淵道：「歲在辛未，當得洛陽，今晉氣尚盛，大軍不歸，必敗無疑。」淵乃促聰回軍，聰始與劉曜同歸。唯王彌南出轘轅，沿途流民，陸續趨附，多至數萬人。

還有石勒一支人馬，自攻破壺關後，仍留擾并州一帶，收降山北諸胡，再與劉靈進攻常山。幽州都督王浚，遣部將祁弘，邀同鮮卑部酋務勿塵等，帶領十餘萬騎，來討石勒。勒從常山退兵數里，至飛龍山前，依險列營，專待祁弘角鬥。弘驅眾直進，行近山麓，望見勒兵紮住，營伍頗嚴，便心生一計，使務勿塵領著本部，登山而下，直壓勒營，自統部眾與勒接仗。勒令劉靈守營，分兵趨出，奮鬥祁弘。兩邊統是朔方勁旅，旗鼓相當，酣戰了兩三個時辰，未分勝敗，不防務勿塵從後面殺下，突破勒營，劉靈保不住營寨，也只得出會勒軍，勒軍見營壘已破，當然慌亂，就是勒亦萬分驚惶，自知立腳不住，不如奪路逃奔，一聲呼嘯，向南飛逸。劉靈遲走一步，被祁弘追及背後，用槊猛戳，穿通心胸，立即倒斃。大力

將軍，只好至冥間報效去了。餘眾約斃萬餘人。勒垂頭喪氣，走保黎陽，及聞幽州兵回去，復分兵四出，攻陷三十餘堡寨，又進寇信都。適東海司馬王斌，出任冀州刺史，引兵拒勒，一戰敗亡。晉車騎將軍王堪，北中郎將兼豫州刺史斐憲，奉詔聯兵，合攻石勒。勒引兵還拒，道出黃牛壘，魏郡太守劉矩，舉城降勒。勒收得糧械，兵勢益振。裴憲膽小如鼷，探得勒眾甚盛，即潛奔淮南，連兵馬都不遑帶去。王堪孤掌難鳴，也退保倉垣。勒便從石橋渡河，攻陷白馬，坑死男婦三千餘口，復東襲鄄城，殺害兗州刺史袁孚，再攻倉垣。王堪敗沒，還與王彌合兵，連下廣宗清河平原陽平諸縣。捷書屢達平陽，劉淵加封勒為鎮東大將軍，兼汲郡公，又命聰朧等出兵會勒，共攻河內。

河內太守裴整，飛表乞援，詔命宋抽為徵虜將軍，往援河內，被勒邀擊中途，把抽殺死。河內人復執整降漢，整得受漢職，拜為尚書左丞。河內督將郭默，收整餘眾，自為塢主。劉琨表稱默為河內太守，時已為懷帝永嘉四年。會值劉淵得病，召還各軍，河北山東，暫得少安。淵后呼延氏歿，另立氏酋單徵女為皇后，這位新皇后的姿色，端的是纖麗無比，美豔無雙，自從單徵降漢，便將女納為淵妾，寵號專房。生子名乂，亦得殊寵。可巧淵妻病死，妾媵不下數十，偏被那嬌嬌滴滴的單氏女，越級超升，得為繼后，且封為北海王。單氏感恩不已，鎮日裡振起精神，侍奉劉淵。淵見她靚妝媚骨，處處可人，不由的為色所迷，貪歡無度。怎奈少女多情，老夫已邁，漸漸的精力不支，釀成羸疾。蛾眉原是伐性，老年愈覺可畏。當下為顧託計，命梁王和為太子，齊王裕為大司徒，魯王隆為尚書令，楚王聰為大司馬大單于，特在平陽城西，置單于臺，為聰任所。北海王乂為撫軍大將軍，領司隸校尉。始安王朧為征討大都督兼單于左輔。廷尉喬智明為冠軍大將軍兼單于右輔。尚有同姓老臣陳留王劉歡樂，進官太

第二十二回　乘內亂劉聰據國　借外援猗盧受封

宰，長樂王劉洋，進官太傅，江都王劉延年，進官太保。是時劉宣已死，故不列入。淵恃三人為心膂，所以加位三公，付他重任。到了病不能起，即召入禁中，親授遺命，叫他擁立太子，同心輔政，三人自然遵囑。越二日淵竟逝世，共計稱王四年，稱帝三年。

太子和嗣為漢主，和本淵妻呼延氏所生，前大司空呼延翼，便是後父，被殺洛陽，翼子名攸，官拜宗正。淵因他素無才行，終身不令遷官。侍中劉乘，與聰有隙，西昌王劉銳，未得預顧命，三人共懷不平，乃串同一氣，入殿語和道：「先帝不顧重輕，使三王在內總兵，大司馬擁勁卒十萬，逼居近郊，陛下不過做了一個寄主，將來禍難，恐不可測，不如早為設法，先發制人。」和頗以為然。夜召武衛將軍劉盛劉欽及左衛將軍馬景等，使圖裕隆聰又諸王。盛抗聲道：「先帝尚在殯宮，四王未有逆節，今忽生他謀，自相魚肉，臣恐不能邀福，反且召禍。況四海未定，大業粗成，陛下但應繼志述事，開拓鴻基，幸勿誤聽讒言，疑及兄弟。古詩有言：『豈無他人，不如我同父。』陛下不信諸弟，他人如何輕信呢？」銳與攸正在和側，聞言大怒道：「今日計議，已由主上裁決，理無反汗，領軍怎得妄言？」盛尚欲再言，已被銳拔出佩劍，劈為兩段。可憐劉盛。欽與景不禁惶懼，慌忙應命，乃共在東堂設誓，詰旦舉發。

轉瞬間已是天明，由和派兵四路，分攻四王。銳與馬景赴單于臺，攻楚王聰，攸與右衛將軍劉安國，詣司徒府，攻齊王裕，乘與欽攻魯王隆，使尚書田密，武衛將軍劉璿，攻北海王乂。乂尚年少，不知守備，立被田密劉璿等闖入，只好延頸待戮，不料命未該絕，由璿搶步上前，把乂輕輕掖住，招呼部曲，斬關急走，趨往單于臺。密亦隨行，共見劉聰，報明內變。聰見乂無恙，心下大喜。已寓微意。便命軍士服甲持械，靜待劉銳等到來。銳至城外，已知田密劉璿舉動，料聰必有預備，不敢輕往，當下折

回城中，與攸乘等會攻隆裕。復恐安國與欽，尚有異志，因再殺死二人，然後進攻司徒府。裕不能守禦，竟為亂軍所害。銳等移兵攻隆，隆亦被殺。是夕，聞西明門外，喊聲大震，乃是大司馬聰，率領全軍，來攻都城。銳攸乘三人，亟趨上城樓，督眾拒守，約莫過了一日有餘，已被聰軍攻入，亂兵四竄。銳等奔入南宮，聰軍追入，把銳攸乘陸續擒住。劉和避匿光極殿西室，託詞守喪。聰軍持械直進，不管他皇叔不皇叔，順手亂砍，立即斃命。劉淵口舌未乾，三子即遭慘死，可見治國以禮，多力無益。聰入居光極殿，命誅銳攸乘三人，梟首通衢，示眾三日。馬景未聞遭誅，先後均得倖免，是何運氣？群臣聯箋上聰，請即尊位，聰呼眾與語道：「我弟乂為單后所生，子以母貴，應該嗣立，我願退就單于臺。」道言甫畢，即有一少年趨至聰前，長跪流涕道：「先帝創業未終，全仗兄長繼承先志，倘或捨長立幼，如何維持？還乞兄長勉從眾言。」聰俯首瞧著，正是北海王乂，忙即離座攙扶。乂不肯起立，百官亦皆跪請，乃慨然答道：「乂與群公，既因四海未定，國難尚多，謂孤年較長，迫孤就位，這乃國家大事，不便固辭。今孤當遠遵魯隱，俟乂年長，當復子明辟，表孤素心。」百官交口稱頌，乂亦拜謝，閱者至此，總道聰有讓德，誰知他另存歹意。乃皆起身出殿，籌備新君即位禮儀。

聰進謁單后，請安道歉，禮節甚恭。單后見他儀容秀偉，冠冕堂皇，不禁由愛生羨，待遇加優。且因聰保全己子，柔聲道謝。句中有眼。聰聽得一副嬌喉，禁不住情迷心蕩，再審視單氏花容，畢竟輕盈豔冶，與眾不同，可惜耳目眾多，不能無端調戲，沒奈何按定了神，對答數語，徐徐辭出，轉往別宮，去謁生母張夫人。原來聰為淵第四子，母為淵妾張氏，懷妊時夢日入懷，醒後告淵，淵稱為吉徵。嗣過了十五月，方產一男，形體偉岸，左耳有一白毛，長二尺餘，閃閃有光，淵因取名為聰。幼時敏悟過

第二十二回　乘內亂劉聰據國　借外援苻盧受封

人，年至十四，博通經書百家及孫吳兵法，又工書草隸，善作詩文，十五歲演習騎射，能彎弓三百斤，膂力驍捷，冠絕一時。淵亦謂此兒不可限量，很是鍾愛。果然武藝超群，得登大位。稱尊以後，改元光興，尊單后為皇太后，張夫人為帝太后，立乂為帝太弟，領大單于大司徒。立妻呼延氏為皇后，封子粲為河內王，領撫軍大將軍，都督中外諸軍事。粲弟易為河間王，翼為彭城王，悝為高平王，乃為父淵發喪，移棺奉葬，號淵墓為永光陵，追諡為光文皇帝，廟號高祖。

聰既將國家要事，依次施行，所有王公百官，概仍舊職，毫無異言。他樂得趁閒尋樂，賣笑追歡，不過他心目中只有一人，要想同她勾搭，只苦不能下手，且有名分相關，似乎未便妄為。可奈意馬心猿，不能自制，更且平時入省，時近芳容，越覺得撩亂情思，無從擺脫。嗣是朝朝暮暮，問安視寢，一個是垂涎已久，昏夜乞憐，一個是寂處難安，心神似醉。移花不妨接木，攏篙正可近舵，好風流處便風流，還管什麼尊卑上下呢？況名分雖嫌未合，年貌正是相當，意外鴛鴦，倍饒樂趣，從此春生氂帳，連夕烝淫，望斷長門，同悲陌路。俗語說得好：「好事不出門，惡事傳千里。」這漢主聰的不法行為，才經數夕，已是喧傳內外，統說他母子通姦。別人不過播為笑談，最難堪的是北海王乂，少年好勝，禁不起冷諷熱嘲。有時入宮省母，隱約進規，那母親卻也懷慚，但木已成舟，無可挽回。到了黃昏時候，新皇帝復來續歡，不能不再效於飛，與子同夢。兩口兒確是情濃，只北海王引為恨事，已氣憤得不可名狀。恐皇嫂也作此想。

是時，略陽出了一個氐酋，叫做蒲洪，相傳為夏初有扈氏苗裔，世作西戎酋長。洪家池中忽生了一枝蒲草，長約五丈，中有五節，略如竹形，時人號為蒲家，因即以蒲為姓。洪身長力大，權略過人，為群氐所畏服，威震一隅。即苻秦之祖，為後來十六國之一。漢主聰意欲羈縻，特遣使至

略陽，拜洪為平遠將軍。洪不肯受命，卻還來使，旋即自稱秦州刺史略陽公，聰亦無暇過問。還是與母后調情，較為適意。唯雍州流民王如，寄居南陽，因晉廷逼他還鄉，激使為亂，聚眾至四五萬，陷城邑，殺令長，自稱大將軍，向漢稱藩。漢主聰當然收納，且命石勒領并州刺史，使他略定河北，方好銳下河南。晉并州刺史劉琨，身當敵衝，恐孤危失援，為虜所乘，乃外結鮮卑部酋拓跋猗盧，表請為大單于，封為代公。這拓跋猗盧的履歷，說來又是話長，小子只好略敘顛末。

　　這拓跋氏即索頭部，俗喜用索編髮，故號索頭，世居北荒，不通中夏，至酋長毛始漸強大，統國三十六，大姓九十九，歷五世至推寅，南遷大澤，又七世至鄰，有兄弟七人，分統部眾。鄰傳位與子詰汾，再使南遷，詰汾因徙居匈奴故地。相傳詰汾好獵，嘗出畋山澤間，見空中有一輜軿，冉冉下來，內坐一美婦人，姿容秀麗，自稱天女，謂與詰汾有緣，竟下車握手，與他交合，盡歡而去。從古以來，未聞有這等天女。到了次年，詰汾再往原處遊畋，天女又復來會，懷抱一男，授與詰汾，謂即去年成孕，得生此子，說畢復去。天女有這般無恥麼？詰汾乃抱歸撫養，竟得成人，取名力微。後來北魏傳為佳話，編成二語道：「詰汾皇帝無婦家，力微皇帝無母家。」便是為了這種原因。無稽之言勿聽。詰汾死，力微立，復徙居并州塞外的盛樂城，部落濅盛。晉初，曾兩遣嗣子沙漠汗入貢。力微活至一百四歲，方才病歿。沙漠汗已死，弟悉鹿立。悉鹿傳與弟綽，綽傳與子弗，弗死無嗣。叔父祿官嗣位，分國為三部，使沙漠汗子猗，居代郡附近。猗弟猗盧，居盛樂城，自居上谷的北邊。猗盧善用兵，屢破匈奴烏桓各部，降服三十餘國。及劉淵起兵入寇，幽州刺史東嬴公騰，嘗向猗處乞援。猗與弟猗盧，率眾援騰，擊散淵兵。騰表猗為大單于，既而猗祿官，先後去世，猗盧遂總攝三部。會劉琨至并州，欲討匈奴

第二十二回　乘內亂劉聰據國　借外援猗盧受封

遺裔鐵弗氏等，因遣使卑辭厚禮，結交猗盧，請他出兵相助。猗盧乃遣從子鬱律，領二萬騎助琨，破鐵弗氏酋長劉虎。琨遂與猗盧約為兄弟，指水同盟，且遣長子遵往質，嗣因漢寇益盛，乃請以代郡封猗盧。朝議卻也依琨，授冊轉交。唯代郡尚屬幽州管轄，幽州都督王浚，不肯照允，發兵擊猗盧，致為猗盧所敗。自是浚與琨有隙，琨但求得猗盧歡心，不暇顧浚。這是劉琨誤處。猗盧以封邑暌隔，民不相接，乃率部落萬餘家，由雲中入雁門，向琨求陘北地。琨既引他入境，不能再拒，只得將樓煩馬邑陰館繁峙崞五縣人民，徙至陘南，就把陘北地讓與猗盧，這便是拓跋據代的源流。小子又考得拓跋二字，也有寓意，鮮卑稱土為拓，後為跋，所以叫做拓跋氏。

會漢主劉聰，大舉圖晉，命河內王粲，始安王驥，與王彌率兵四萬，入寇洛陽，又令石勒發四萬騎兵，與粲等會師，共至大陽城。晉監軍裴邈，逆戰澠池，敗績南奔。漢兵直指洛川，復分兩路。粲出轘轅，勒出成皋，沿途四掠，烽火連天。劉琨在并州聞警，即與猗盧同約舉兵，往討劉聰石勒，先遣人至洛陽，向太傅越報明。偏越別懷猜忌，覆書謝絕。琨乃遣還猗盧，按兵不發。小子有詩嘆道：

國勢顛危已可憂，藉資外助亦忠謀。
如何權相猶多忌，坐使神京一旦休！

欲知太傅越的隱情，試看下回分解。

劉淵以驍桀之姿，還踞朔方，進略河東，占平陽為根據地，又復遣將四掠，入窺洛陽，推其用意，無非欲為子孫帝王萬世業耳。然身死未幾，即有骨肉相戕之禍，司馬氏因內亂而致危，不意劉漢亦蹈此轍，要之禮義不興，鮮有不自相魚肉者也。劉聰因亂得位，首烝母后，大本先虧，徒恃

乃父之遺業，南向陵晉，晉之亂迄未有已，故劉聰得以乘之耳。彼劉琨之匯入猗盧，雖未始非引虎自衛，然其時漢已勢盛，胡馬頻乘，得猗盧以牽制之，亦一用夷攻夷之權道也。東海不察，謝絕劉琨，坐待危亡，是真不可救藥也夫。

第二十二回　乘內亂劉聰據國　借外援猗盧受封

第二十三回
傾國出師權相畢命　覆巢同盡太尉知非

　　卻說太傅越拒絕劉琨，並不是猜忌外夷，實因青州都督苟晞與越有嫌，見二十一回。越恐他乘隙圖亂，襲據并州，乃令琨固守本鎮，不得妄動。琨只得奉令而行，遣還猗盧。那漢兵卻齊逼洛陽，有進無退，洛陽城內，糧食空虛，兵民疲敝，眼見是不能禦侮。太傅越乃傳檄四方，徵兵入援。前日拒絕劉琨，此時何又徵兵？懷帝且面諭去使道：「為我寄語諸鎮，今日尚可援得，再遲即無及了。」可憐可嘆！哪知朝使四出，多半不肯應召。唯征南將軍山簡，差了督護王萬，引兵入援，到了涅陽，被流賊王如邀擊一陣，兵皆潰散。王如且不能敵，怎能禦漢。如反與徒黨嚴嶷侯脫等，大掠漢沔進逼襄陽。荊州刺史王澄，號召各軍，擬赴國難。前鋒行至宜城，聞襄陽被困，且有失陷消息，不由的膽怯折回。漢將石勒，引眾渡河，將趨南陽，王如等不願迎勒，堵截襄城，頓時觸動勒怒，移兵掩擊，把賊黨萬餘人，悉數擒住。侯脫被殺，嚴嶷乞降，王如遁去。勒趁勢寇掠襄陽，攻破江西壘壁四十餘所，還駐襄城。晉太傅越，已失眾望，心不自安，復聞胡寇益盛，警信屢至，乃戎服入見，自請討勒。懷帝愴然道：「今胡虜侵逼郊畿，王室蠢蠢，莫有固志，朝廷社稷，唯仗公一人維持，公奈何遠去，自孤根本？」越答道：「臣今率眾出征，期在滅賊，賊若得滅，國威可振，四方職貢，自然流通。若株守京畿，坐待困窮，恐賊氛四逼，患且加盛。」看你如何滅賊？懷帝也不願苦留，聽越出征。越乃留妃裴氏，

第二十三回　傾國出師權相畢命　覆巢同盡太尉知非

與世子毗及龍驤將軍李惲，右衛將軍何倫，守衛京師，監察宮省。命長史潘滔為河南尹，總掌留守事宜。於是調集甲士四萬人，即日出發，並請以行臺隨軍，即用王衍為軍司，朝賢素望，悉為佐吏，名將勁卒，盡入軍府，單剩著幾個無名朝士，已老將官，局居輦轂，侍從乘輿。府庫無財，倉庾無糧，荒飢日甚，盜賊公行。看官！試想這一座空空洞洞的洛陽城，就使天下太平，也不能支持過去，何況是四郊多壘，群盜交侵，哪裡還得保全呢？誰為為之？孰令聽之？越東出屯項，自領豫州牧，命豫州刺史馮嵩為左司馬，復向各處傳檄，略云：

　　皇綱失馭，社稷多難。孤以弱才，備當大任，自頃胡寇內逼，偏裨失利，帝鄉便為戎州，冠帶奄成殊域。朝廷上下，以為憂懼，皆由諸侯蹉跎，遂及此難。還要歸咎他人。投袂忘履，討之已晚，人情奉本，莫不義奮，當須會合之眾，以俟戰守之備，宗廟主上，相賴匡救，此正忠臣戰士效誠之秋也。檄到之日，便望風奮發，勿再遲疑！

　　這種檄文，傳發出去，並不聞有一州一郡，起兵響應，大約是看作廢紙，都付諸敗字簏中了。懷帝以越既出征，得離開這眼中釘，總好自由行動，哪知何倫等比越更凶，日夕監察，幾視懷帝似罪犯一流，毫不放鬆。東平王楙，時改封竟陵王，未曾從軍，因密白懷帝，謀遣衛士夜襲何倫。偏衛士都是何倫耳目，不從帝命，反先去報倫。倫竟帶劍入宮，逼懷帝交出主謀。懷帝急得沒法，只好向楙委罪。倫乃出宮捕楙，幸楙已得悉風聲，逃匿他處，始得免害。先是漢兵日逼，朝議多欲遷都避難，獨王衍一再諫阻，且出賣車牛，示不他移。至是揚州都督周馥，又上書闕廷，請遷都壽春，太傅越得悉馥書，謂馥不先關白，竟敢直接陳請，禁不住忿火交加，怒氣勃發，即下了一道軍符，令淮南太守裴碩，與馥一同入都，馥料知觸怒，不肯遽行，但令碩率兵先進。碩詐稱受越密令，引兵襲馥，反為

馥敗，乃退保東城，遣人至建業求救。琅琊王睿，總道是周馥逆命，即遣揚威將軍甘卓等，往攻壽春。馥眾奔潰，馥亦北走。豫州都督新蔡王確，系太傅越從子，即騰子。鎮守許昌，當即遣兵邀馥，將他拘住，馥意氣死。誰叫你多去饒舌？已而石勒攻許昌，確出兵抵禦，行至南頓，正值勒驅眾殺來，矛戟如林，士卒如蟻，嚇得確軍相顧失色，不待接仗，先已卻走。確尚想禁遏潰卒，與決勝負，哪知部下已情急逃生，未肯聽令。胡虜卻搶前急進，毫不容憐，一陣亂砍，晦氣了許多頭顱。就是新蔡王確，也做了刀頭鬼。可為周馥吐氣。勒掃盡確軍，遂進陷許昌，殺死平東將軍王康，占住城池。

　　許昌一失，洛陽愈危，懷帝寢饋難安，尚日傳手詔，令河北各鎮將，星夜入援。青州都督苟晞，接受詔書，便向眾揚言道：「司馬元超，越字元超。為相不道，使天下淆亂，苟道將怎肯以不義使人？漢韓信不忍小惠，致死婦人手中，今道將為國家計，唯有上尊王室，入誅國賊，與諸君子共建大功，區區小忠，何足掛齒呢？」說著，即令記室代草檄文，遍告諸州，稱己功勞，陳越罪狀。當有人傳報都中，懷帝得信，復手詔敦促，慰勉殷勤。晞乃馳檄各州，約同勤王。適漢將王彌，遣左長史曹嶷，行安東將軍事，東略青州。嶷破琅琊，入齊地，連營數十里，進薄臨淄。晞登城遙望，頗有懼色。及嶷眾附城，才麾兵出戰，幸得勝仗。嶷且卻且前，晞亦且戰且守。過了旬日，晞挑選精銳，開城大戰。不意大風陡起，塵沙飛揚，嶷兵正得上風，順勢猛撲，晞不能招架，遂至敗潰，棄城遁走。弟苟純亦隨晞出奔，同往高平。嗣是收募眾士，復得數千人。會得懷帝密敕，命晞討越，晞亦聞河南尹潘滔及尚書劉望等，向越構己，因覆上表道：

第二十三回　傾國出師權相畢命　覆巢同盡太尉知非

　　奉被手詔，肝心若裂。東海王越，以宗臣得執朝政，委任邪佞，寵樹奸黨，至使前長史潘滔，從事中郎畢邈，主簿郭象等操弄大權，刑賞由己。尚書何綏，中書令繆播，太僕繆胤，皆由聖詔親加拔擢，而滔等妄構，陷以重戮，帶甲臨宮，誅討後弟，翦除宿衛，私樹黨人，招誘逋亡，復喪州郡，王塗圮隔，方貢乖絕，宗廟闕烝嘗之饗，聖上有約食之匱。征東將軍周馥，豫州刺史馮嵩，前北中郎將裴憲，並以天朝空曠，權臣專制，事難之興，慮在旦夕，各率士馬，奉迎皇輿，思隆王室，以盡臣禮。而滔邈等劫越出關，矯立行臺，逼徙公卿，擅為詔令，縱兵寇抄，茹食居人，交屍塞路，暴骨盈野，遂令方鎮失職，城邑蕭條。淮豫之氓，陷離塗炭，臣雖憤懣，局守東嵎，自奉明詔，三軍奮厲，擬即卷甲長驅，徑至項城，使越稽首歸政，斬送滔等，然後顯揚義舉，再清胡虜，謹拜表以聞。

　　懷帝既得晞表，日望晞出兵到項，削除越權，偏是望眼將穿，晞尚未至。晞亦不是忠臣，何必望他？時已為永嘉五年仲春，懷帝近慮越黨，外憂漢寇，鎮日裡對花垂淚，望樹懷人。越黨何倫等，倚勢作威，形同盜賊，嘗縱兵劫掠宦家，甚至廣平武安兩公主私第，兩公主系武帝女。亦遭蹂躪。懷帝忍無可忍，乃復賜詔與晞，一用紙寫，一用練書，詔云：

　　太傅信用奸佞，阻兵專權，內不遵奉皇憲，外不協毗方州，遂令戎狄充斥，所至殘暴。留軍何倫，抄掠宮寺，劫制公主，殺害賢士，悖亂天下，不可忍聞。雖曰親親，宜明九伐。詔至之日，其宣告天下，率同大舉。桓文之績，一以委公，其思盡諸宜，善建弘略，道澀故練寫副手筆示意。

　　晞接詔後，因遣徵虜將軍王贊為先鋒，帶同裨將陳午等，戒期赴項，並遣還朝使，附表上陳。略云：

　　奉詔委臣征討，喻以桓文，紙練兼備，伏讀跪嘆，五情惶怛。自頃宰

臣專制，委仗佞邪，內擅朝威，外殘兆庶，矯詔專征，遂圖不軌，縱兵寇掠，陵踐宮寺。前司隸校尉劉暾，御史中丞溫畿，右將軍杜育，並見攻劫。廣平武安公主，先帝遺體，咸被逼辱，逆節虐亂，莫此之甚。臣只奉前詔，部奉諸軍，已遣王贊率陳午等，將兵詣項，恭行天罰，恐勞聖慮，用亟表聞。

朝臣齎表還報，行至成皋，不料被遊騎截住，把他押至項城，往見太傅司馬越。越令左右搜檢，得晞表及詔書，不禁大怒道：「我早疑晞往來通使，必有不軌情事，今果得截獲，可恨！可恨！」你可謂守軌麼？遂將朝使拘住，下檄數晞罪惡。即命從事中郎楊瑁為兗州刺史，使與徐州刺史裴盾，合兵討晞。晞密遣騎士入洛，收捕潘滔。滔夜遁得免。唯尚書劉曾，侍中程延，為騎士所獲，訊明是為越私黨，一併斬首。

越以為不能逞志，累及故人，且內外交迫，進退兩難，不覺憂憤成疾，遂致不起。臨死時召入王衍，囑以後事。衍祕不發喪，但將越屍棺殮，載諸車上，擬即還葬東海。大眾推衍為元帥，衍不敢受，讓諸襄陽王范。范系楚王瑋子，亦辭不肯就，乃同奉越喪，自項城啟行，徑向東海出發。大敵當前，還想從容送喪，真是該死。訃音傳入洛中，何倫李惲等，自知不滿眾望，且恐虜騎掩至，不如先期出走，好良心。乃奉裴妃母子，出都東行。城外士民，相率驚駭，多半隨去。還有宗室四十八王，也道是強寇即至，願與何倫李惲，同行避難。都去尋死。於是都中如洗，只有懷帝及宮人，尚然住著，孤危無助，嵩目蒼涼，自思亂離至此，咎實在越，因追貶越為縣王，詔授苟晞為大將軍大都督，督領青徐兗豫荊揚六州諸軍事。漢將石勒，聞越已病死，立率輕騎追襲，倍道前進。行至苦縣寧平城，竟得追及越喪。王衍本不知用兵，全然無備，就是襄陽王范等，都未曾經過大敵，彼此面面相覷，不知所為。還是一位將軍錢端，稍有主意，

第二十三回　傾國出師權相畢命　覆巢同盡太尉知非

麾動士卒，出拒勒眾。兩下交戰，約二三時，勒眾煞是利害，任意蹂躪，無人敢當，端竟戰死。勒復指麾鐵騎，圍住王衍等人。衍眾不下數萬，沒一個是敢死士，更兼統帥無人，號令不專。大都懷著一個遁逃祕訣，你想先奔，我怕落後，自相踐踏，積屍如山。最凶橫的是個石勒，出了一聲號令，叫騎士四面攢射，不使衍等脫逃。可憐王衍以下，只有閉目待死，束手就擒。當下由胡騎突入，東牽西縛，好像捆豬一般，無一遺漏。除衍及襄陽王范外，如任城王濟，宣帝司馬懿從孫。武陵王澹，琅琊王囧子，見前。西河王喜，濟之從子。梁王禧，澹子。齊王超齊王囧子，見前。及吏部尚書劉望，廷尉諸葛銓，前豫州刺史劉喬，太傅長史庾敳等，統被拿住，押入勒營。勒升帳上坐，令衍等坐在幕下，顧問衍道：「君為晉太尉，如何使晉亂至此？」衍支吾道：「衍少無宦情，不過備位臺司，朝中一切政治，統由親王秉政，就是今日從軍，也由太傅越差遣，不得不行。若論到晉室危亂，乃是天意亡晉，授手將軍，將軍正可應天順人，建國稱尊，取亂侮亡，正在今日。」賣國求榮，全無廉恥。勒掀鬚獰笑道：「君少壯登朝，延至白首，身居重任，名揚四海，尚得謂無宦情麼？破壞天下，正是君罪，無從抵賴了。」這一席語，說得衍無詞可答，俯首懷慚。求榮反辱，令人稱快。勒命左右將衍扶出，更向他人訊問。眾皆畏死，作乞憐狀，獨襄陽王范，神色不變，從旁呵叱道：「今日事已至此，何必多言！」勒乃顧語部將孔萇道：「我自從戎以來，東馳西騁，足跡半天下，未嘗見有此等人物，汝以為可使存活否？」萇答道：「彼皆晉室王公，終未必為我用，不如今日處決罷。」勒沉吟半晌，方道：「汝言亦是。但不可加他鋒刃，使得全屍以終。」說至此，即令將被虜諸人，統驅往民舍中，監禁起來。俟至夜半，使兵士推倒牆壁，壓入室內。覆巢之下，尚有什麼完卵呢？唯王衍臨死呼痛，慘然語眾道：「我等才力，雖不及古人，但若

非祖尚玄虛，能相與戮力，匡扶王室，當不至同遭慘死。」曉得遲了。說到「死」字，頂遇巨石壓下，頓時頭破血流，奄然長逝。賣國賊其鑒諸。餘皆同時畢命，砌成一座亂石堆，也不辨為誰氏屍骸，何人血肉了。譬如做一石槨。勒又命人劈開越棺，焚骨揚灰，且宣言道：「亂晉天下，實由此人，我今為天下洩恨，故焚骨以告天地。」王彌弟璋，在勒軍中，更將道旁屍首，一併焚毀，見有肥壯的死人，割肉烹食，咀嚼一飽，方拔營起行。到了洧倉，剛值何倫李惲等，倉皇奔來，冤冤相湊，投入虎口，李惲忙自殺妻子，逃往廣宗，何倫亦奔向下邳。晉室四十八王及越世子毗，統被勒眾虜去，死多活少。唯越妻裴氏，已經年老，無人注目，當時乘亂走脫，嗣被匪人掠賣，售入吳姓民家，作為傭嫗。後來元帝偏安江左，始輾轉渡江，得蒙元帝收養，才得令終。八王亂事，至是作一結束。小子恐看官失記，再將八王提出，表明如下：

　　汝南王亮宣帝懿子，為楚王瑋所殺。楚王瑋武帝炎子，為賈后所殺。趙王倫宣帝懿子，奉詔賜死。齊王冏齊王攸子，為長沙王乂所殺。長沙王乂武帝炎子，為張方所殺。成都王穎武帝炎子，為范陽長史劉輿所殺。河間王顒安平王孚孫，為南陽部將梁臣所殺。東海王越高密王泰子，病歿項城，屍為石勒所焚。

　　後人又另有一說，去亮與瑋，列入淮南王允及梁王肜。俱見前文。唯《晉書》中八王列傳，卻是亮瑋倫冏乂穎顒越八人，小子依史敘事，當然援照《晉書》。總之，晉室諸王，好的少，壞的多，八王手執兵權，驕橫更甚，後來是相繼誅戮，沒有一個良好結果。越雖是善終，終落得屍骨被焚，妻被掠，子被殺，這也是祖宗詒謀，本非忠孝，子孫相沿成習，不知忠孝為何事，此爭彼奪，各不相讓。骨肉尋仇，肝腦塗地，五胡乘隙闖入，大鬧中原，神州致慨陸沈，衣冠悉淪左衽，豈不可恨？豈不可痛？古

第二十三回　傾國出師權相畢命　覆巢同盡太尉知非

人說得好：「告往知來」，如晉朝的往事，確是後來的殷鑑。奈何往者自往，來者自來，兵權到手，便不顧親族，自相殘殺，甘步八王的後塵，情願將華夏土宇，讓與別人臠割呢。藉端寄慨，遺恨無窮。小子有詩嘆道：

八王死盡晉隨亡，滾滾胡塵覆洛陽。

為語後人應鑑古，兵戈莫再構蕭牆。

虜焰大張，中原板蕩，西晉要從此傾覆了。看官續閱下回，自見分曉。

司馬越出兵討勒，以行臺自隨，所有王公大臣，多半帶去，僅留何倫李惲，監守京師。彼已居心叵測，有帝制自為之想。能勝敵則迫眾推戴，還廢懷帝，不能勝敵，即去而之他，或仍回東海，據守一方；如洛陽之儲存與否，懷帝之安全與否，彼固不遑計及也。無如人已嫉視，天亦惡盈，內見猜於懷帝，外見逼於苟晞，卒至憂死項坡，焚屍石勒，窮其罪惡，殺不勝辜。然妻離子戮，終至絕後，厥報亦慘然矣。王衍清談誤國，尚欲乞憐強虜，靦顏勸進，山濤謂：「何物老嫗，生此寧馨兒？」吾謂實一賊子，何寧馨之足云？襄陽王范，稍存氣節，而臨變無方，徒自取死。餘子皆不足齒數。晉用若輩為臣僚，雖欲不亡，奚可得耶？本回錄苟晞二表，所以罪越，述王衍臨死之語，所以罪衍，至結尾一段，更提出八王結局，綴以嘆詞，語重心長，實為當世作一棒喝，固非尋常小說，所得同日語也。

第二十四回
執天子洛中遭巨劫　起義旅關右迓親王

　　卻說懷帝因越已病死，改任大臣，進太子太傅傅祗為司徒，尚書令荀藩為司空，進幽州都督王浚為大司馬，都督幽冀諸軍事，南陽王模為太尉，涼州刺史張軌為車騎大將軍，琅琊王睿為鎮東大將軍，兼督揚江湘交廣五州諸軍事。復頒詔四方，促令勤王。可奈神州鼎沸，世亂益滋，兩河南北，胡騎充斥，各鎮將自顧不遑，怎能入衛？就是荊湘一帶，也鬧得一塌糊塗。征南將軍山簡，駐守襄陽，俄為王如所逼，又俄為石勒所攻，他本是個酒中徒，時在高陽池濱遊宴，童兒為簡作歌道：「山公出何許，往自高陽池。日夕倒載歸，酩酊無所知。」照此看來，前時遣督護王萬入援，事雖不成，還算他提醒精神，力圖報效。回應前回。後來接連遇寇，安坐不穩，復遷屯夏口，勉強支撐。

　　外如荊州刺史王澄，誤信謠言，折回江陵，亦見前回。適巴蜀流民，散居荊湘，與土人忿爭，激成亂釁，戕殺縣令，嘯聚樂鄉。澄遣內史王機，率兵往討，流民已望風乞降，澄佯為許諾，暗令機乘夜掩襲，沉殺八千餘人，所有流民妻子，悉數充賞。但尚有益梁流民，未曾從亂，免不得兔死狐悲，更兼湘州參軍馮素，亦欲盡誅流民，遂致流民大駭，寓居四五萬家，同時造反，推醴陵令杜弢為主，奉為湘州刺史，南破零陵，東掠武昌。王機出軍堵御，失利奔回。澄亦不加憂懼，且與機日夜縱酒，投壺博戲，消遣光陰。即如乃兄王衍，慘死寧平，他亦沒甚悲戚，反抱著達

第二十四回　執天子洛中遭巨劫　起義旅關右迓親王

觀主義，得過且過罷了。至若成都為李雄所據，前益州刺史羅尚，始終不能規復，反由李雄出兵東略，屢攻涪城，梓潼太守譙登，固守三年，食盡援窮，終遭陷沒。登被擒不屈，致為所害。敘入此事，所以旌忠。長江上下游，如此擾亂，還有何人勤王？唯琅琊王睿鎮守江東，尚覺安居無事，但他是已脫虎口，棲身樂國，何苦再投險地，來作孤注？所以宅中馭外的洛陽城，反弄到內無糧草，外無救兵。懷帝終日憂悶，徒喚奈何。會大將軍大都督苟晞，表請遷都倉垣，並使從事中郎劉會，運船數十艘，宿衛五百人，穀米千斛，來迎乘輿。懷帝意欲從晞，召集公卿，決議行止。公卿已是寥寥，剩了幾個糊塗蟲，毫無智謀，當斷不斷。侍從左右，又只管眼前溫飽，戀戀家室，未肯遠行。究竟懷帝是個主子，不能孑身潛遁，沒奈何順從眾意，又蹉跎了好幾日。既而洛中飢困，人自相食，百姓流離轉徙，十死八九。懷帝實不堪久居，再召公卿集議，決意啟行。偏是衛從寥落，車馬蕭條，懷帝撫手長嘆道：「如何竟無車輿？」乃使傅祗出詣河陰，整治舟楫，自與朝士數十人，步行出西掖門。到了銅駝街，但見盜賊盈途，隨處劫掠，料知不能過去，只好退回。度支校尉魏浚，率領流民數百家，出保河陰的硤石，有時掠得穀麥，獻入宮廷。懷帝已飢不擇食，未便問及來歷，就將這穀麥贍濟宮人，並加浚為揚威將軍，仍領度支如故。居然做了賊皇帝。

驀然間傳入警報，乃是漢大將軍呼延晏，率眾二萬七千人，殺奔洛陽來了，懷帝當然加憂。嗣是連接敗耗，多至一十二次，統共合算死亡人數，直達三萬餘人。已而又聞漢兵日盛，劉曜王彌石勒三路人馬，會同呼延晏，趨集都下，急得懷帝形色倉皇，不知所措。遷延數日，果然漢兵進逼，猛攻平昌門，城內洶洶，無心拒守。才閱一夕，便被漢兵陷入，再攻內城，殺人放火，猖獗得很。東陽門外，煙霧迷離，就是各府寺衙門，多

被延燒，騷擾了一晝夜，竟爾退去。懷帝急命荀藩兄弟，具舟洛水，淮備東行。藩與弟組奉命往辦，船隻甚少；東招西呼，才湊集了數十艘。不料漢兵又復轉來，放起一把無名火，將各船一律毀盡。藩組兩弟兄，不敢回都，竟逃往轘轅去訖。第一條好計。

原來前時攻入都門，只有呼延晏一支兵馬，他在都中擾亂一宵，還恐孤軍有失，未敢久留，所以引兵暫退。及王彌劉曜，先後繼至，晏自然放心大膽，再來攻城，適見洛水中備有船隻，料知晉主將遁，樂得乘機毀去，斷他走路，遂與王彌再攻宣陽門。都中已經殘破，越覺無人守禦，晏與彌當即攻入，內城衛士，亦紛紛逃散。漢兵斬關直進，如入無人之境。兩漢將馳入南宮，登太極前殿，縱兵大掠，所有宮中婦女，庫中珍玩，搶劫一空。懷帝不能不走，帶了太子詮吳王晏竟陵王㮚等，趨出華林園門，欲奔長安。可巧劉曜自西明門進來，兜頭碰著，一聲號令，部將齊進，立把懷帝等抓住，拘禁端門，再撥兵收捕朝臣，凡右僕射曹馥，尚書閭邱衝袁粲王緄，河南尹劉默及王公以下百餘人，悉數拿住，一併屠戮。太子詮與晏㮚二王，亦為所害。只留侍中庾珉王俊，陪侍懷帝，不令加刑。都下士民，被難死亡，約二萬人。由曜命兵士遷屍，至洛水北濱，築為京觀。復發掘諸陵，焚毀宗廟宮闕，大肆凶威。是年正歲次辛未，適應宣於修之的前言。見二十二回。曜又搜劫後妃，自皇后梁氏以下，分賞諸將，充作妻妾，自己揀了一個惠皇后羊氏，逼與為歡。羊皇后在惠帝時，九死一生，留居弘訓宮中，年已三十左右，猶是鬢髮紅顏，一些兒不見憔悴，此次為曜所逼，仍然怕死，不得已委身強虜，由他淫汙。其餘後妃嬪嬙，也與羊后一般觀念，寧可失節，不可捐生。剝盡司馬氏的臉面。獨故太子遹妃王氏，在宮被掠，為漢將喬屬所得，王氏召還宮中，見十二回。曜見她風韻未衰，便欲下手行強，自快肉慾。不料王氏鐵面冰心，誓不相從，覷

第二十四回　執天子洛中遭巨劫　起義旅關右迓親王

著屬腰下佩劍，趁他未及防備，順手拔來，向屬猛刺，偏屬將身一扭，竟得閃過。王氏執劍指屬道：「我乃太尉公女，皇太子妃，義不為胡逆所辱，休得妄想！」衍有此女，勝過乃父十倍。喬屬至此，禁不住怒氣上衝，便向王氏手中奪劍，究竟王氏是個女流，怎能相敵？霎時間劍被奪去，還手亂砍，嗚呼告終。一道貞魂，上衝霄漢。看官欲知烈婦遺名，乃是王衍少女王惠風。彷彿畫龍點睛。石勒最後入都，見都中已同墟落，掠無可掠，乃仍然引去，往屯許昌。

　　劉聰既汙辱羊后，又殺害太子諸王，尚嫌財帛未足，不免怨及王彌，說他先入洛陽，格外多取。彌尚未知聰意，向聰獻議道：「洛陽為天下中州，山河四塞，城闕宮室，不勞修理。殿下宜表請主上，自平陽徙都此地，便可坐鎮中原，奄有華夏了。」聰藉端洩忿道：「汝曉得什麼？洛陽四面受敵，不可固守，況已被汝等掠奪淨盡，只剩了一座空城，還有何用？」彌亦怒起，且行且罵道：「屠各子，匈奴貴種，叫做屠各。莫非想自做帝王麼？」遂亦引兵出洛，東屯項關。聰遣呼延晏押著懷帝及庾珉王俊等赴平陽，復將宮闕焚去，挈了羊后，麾兵北行。漢兵已三路分趨，胡氛少散。司徒傅祗，曾出詣河陰，尚未還都。見上。便在河陰設立行臺，傳檄四方，勸令會師孟津，共圖恢復，無如年垂七十，筋力就衰，偶然感冒風寒，就不能支，竟爾謝世。一路了。

　　大將軍苟晞，屯兵倉垣，適太子詮弟豫章王端，自洛陽微服逃出，奔至晞處，晞始知洛陽已陷，即奉端為皇太子，徙屯蒙城，建設行臺，自領太子太傅，都督中外諸軍事。別將王贊出戍陽夏，他本出身微賤，超任上將，已不免志驕氣盈，此次挾端承制，獨攬大權，更覺得意氣揚揚，饒有德色。平居侍妾數十，奴婢近千，終日累夜，不出庭戶，僚佐等稍稍忤意，不是被殺，即是被笞；私黨務為苛斂，毒虐百姓，因此怨聲載道，將

士離心。遼西太守閻亨,上書極諫,大觸晞怒,即誘令入問,把他梟首。從事中郎明預,有疾居家,聞亨受戮,乃力疾乘車,入帳白晞道:「皇晉如此危亂,乘輿播遷,生靈塗炭,明公親稟廟算,將為國家撥亂反正,除暴安民,閻亨善士,奈何遭誅?預竊不解公意,所以負疾進陳。」此等人實不屑與談。晞怒叱道:「我自殺閻亨,與汝何涉,乃抱病前來,膽敢罵我!」預從容答道:「明公嘗以禮進預,預亦欲以禮報公。今明公怒預,恐天下亦將怒公。從前堯舜興隆,道由翕受,桀紂敗滅,咎在飾非,天子尚且如此,況身為人臣呢?願明公暫且霽威,熟思預言。」晞見他意誠語摯,倒也不覺自慚,因巽詞答覆,遣令回家,唯驕惰荒縱,仍不少改。部將溫畿傅宣等,相繼叛去,並且疫癘交侵,饑饉薦至,眼見是不能保守,坐待滅亡。果然石勒從許昌殺來,先破陽夏,擒住王贊,復輕騎馳至蒙城。晞尚安坐廳中,與嬖妾等飲酒調情,直至勒兵已入,方驚出征兵,兵尚未集,寇已先臨。那時大苟小苟,無處奔避,統被勒兵捉去。豫章王端,也即受擒。勒有意辱晞,鎖住晞頸,且署為左司馬,一面報告劉聰。聰加勒為幽州牧。王彌欲自王青州,只忌一勒,佯貽勒書,賀勒獲晞,書中說道:「公一鼓獲晞,用為司馬,猛以濟寬,令彌拜服。果使晞為公左,彌為公右,天下有何難定呢?」勒覽書畢,顧語參謀張賓道:「王彌位重言卑,必非好意。」賓答道:「誠如公言,賓料王公私意,無非欲據有青州,自安故土,彌本青州人。只恐明公踵襲彼後,所以甘言試公,公不圖彼,彼且圖公了。」勒乃令賓作書答彌,謂願與彌結歡,使彌主青州,自主并州,當即約期會盟。彌卻信為真言,覆書如約。欺人者卒被人欺。勒遂移營就彌,請彌至營內宴會。彌長史張嵩,勸彌勿往,彌不肯聽,昂然徑去。勒殷勤款待,酒至半酣,被勒拔劍出鞘,一揮了命,便即縱兵出營,持了彌首,往撫彌眾。彌眾不敢與爭,只好降勒。於是彌在洛陽時,所掠

第二十四回　執天子洛中遭巨劫　起義旅關右迓親王

　　子女玉帛，盡為勒有，勒始得如願以償了。目的物無非為此。

　　漢主聰聞勒擅殺王彌，手書詰責，勒表稱王彌謀叛，所以加誅。聰因王彌已死，損一大將，不得不籠絡石勒，乃加勒鎮東大將軍，督並幽二州軍事。苟晞王贊，潛謀殺勒，事洩被戮。豫章王端亦遇害，晞弟純一併斃命。一路復了。勒復引兵南掠豫州諸郡，臨江乃還，屯駐葛陂。尚有劉曜一軍，進攻蒲阪，守將趙染，乃奉南陽王模軍令，統兵留戍，至此竟舉城出降。曜即遣染為先鋒，使攻長安，自為後應。適河內王劉粲，亦由漢主聰遣發，領兵到來，與曜相會。曜偕粲同行，途次接趙染捷報，在潼關擊破模兵，長驅至下邽，曜粲大喜。未幾又接染書，報稱模已出降，粲志在劫掠，麾兵先進，及抵長安，染已將模拘至，令他見粲，且攘袂瞋目，旁數模罪，粲即令推出斬首。模妃劉氏，與次子范陽王黎，亦送至粲前，粲見劉氏姿貌平常，年亦半老，不禁冷笑道：「此婦只合配我奴僕，奈何為王妃？」隨即叫過胡奴張本，指劉與語道：「賞了汝罷！」張本拜謝，竟領劉氏趨入帳後，大約是去效於飛了。王妃下配胡奴，可恥孰甚！范陽王黎，又由粲叱出處斬，唯模長子保，鎮守上邽，幸得免難。都尉陳安，率模餘眾，出走依保，餘如長史魯繇，將軍梁汾等俱作俘虜，由粲送入平陽。是時關西饑饉，餓莩盈途，粲無從飽掠，怏怏引去，留劉曜居守長安。曜得晉封中山王，領雍州牧，復遣兵出掠州郡，勒令歸漢。

　　安定太守賈疋，憚漢兵威，方與諸氐羌等，奉書與曜，且送子弟為質。途次遇著馮翊太守索綝，問明情由，截使折回，同行見疋，慨然與語道：「公為晉臣，怎得未戰先降？況關西亦不乏將士，何不首先倡議，勉圖興復呢？」疋愧謝道：「我非無此意，但恨兵力未足，暫圖安民，今得君來助，自當受教。」原來綝為模從事中郎，出守馮翊，因模已敗死，乃與安夷護軍麴允，頻陽令梁肅等，共議為模復仇，即由綝往說賈疋，約同起

義。疋已依了綝言,綝便召麴允梁肅同至安定,公推疋為平西將軍,集眾五萬,共指長安。雍州刺史麴特,新平太守竺恢,扶風太守梁綜,亦望風響應,合兵十萬,與疋相會,軍勢大振。

漢河內王粲,行次新豐,接得關西軍警,忙令降將趙染,部將劉雅,往攻新平。索綝急引兵赴援,努力鏖鬥,殺退趙劉二將,再與賈疋會合,進攻劉聰。聰領兵至黃邱,一場大戰,聰眾敗卻,退還長安。疋移兵襲漢梁州,擊斃漢刺史彭蕩仲,又遣麴特等往攻新豐,也是卷甲銜枚,出其不意,得將劉粲殺敗。粲奔還平陽,於是大集各軍,合圍長安。關西胡晉,翕然歸附,大有叱吒風雲,光復河山的氣象。靡不有初,鮮克有終。

可巧前豫州刺史閻鼎,奉秦王業至藍田,遣人告疋。疋乃發兵相迎,匯入雍城,使梁綜引眾為衛,俟收復長安後,再定規程。這秦王業為吳王晏子,過繼秦王柬為嗣,年甫十二,乃是司空荀藩外甥。藩與弟組同奔密縣,業亦往依,適閻鼎招集西州流民,也至密縣,藩乃奉業為主,用鼎為佐,前中書令李䂳,司徒左長史劉疇,鎮軍長史周顗,司馬李述等,陸續趨至,謂鼎才可用,勸藩署鼎冠軍將軍,仍行豫州刺史事。鼎本天水人氏,意欲還鄉,乃與大眾商議,擬奉業入關。荀藩等俱籍隸東南,不願西去,只因山東未靖,總須遷地為良,於是轉趨許穎。會河陽令傅暢,祇子。寄書與鼎,謂不如速赴長安,起兵雪恥,鼎遂決意西往。行至中途,荀藩等俱皆奔回,鼎勒兵返追,䂳等被殺,唯藩組顗述四人,分路逃脫。鼎力追不及,才西趨藍田,得疋相迎,轉入雍城,這且待後再表。

且說荀藩兄弟及李述奔往滎陽,收集部屬,往保開封。獨周顗渡江東行,走依琅琊王睿。睿令顗為軍諮祭酒,頗加禮遇。當時海內大亂,只江東少安,士大夫為避亂計,陸續東來。王導勸睿延攬俊傑,共得一百六人,皆闢為掾屬,號百六掾。最著名的是前穎川太守刁協,東海太守王

承，廣陵相卞壺，江寧令諸葛恢，歷陽參軍陳頵，前太傅掾庾亮諸人，就是周顗亦參列在內。既而前騎都尉桓彝，亦奔投建業，見睿微弱，退語周顗道：「我因中州多故，來此求全，乃單弱至此，怎能濟事？」顗也未免唏噓。及彝往見王導，與談時事，導口講指畫，議論風生，頓令彝心悅誠服。又還語周顗道：「江左有管夷吾，我不必再憂了。」也恐未必。建業城南有臨滄觀，在勞勞山上，有亭七間，名曰新亭。導每與群僚往遊，設宴共飲。周顗飲了數觥，不由的悲從中來，悽然嘆息道：「風景不殊，舉目有山河之異。」大眾聽了，具相顧流涕。唯導慷慨激昂，舉觴與語道：「我輩聚首一方，應共戮力王室，克復神州，奈何頹然不振，徒作楚囚對泣呢？」數語頗有丈夫氣。眾乃收淚，相與謝過。導又藉著酒興，談了一番匡復事宜，方才偕歸。已而陳頵與王導書，請黜虛崇實，大略說是：

中華所以傾敝，四海所以土崩者，正以取才失所，先白望虛名之意。而後實事，浮競驅馳，互相貢薦。言重者先顯，言輕者後敘，遂相波扇，乃至凌遲。加有老莊之俗，傾惑朝廷，養望者為弘雅，政事者為俗人，王職不恤，法物淪喪，夫欲制遠，必由近始，故出其言善，千里應之。今宜改張，明賞信罰，拔卓茂於密縣，顯朱邑於桐鄉，然後大業可舉，中興可冀耳。朱邑卓茂皆東漢時人。

看官試閱頵書，應知晉室危亡，正坐此弊，就是隔江人士，過從如鯽，亦不過侈談文物，雅號風流，若要他戮力從公，實是寥寥無幾，導雖有志振興，但究未能轉移風俗，得了頵書，無非是付諸一嘆罷了。小子有詩詠道：

不經堅忍不成忠，士節凌夷國本空。
但解清談終誤國，餘風尚自染江東。

江東初造，百廢待興，忽聞石勒在葛陂治兵，有進攻建業消息，免不得又要開戰了。欲知後事，且閱下回。

　　觀懷帝之坐處危城，糧盡援絕，甚至欲出無車，欲奔無路，可見帝王失勢，比庶民猶且不如。司馬氏之列祖列宗，死後有知，應悔前時之挾權篡魏，反足貽禍子孫，是何如不為帝王之為愈也。劉聰石勒王彌輩，徒知屠掠，毫無英雄氣象，不過因晉室無人，遂至橫行海內，否則跳梁小醜，亦何能為？試看索綝賈疋等之倡言起義，一鼓而集十餘萬人，破劉粲，敗劉聰，兵威大震，向使始終如一，則中興事業，當屬諸愍帝，而琅琊王睿無與也。彼劉聰石勒，亦烏能更迭稱雄乎？要之得人者昌，失人者亡，兩河已矣，江左雖多名士，亦不過互相標榜，無裨實用，此關洛之所以終亡，而江東之仍歸積弱也。

第二十四回　執天子洛中遭巨劫　起義旅關右迓親王

第二十五回
貽書歸母難化狼心　行酒為奴終遭鴆毒

卻說石勒屯兵葛陂，課農造船，將攻建業。琅琊王睿，得知消息，乃大集士卒，使至壽春城會齊，即命鎮東長史紀瞻為揚威將軍，統兵討勒。勒整兵抵懲，兩下相持至三月餘，霖雨浸淫，連旬不絕，勒軍中遇疫，糧食又盡，死亡過半。勒不免加憂，與將佐共議行止。右長史刁膺，謂不如輸款江東，暫且求和，再作計較。勒愀然長嘯，聲尚未絕，即閃出三十餘將，由孔萇為首領，厲聲大呼道：「刁長史休得胡言！試想我軍未嘗敗衂，如何乞降？若分路進軍，夜入壽春，斬吳將頭，據城食粟，乘勝下丹陽，定江南，不出一年，可告成功，請刁公看著哩！」勒始有喜色，笑語諸將道：「這才不愧為勇將了。」遂各賞鎧馬一匹。唯謀士張賓，始終無言。別有會心。勒顧問道：「君意以為何如？」賓乃答道：「將軍攻陷京師，囚執天子，殺害王公，妻掠妃主，得罪晉室，擢髮難數，奈何尚得改顏事晉呢？去年既殺王彌，不應南來，今天降霖雨，明明示意將軍，速宜變計。」天道有知，也不應助勒。勒掀髯道：「君意擬將何往？」賓又道：「鄴城西接平陽，山河四塞，為將軍計，亟宜北行據鄴，經營河北。河北既定，南下未遲。今可令輜重先發，將軍從後徐退，定保無虞。江東軍聞我北去，幸得自全，哪裡還願追襲呢？」為勒設想，原是此策最善。勒攘袂鼓髯道：「妙計！妙計！決從張君。」又叱責刁膺道：「汝既來佐孤，應思共成大業，奈何勸孤降晉？本應處斬，姑念汝素來膽怯，別無歹意，特

第二十五回　貽書歸母難化狼心　行酒為奴終遭鴆毒

從寬貸，不來殺汝。」膺慌忙拜謝，赧顏退去。勒即黜膺為裨將，擢賓為左長史，稱為右侯。

勒遣從子石虎，領著騎兵二千，抵擋晉軍。自引兵出發葛陂，輜重在先，兵隊在後，依次北去。石虎往向壽春，適值江南運船數十艘，載米到來，他即麾兵搶奪，不料兩岸俱有伏兵，一鼓齊起，圍擊石虎。虎兵貪劫運米，已無紀律，當然四潰。虎亦拍馬急奔，晉將紀瞻追擊，直至百里以外，竟及勒軍。勒整陣以待，很是嚴肅。瞻不敢進逼，乃退還壽春。勒復驅軍北行，沿途皆堅壁清野，無從掠取，士卒飢甚，人自相食。致東燕渡河，聞汲郡太守向冰，聚眾數千，駐紮枋頭，勒恐被邀擊，因召諸將問計。張賓鼓掌道：「今我軍欲渡河北去，正苦乏船，何妨向冰借用。」諸將聞言，俱不禁暗笑，連勒亦詫為奇語。賓又說道：「諸君休笑！冰船盡在對岸，未入枋頭，我若遣兵縛筏，從間道襲取冰船，載運大軍，軍一得濟，還怕什麼向冰呢？」勒依計而行，令部將孔萇支雄，詣文荔津，縛筏夜渡。果然船中無備，盡被兩將奪來。及冰得聞警，率軍收船，不但船已被奪，且勒軍亦陸續渡河。冰急忙回營，扼塹固守。

勒令主簿鮮於豐挑戰，三面埋伏，誘冰出來。冰初意原不欲出戰，經豐至壘門前，百般辱罵，惹動冰怒，乃開門來追。豐且戰且走，引冰入伏，同時俱起，夾攻冰軍。冰欲歸無路，欲戰無繼，只好殺開血路，落荒遁去。勒得入冰營，盡取營中資械，長驅寇鄴。守將劉演，將所有守兵，分布三臺，為保鄴計。曹操在鄴中作銅雀臺，金虎臺，冰井臺，號鄴中三臺。勒將孔萇等，即欲攻撲三臺，張賓道：「劉演雖弱，眾尚數千，三臺險固，未易攻拔，何必在此勞師？方今王浚劉琨，為公大敵，宜先往規取，區區一演，何足深慮！且天下飢亂，明公擁眾遊行，人無定志，終非善策，不如急據要地，廣聚糧儲，西禀平陽，北略幽並，方可圖王稱霸

呢。」勒說道：「右侯所言甚是，但究應擇居何地？」賓答道：「莫如邯鄲襄國，請擇一為都。」勒喜道：「我就進據襄國罷。」遂移兵至襄國，城內無備，兵民駭散，勒不費兵力，安據了襄國城。賓又向勒進議道：「今將軍據此為都，劉琨王浚，必來相犯，若城塹未固，資糧未廣，二寇交至，如何對待？宜亟收野谷，充作軍食，一面速報平陽，具陳情形，將來緩急有恃，方可無虞。」勒乃表達劉聰，分命諸將略冀州，收降郡縣數處，得糧濟勒。劉聰亦復詔褒功，加勒散騎常侍，都督冀幽並營四州軍事，領冀州牧，封上黨公。先是勒被鬻茌平，與母王氏相失，王氏至此尚存，由并州刺史劉琨，訪得王氏蹤跡，特遣屬吏張儒將王氏迎入府廳，款留數日，乃令儒偕王氏同行，送交石勒。勒得見王氏，母子重逢，且悲且喜，一面厚待張儒，儒取出琨書，交勒啟視，書中說道：

將軍發跡河朔，席捲兗豫，飲馬江淮，折衝漢沔，雖自古名將，未足為喻，所以攻城而不有其人，略地而不有其土，翕爾雲合，忽復星散，將軍豈知其然哉？存亡決在得主，成敗要在所附。得主則為義兵，附逆則為賊眾，義兵雖敗而功業必成，賊眾雖克而終歸殄滅。昔赤眉黃巾，橫逸宇宙，所以一旦敗亡者，正以兵出無名，聚而為亂，將軍以天挺之姿，威振宇內，擇有德而推崇，隨時望而歸之，勳義堂堂。長享遐貴，背聰則禍除，向主則福至，採納往誨，翻然改圖，天下不足定，螳寇不足掃。今相授侍中持節車騎大將軍，領護匈奴中郎將襄城郡公，總內外之任，兼華戎之號，顯封大郡，以表殊能，將軍其受之，副遠近之望也。自古以來，誠無戎人而為帝王者，至於名臣而建功業者，則有之矣。今之望風懷想，蓋以天下大亂，亟須雄才，遙聞將軍攻城野戰，合於機神，雖不視兵書，暗與孫吳同契，所謂生而知之者上，學而知之者次，但得精騎五千，以將軍之才，何向不摧？至心實事，皆張儒所具知，合當面述，佇待複音。

第二十五回　貽書歸母難化狼心　行酒為奴終遭鴆毒

勒啟書覽畢，掀髯一笑，並不多言。唯設宴饗儒，款留一夕，至次日厚送賻儀，並取出名馬珍寶，使儒轉送劉琨，且給與覆書，遣儒歸報。儒即回晉陽，呈入勒書及禮儀。琨見書中寥寥數行，除首尾稱呼外，只有四語，云：

事功殊念，非腐儒所聞。君當逞節本朝，吾自夷難為效。

琨擲下勒書，自思所謀未遂，禁不住長嘆數聲，隨即趨入後庭，令歌伎數十人，作樂侑飲，排遣愁腸。原來琨素性奢豪，頗好聲色，河南人徐潤，善長音律，為琨所寵，琨竟擢為晉陽令。潤恃勢驕恣，干預政權。護軍令狐盛，抗直敢言，屢勸琨除潤，琨不肯從。已而潤至琨處進讒，謂盛將勸公為帝，遂致激動琨怒，加盛死刑琨母聞琨殺盛，召琨入責道：「汝不能駕馭豪傑，與圖遠略，乃好佞惡直，害及正人，禍必及我。」琨母頗有遠識，可惜終難免禍。琨頗自認過，極思矯正，但始終不肯誅潤。到了愁悶無聊的時候，仍然藉著聲色，聊作歡娛。但部下將吏，總道他是縱逸忘情，互生譏議，再加令狐盛枉遭殺害，尤失人心。可見人不宜有偏嗜。

盛子泥潛蹤奔漢，泣拜劉聰，乞師報仇。父仇怨不共戴天，但向虜乞兵，亦屬不合。聰問及晉陽內容，泥具言虛實。聰不禁大喜，便令河內王粲，入寇并州，即用令狐泥為嚮導，一面使中山王矅，率兵繼進。看官閱過前回，應知矅在關中，為賈疋等所圍，此時矅已失敗，棄城遁還，被貶為龍驤將軍，留居平陽。及劉粲出攻并州，乃復使他領兵策應，無非叫他立功贖罪的意思。劉琨聞漢兵入寇，亟東出常山，招募兵士，但令部將郝詵張喬，領兵拒粲。偏雁門諸胡，乘隙造反。上黨太守龔醇，又復降漢，累得琨不能兼顧，沒奈何遣使往代，至猗盧處乞援，自己決先平胡，然後御漢。哪知漢兵步步進逼，所遣郝詵張喬二將，只與漢兵戰了一次，便即敗亡。劉粲劉矅，竟乘虛進襲晉陽，晉陽雖尚有士卒數千，多系老弱殘

兵，不足禦寇。太原太守高喬及并州別駕郝聿等，由琨委他居守，他急不暇擇，竟開門迎納漢兵。徐潤不知何往，史傳中未及提敘，大約總是降漢了。粲與膽相繼入城，搜殺劉琨家屬，琨父母並皆遇害。

　　漢主聰得晉陽捷報，仍授膽為車騎大將軍，命前將軍劉豐為并州刺史，同鎮晉陽。劉琨正殺退諸胡，驚聞晉陽被圍，急率輕騎還援，已是不及，乃復走常山，飛使敦促代公猗盧，速即濟師。猗盧令子六修及兄子普根，將軍衛雄范班箕澹等，率眾數萬，作為前鋒，自率大軍為後應，耀武揚威，直指晉陽。劉琨收得散卒數千騎，自常山往會，導至汾東。劉膽出兵搦戰，渡汾對壘，膽軍已經飽掠，各無鬥志，那代兵方如出水蛟龍，飛揚奮迅，一往無前，殺得膽軍七顛八倒，東走西奔。膽尚不肯遽退，還想上前招架，偏遇代將突入，攢槊叢刺，膽身中七創，竟致墮落馬下。漢討虜將軍傅虎，奮勇救膽，殺退代將，把膽扶起，使乘已馬，膽悽然道：「我已不能再戰了，寧可死在此地，將軍不可無馬，且馳還晉陽，請得大兵，為我報仇。」虎流涕道：「虎蒙大王識拔至此，常思效命，今日正應致死了。況漢室初基，寧可無虎，不可無大王。」說著，扶膽上馬，自己步行，冀膽至汾水旁，使膽涉汾，復返截追軍，竟致戰死。

　　膽奔回晉陽，夜與河內王粲，并州刺史劉豐，掠得晉陽子女，出城逸去。琨引猗盧大軍，連夜追躡，追及藍谷，大破漢兵，擒住劉豐，斬漢將邢延等三千餘級，伏屍數百里，只膽與粲飛馬遁去。猗盧回至壽陽山，令部眾陳閱屍首，流血盈途，山石皆赤。琨自營門步入拜謝，再乞進兵。猗盧道：「我不早來，致君父母見害，未免抱愧。但君已得復州境，我軍遠來疲敝，不便再舉。劉聰尚未可滅，容俟後圖。」究竟是個外族，怎肯為琨盡力？琨亦不能相強，只好舉酒餞行。猗盧留馬牛羊各千餘匹，車百乘，贈給與琨，並使部將箕澹段繁，助戍晉陽，自引大軍北歸。琨入城

第二十五回　貽書歸母難化狼心　行酒為奴終遭鴆毒

後，收瘞父母屍骸，即將劉豐斬訖，取血祭靈，大慟一場。嗣見城中民居，已被掠盡，一時不能規復，又恐寇至難守，乃徙居陽曲，招集亡散，撫慰瘡痍，徐圖後舉罷了。

且說關中郡縣，自經賈疋索綝等，興兵匡復，多半略定，復將劉曜逐出長安，於是奉秦王業為皇太子，由雍城迎入長安，創立行臺，祭壇告類。類系祭名。並建宗廟社稷，下令大赦，用閻鼎為太子詹事，總攝百揆，加封賈疋為鎮西大將軍，遙授南陽王保為大司馬，領秦州刺史。保即模子，見前。尚書令司空荀藩，仍守本職，令他督攝遠近。藩弟組為司隸校尉，行豫州刺史，仍奉永嘉年號，承制行事。且時距懷帝被擄的時候，已隔一年，中原久無共主，海內尚懷念故君，又無強宗可以推戴，所以海內臣民，除成漢兩國外，共沿稱永嘉六年。

究竟懷帝擄入平陽，如何處置，應該補筆敘明。懷帝被漢兵拘住，由呼延晏押至平陽，漢主聰升殿受俘，堂皇高坐。呼延晏先行入報，聰當然欣慰，面加晏為鎮南大將軍。晏拜謝畢，起立一旁，即呼左右押入懷帝及晉臣庾珉王俊等人。懷帝至此，身作俘囚，不得不向聰行禮。珉與俊隨帝下拜。聰獰笑道：「我父與汝先帝有交，應從寬宥，汝等可在此留居，聽我命令便了。」懷帝與珉俊兩人，又不得不稽首稱謝。國君死社稷，何必至虜庭，況後來仍不得生存呢。聰乃命退居別室，派兵監守，一面稱詔行赦，改元嘉平，封晉主為平阿公，晉臣庾珉王俊，為光祿大夫。懷帝也只好忍垢含羞，做了胡虜的臣奴。好容易寄居一年，漢皇后呼延后去世，宮內發喪，漢臣當然弔送，晉君臣亦未能免例，大約亦低首送喪，這卻毋庸細表。

先是劉聰上烝單太后，非常親暱，太弟北海王乂，委實看不過去，屢至宮中進規單后，回應二十二回。單后又恨又慚，竟致成疾，不到一年，

便即死別。聰悲悼萬分，足足哭了好幾日。嗣聞單后病死，由乂規諫所致，免不得與乂有隙。聰后呼延氏，又另存一種思想，時常忌乂，一日，向聰進言道：「父死子繼，古今常道，如陛下踐位，實承高祖遺業，奈何今日立一太弟呢？妾恐陛下百年以後，粲兄弟將無遺種了。」不立太弟，未見粲等果得留種。聰半晌方答道：「容我徐作計較。」呼延后複道：「事緩變生。太弟見粲兄弟漸長，必至不安，萬一有他人構釁，禍且立發了。陛下能容太弟，太弟未必肯侍陛下。」聰應聲道：「我知道了。」單太后有兄名衝，曾仕漢為光祿大夫，平時出入宮禁，已有風聞，乃往東宮見乂，未言先泣。乂驚問何因？衝方與密語道：「疏不間親，主上已屬意河內王，請殿下先機退讓，免蹈危機！」乂瞿然道：「河瑞末年，主上因嫡庶有別，嘗讓位與乂。乂因主上年長，故相推奉，天下系高祖的天下，兄終弟及，有何不可？就是粲兄弟將來序立，猶如今日。若謂疏不間親，乂想子弟關係，相去無幾，主上亦未必愛子憎弟哩。」尚在夢中。衝見乂未肯相信，因默然退去。唯聰雖聽信婦言，有意廢乂，但回憶單后生時，如何柔媚，如何親愛，又不覺耳熱面紅，未忍將乂廢去。蹉跎過了一兩年，呼延后得病身亡，想是憂死。少了一個太弟對頭，越將前事擱起。

且聰本好色，自單后死後，廣選名家女子，充入後宮，及呼延后歿，即命司空王育女為左昭儀，尚書令任顗女為右昭儀，大將軍王彰女，中書監范隆女，左僕射馬景女，皆為貴人，右僕射朱紀女為貴妃，均佩金印紫綬，輪流進御。後又探悉太保劉殷，家多麗姝，女二人，女孫四人，統是天姿國色，秀麗絕倫，遂欲一併納入，充作嬪嬙。不問尊卑長幼，好算廓然有容。太弟又獨援同姓不婚的古例，上書切諫。聰乃轉問太宰劉延年及太傅劉景，兩人專知迎合，便齊聲答道：「太保自謂出自劉康公，系周朝卿士，見《春秋左傳》。與陛下同姓異源，何不可納？」聰聞言大喜，便即

第二十五回　貽書歸母難化狼心　行酒為奴終遭鴆毒

召入劉氏二女及四女孫，拜二女為左右貴嬪，位在昭儀上，四女孫為貴人，位次貴嬪。六個美人兒，同時入宮，引得這位漢主聰，應接不暇，鎮日裡深居簡出，罕聞外事。廷臣陳奏，輒令中黃門收入，歸左右兩貴嬪裁決。兩貴嬪一名英，一名娥，隱寓娥皇女英的意思。堯二女名娥皇女英。劉殷本是晉臣，舊為新興太守，陷沒漢廷，歷官侍中太保，並將二女及四孫女，盡獻與聰，取榮求媚，這也是無恥已極了。應該斥罵。

既而聰授晉主儀同三司，加封會稽郡公。庾珉王俊，依次加秩。晉君臣入朝拜謝，聰引與共飲，從容語晉主道：「卿前為豫章王時，朕在中原，曾與王武子即王濟表字。見首文。訪卿，卿嘗示朕樂府歌，又引朕入射廳，同試技藝，朕得十二籌，卿與武子俱得九籌，卿贈朕柘弓銀硯，今可記憶否？」懷帝答道：「臣怎敢失記，但恨當時不早識龍顏。」虧他厚臉說出。聰又道：「卿家骨肉，何故屢相殘害？」懷帝道：「這是天意，實非人事。大漢將應天受命，故為陛下自相驅除，若臣家能守武帝遺業，九族敦睦，陛下何從得平河洛呢？」聰不禁大笑，飲至黃昏，竟撥出小貴人劉氏，賞與懷帝，且與語道：「這是名公女孫，今賜為卿妻，卿好為待遇，幸勿輕視！」說至此，又轉囑劉氏數語，面封她為會稽國夫人，使懷帝即夕領去。光陰容易，轉瞬冬殘，越年元旦，聰御光極殿，大宴群臣，使晉主改著青衣，旁立斟酒。懷帝不堪恥辱，滿面生慚。庾珉王俊，時亦在列，禁不住悲慟起來。聰頓時動惱，把他斥出。至懷帝行酒畢，亦令退去。過了旬月，有人告訐庾珉王俊，說他陰謀變亂，將召劉琨入攻平陽，聰即遣人齎著毒酒，鴆死懷帝，並殺庾珉王俊。總計懷帝在位四年餘，臣虜一年餘，歿時三十歲。小子有詩嘆道：

青衣行酒作囚奴，天子寧甘拜黠胡？
畏死終難逃一死，何如臨變早捐軀。

懷帝遇害，耗問四達，欲知晉朝有無嗣主，且至下回說明。

　　由石勒帶及劉琨，由劉琨帶及劉聰，由劉聰帶及猗盧，事蹟複雜，全賴作者一支妙筆，隨事聯屬，方不至斷斷續續，足令閱者一目了然。下半回因秦王入關，串入懷帝，復由懷帝串入劉聰，敍及漢宮諸事，即以懷帝得配劉氏，主青衣行酒，遇害作結。看似隨筆鋪敍，而筆下煞費經營，閱者試覽晉朝各史，有是穿插否？有是明白否？即此一回，已見作者苦心，而得失褒貶，又如見言表，是固兼有三長，與劉知幾之言，隱相吻合者也。

兩晉演義──從司馬開基至終遭鴆毒

作　　者：蔡東藩	國家圖書館出版品預行編目資料
發 行 人：黃振庭	兩晉演義──從司馬開基至終遭鴆毒 / 蔡東藩 著. -- 第一版. -- 臺北市：複刻文化事業有限公司, 2024.10
出 版 者：複刻文化事業有限公司	面；　公分
發 行 者：複刻文化事業有限公司	POD 版
E-mail：sonbookservice@gmail.com	ISBN 978-626-7514-88-7(平裝)
粉 絲 頁：https://www.facebook.com/sonbookss/	857.4531　　　113014016

網　　址：https://sonbook.net/

地　　址：台北市中正區重慶南路一段 61 號 8 樓
8F., No.61, Sec. 1, Chongqing S. Rd., Zhongzheng Dist., Taipei City 100, Taiwan

電　　話：(02)2370-3310
傳　　真：(02)2388-1990
印　　刷：京峯數位服務有限公司
律師顧問：廣華律師事務所 張珮琦律師
定　　價：350 元
發行日期：2024 年 10 月第一版
◎本書以 POD 印製

電子書購買

爽讀 APP　　臉書